细节激活历史

包明德文艺评论选

包明德 ◎ 著

中国社会科学出版社

图书在版编目(CIP)数据

细节激活历史:包明德文艺评论选/包明德著. —北京:中国社会科学出版社,2016.9
ISBN 978-7-5161-8929-0

Ⅰ.①细… Ⅱ.①包… Ⅲ.①文艺评论—文集 Ⅳ.①I06-53

中国版本图书馆 CIP 数据核字(2016)第 221712 号

出 版 人	赵剑英
选题策划	郭晓鸿
责任编辑	慈明亮
责任校对	王 斐
责任印制	戴 宽

出 版	中国社会科学出版社
社 址	北京鼓楼西大街甲 158 号
邮 编	100720
网 址	http://www.csspw.cn
发 行 部	010-84083685
门 市 部	010-84029450
经 销	新华书店及其他书店

印刷装订	北京君升印刷有限公司
版 次	2016 年 9 月第 1 版
印 次	2016 年 9 月第 1 次印刷

开 本	710×1000 1/16
印 张	19.5
字 数	302 千字
定 价	69.00 元

凡购买中国社会科学出版社图书,如有质量问题请与本社营销中心联系调换
电话:010-84083683
版权所有　侵权必究

1965年春，高中时代

2016年春，与妻子刘慧贤

2013年夏，与大女儿包颖、外孙聂呈祺

1991年秋，与二女儿包蕾

2012年秋，与诗人席慕蓉女士

2016年夏，与美国学者大卫·哈维先生

与中国社会科学院文学研究所所内及所外学者，前排右五为作者

目 录

忆往事　思来者(自序) …………………………………………（1）
冯其庸先生给作者的题诗 ………………………………………（7）

文艺评论

略论文学的民族性与世界性 ……………………………………（3）
民族品格的张扬与世界视野的拓展 ……………………………（10）
丰富马克思主义文艺批评标准的阐释力 ………………………（20）
正确理解文学的民族性与世界性 ………………………………（28）
《神圣家族》的启迪 ………………………………………………（31）
贵于简洁　妙在传神 ……………………………………………（34）
弘扬现实主义文学精神 …………………………………………（38）
现实主义文学创作之镜鉴 ………………………………………（40）
映天下之秋的一片红叶 …………………………………………（43）
论《满巴扎仓》的本土叙事与现实品格 …………………………（47）
梦的灵光与美的潜流 ……………………………………………（52）
关于《斯巴达克思》的商榷 ………………………………………（57）
锤击人心　警策生活 ……………………………………………（59）
琐谈《鹿图腾》的历史文化意义 …………………………………（63）
荣耀和创伤激发的诗情书写 ……………………………………（70）

乡情以绮丽　寄意于遥深 …………………………………… (72)
丝丝草原风　悠悠杜鹃情 …………………………………… (75)
拓展丰富了共和国文学版图 …………………………………… (78)
字有百炼之金　篇有百尺之锦 ………………………………… (86)
美韵正声　韵味悠长 …………………………………………… (89)
辛勤笔耕　春华秋实 …………………………………………… (92)
赋到沧桑句便工 ………………………………………………… (95)
国家形象和生命观念的艺术展示 ……………………………… (98)
值得珍惜和倡扬的精神遗产 …………………………………… (101)
居之无倦　行之以忠 …………………………………………… (104)
环保的忧患与文学的情怀 ……………………………………… (106)
张扬文学经典的艺术魅力 ……………………………………… (109)
龙江评论谱系与学术创新的标举 ……………………………… (112)
对话灵魂　提升境界 …………………………………………… (115)
大元王朝历史的艺术言说 ……………………………………… (120)
论历史剧《蔡文姬》的主题 …………………………………… (125)
在传统和现代的幽径中探寻 …………………………………… (129)
草原文坛溢新彩 ………………………………………………… (133)
艺术的折射与哲理的回观 ……………………………………… (136)
比篝火更红的诗情 ……………………………………………… (140)
呼唤正直透明的灵魂 …………………………………………… (143)
愿天下猎枪都颤抖 ……………………………………………… (145)
略论短篇小说《莹莹》中的莹莹 ……………………………… (147)
从大山里走来的作家 …………………………………………… (150)
诗家禀赋与卫国情怀 …………………………………………… (153)
燕赵多浩气　人间要好诗 ……………………………………… (155)
欲知大道　必先为史 …………………………………………… (158)
国际反腐的文学之光 …………………………………………… (160)
呼唤壮美与真纯 ………………………………………………… (163)

对莫言获诺奖的浮想 …………………………………… (166)
走进北元历史深处的作家 ……………………………… (169)
个体记忆与时代情怀的交替演绎 ……………………… (174)
韩丁先生给作者的题词 ………………………………… (181)

文艺短评

"我是一个密苏里人" …………………………………… (185)
善人未必不是强者 ……………………………………… (188)
理解挥洒的光与热 ……………………………………… (190)
草莽中啼血的杜鹃 ……………………………………… (193)
昨日时光的回音 ………………………………………… (196)
激情横溢的女作家 ……………………………………… (198)
独特文化积淀的艺术再现 ……………………………… (202)
从牧童到诗人 …………………………………………… (205)
两种视觉　两样风色 …………………………………… (209)
奋斗凝结的心灵投影 …………………………………… (211)
情系万物　画真语直 …………………………………… (215)
《老冒小传》的艺术特色 ………………………………… (218)
《马可·波罗》中的忽必烈 ……………………………… (220)
污泥里的莲花 …………………………………………… (222)
《木屋》中的"橘子" ……………………………………… (224)
野兔肉和柳条筐 ………………………………………… (226)
值得讴歌的爱情 ………………………………………… (228)
土坯屋里的落差 ………………………………………… (230)
此生愿走天涯路 ………………………………………… (233)
略论文学系统的开放性 ………………………………… (235)
文学报刊系统方法思考 ………………………………… (238)
文学新秀的苑圃 ………………………………………… (244)
面向时代　面向人民 …………………………………… (249)

不应玷污通俗文学的名声 …………………………………（253）
有胆有识的著述 ……………………………………………（255）
歌德赞中国文学的启迪 ……………………………………（257）
有感于歌德之谜 ……………………………………………（259）
斯诺的创作精神 ……………………………………………（261）
访苏实录与感言 ……………………………………………（264）
文坛泰斗　友谊先驱 ………………………………………（267）
游走在民间的美好灵魂 ……………………………………（269）
平民情韵　人间至真 ………………………………………（271）
启功先生给作者的题词 ……………………………………（273）

包明德：文学的人生 ………………………………………（275）

忆往事　思来者
（自序）

我从童年开始，在精神上就对文学有很强烈的依赖感与期待感。所幸的是，一路走来都与文学相伴，我的学习与工作从来都没有离开过文学。包括教学、评论、研究与管理等经历，我在文学领域已走过四十个春秋。

当初写文学批评文章，主要是在深度阅读作品的基础上有感而发，往往侧重于艺术鉴赏和技巧审视。例如，1979年7月，我写作了后来发表于《光明日报》的文章《贵于简洁　妙在传神》，就是对鲁迅的短篇小说《在酒楼上》反复阅读后所进行的艺术分析。细节是形象的血肉，简洁则是天才的姐妹。对于吕纬甫这个经历曲折、性格复杂的人物，鲁迅没有滞留于扁平地描写与冗长的记述，而是以他七次掏烟与吸烟的窘态和话语，寥寥数语即曲尽幽微地活现出吕纬甫颓退的魂魄及无聊的内心。从而，达到了完美的艺术效果。

"操千曲而后晓声，观千剑而后识器。"广泛而深入地阅读中外文学经典名著，不仅能培养起文学鉴赏和批评的审美悟性，且可加深对文学特质、功能、作用与规律的认识和理解。文学是人类认识和把握生活，省思和提升自身的一种独特方式。优秀文学作品充溢着自由、强壮、审美与担当的气韵，可让读者认识自身，找到知己，激发想象，振奋精神，憧憬美好，增添勇气和力量。伟大的文学作品，赋予人们生存之上的精神；文学的神圣领域，任何粗暴与污浊都不能玷污和摇撼。文学批评的重要使命，

细节激活历史

在于把渗透潜隐在作品中的这些价值元素开掘出来，阐释清楚，弘扬推广，做作者与读者心灵的桥梁，做天下的知音。

1980年，在内蒙古师范大学当老师期间，我参加了中国人民大学马克思主义文艺理论研修班。通过导师讲授与自己阅读，系统地学习了马克思主义文论的经典文本，也认真赏阅了马克思和恩格斯等评论到的作家作品。文学，作为一种复杂的精神活动与高级的审美现象，蕴含着历史的脉动，时代的激情，人民的心声，温暖的关怀，丰富的知识与绚烂的风景；承载着理想，精神，憧憬与选择。文学，按着历史法则和美的规律去想象，去塑造，去期待，使人们追求真理的情怀与战胜人生的勇气，得到激发、培育和升华。一部优秀的文学作品，就是一本人生的教科书。

文学批评的使命和责任，不仅是抒发阅读的感受，也不单是为作品加些专业注脚，而是要结合作品的文学性与艺术性，开掘出优秀作品的时代意义、人生图景、价值取向与悠长韵味，展示出人物理想的守望，灵魂的求索与情感的激荡。在一定意义上讲来，文学批评是文学作品的再创造，对历史与人生应更具超越性的思索和眼光。

从1987年5月至1989年5月，我就读于汤一介先生任院长的中外比较文化研究班。执教导师有张岱年、季羡林、袁晓园、启功、吴晓铃、李泽厚、汤一介和乐黛云等先生。这些导师的课并未悉数面聆，但他们主导编写的教材和他们的主要著述，或为必修，或为辅助，我都进行了系统地学习阅读。这使得我的文学视野与学问空间得到新的拓展。而且，我感到这个阶段的学习与思索，与我国学界在80年代关于方法论的积极性建构是合拍的。

在文学所工作的二十多年里，我担任过党委书记、副所长、学术委员、研究员职称评审委员、《文学评论》杂志社社长、《民族文学研究》主编和研究生院文学系教授等职务。我感到所做的第一件有意义的工作，就是同一些学者积极运作并亲手把文学所的创始者与老前辈郑振铎、钱锺书、何其芳、俞平伯、余冠英、吴世昌、蔡仪和唐弢等大师巨擘的肖像，挂上文学所会议室的墙壁。他们是文学所的学术象征，他们的学识与品格将光映千秋。虽不能至，然心向往之。有他们在那照着，加之几乎每天都吸纳着新鲜的学术空气，在文学所这个平台上，学不到东西是不可能的，不想提高自己都做不到。通过参加所内外、国内外丰富的学术活动，我对文学所的定位、职责与使命日益有新的认知和理解，同时也更增强了工作的使命感和自信力。

其间，作为评审委员我参加了总共十五届全国最高文学奖（茅盾文学奖、鲁迅文学奖、骏马文学奖等）的评奖工作。这使得我认真阅读了各个时段、各种体裁的优秀作品，把握了中国当代文学创作及其演进的律动。文学评奖活动实际上也是文学批评活动。在这个过程中，经院批评与社会批评实现着互动，传统文学观与现代文艺思潮及理论创新成果进行着碰撞与交汇。健康正规的评奖活动，有利于促进文学创作的繁荣，有利于激活文学批评与理论研究的张力，也有利于推动文学阅读热情。文学研究与评论，需要走进公共空间，需要面向文学现实，而参加文学评奖活动就是一个很有意义的切入点。同时，也感受到当代文学边界的动态感。

我曾到德国、英国、法国、俄罗斯、泰国和美国等十多个国家进行学术访问或文学交流，感奋新奇，获益良多，记忆丰富而美好。我平生踏上欧陆的第一站就是德国名城特里尔，那是卡尔·马克思的故乡。并非有意是天意。我在高中时代就酷爱《马克思的青年时代》这本传记文学，阅读了很多遍，有的章句到今天还记得住，背得来，其精魂穿透了我的心灵。所以，一直以来就特别神往特里尔。当年，青年马克思离开特里尔，告别心爱的燕妮·威斯特华伦，顺着美丽的摩泽尔河到波恩大学去学习，从而开启他影响和引领人类的伟大征程。我自感是文学马克思的信仰者。在2006年9月访学英国的第一天，我独自来到伦敦海德公园，因地制宜地采摘一束芬芳的花草，献给那象征崇仰与寄托的石雕。

在公墓徜徉中，意外地发现这里还有艾略特之墓。这位英美新批评派的代表人物认为真正的文学艺术，既是时尚的，也是永恒的。现代主义有其生成的时代与社会的根由，有值得关注和借鉴的元素。然而，应当留意时空与土壤的差异，不能一概否定，也不可盲目照搬。文学艺术的根基在民族，在本土，在本国。根深才能叶茂，源远方可流长。

细节激活历史

在伦敦女王歌剧院，我看了一场歌剧《悲惨世界》。陪同的英国朋友对我说，有位女青年看过数百场这部歌剧。这让我感奋不已！无论对读者，对观念，还是对批评家来说，经典作品都总有说不完的话。每一次阅读、欣赏与评鉴，都会有新的发现，新的感触和新的启迪。

我感到自己总有一股怀疑与追问的天性。《关于〈斯巴达克思〉的商榷》和《论历史剧〈蔡文姬〉的主题》等篇文章，就是我对某些权威意见提出的不同看法。对于无论怎样的作家或批评家，无论国内外何等层级的文学奖项，总怀有或多或少的保留。

我很赞赏卢卡奇、阿尔都塞、本雅明、布莱希特、阿多诺和伊格尔顿等西方马克思主义文论家。我对他们并没有深入系统地研究和了解，只是零星阅读了他们著述的中文译本。但他们对马克思主义经典文本的解读与阐释，他们积极的文学姿态，他们在文学、哲学、政治、历史与人生诸方面的碰撞与探寻，都给我很大的启示。

我接触过几位还在世的诺贝尔文学奖获得者，印象较深的是尼日利亚的沃勒·索因卡（Wole Soyinka）。那是 2012 年 10 月 29 日，我在中国社会科学院学术报告厅聆听了他的演讲，并参加了他和十几位专家学者的座谈。从他那里，我了解到非洲当代文学的状貌与走势，感受到非洲所经历的战争、无序与痛苦，认识到进步的作家如何激励人们从内部重构，展示未来的蓝图，指向可能的复兴。

"聚散苦匆匆，此恨无穷。今年花胜去年红。可惜明年花更好，知与谁同？"（欧阳修《浪淘沙》）我常悔虚度很多。搬来欧阳修的几句词，就是为了表达我对文学的热爱、亏欠与期待。

"同好相留，同情相成。"在这本册子编辑出版过程中，得到赵剑英、郭晓鸿和慈明亮等旧朋新友的大力支持。他们的敬业精神、专业品位与纯正人格，令我感动与赞佩！同时，我的同事党圣元、高建平、金惠敏和丁国旗亦给予热情关注。在这里，谨向他们致以衷心的谢忱！由于时间所限和个人偏爱，有几处引语与阐说，在几篇文章中重复出现，敬请学界朋友审度体谅。另外，收在文集"文艺短评"的文章，有的实在找不到当初发表的原书刊，有的是即兴发言，此前发表过。所以，这部分短评都统一没有注明发表书刊与时间。这些短文都写作于 20 世纪末至 2015 年。特此说明。

包明德

2016 年 6 月于北京龙泽苑

临潼万卷喜见一书,所谈意气生二百年,多少世事话到情深,忘取梁,季羽同志成绩丰硕题赠,明德贝余指正 其庸言

一九八〇年七月十日羡返京机中所见

冯其庸先生给作者的题诗

文艺评论

略论文学的民族性与世界性

文学的世界性,是指在相当的审美层次上,从内容到形式诸方面,世界各民族对某一民族文学作品的认同、共识或共鸣。中国的楚辞、唐诗,古希腊、古罗马的神话,印度泰戈尔的诗,英国莎士比亚的戏剧,俄国普希金的诗,等等,跨洋过海,流年经代,为各国各族人民所喜爱、所阅读、所传颂,其中的历史意识,哲学理趣,向往追求,道德观念及艺术上的价值,为世界各国几代人和几代作家所汲取,对于提高人类的文明素养(人的质量),推动文明的进程,对于各民族文学的发展,起到不可或缺、无可替代的巨大作用,这类文学作品在艺术审美与价值选择上体现了普遍的意义,可以说具有较强的世界性。

文学艺术审美的世界性,是个内蕴极其丰富而科学的概念,浅层理解会流俗,认为深不可及会神秘化,偏执狭隘会自我隔绝,僵化停滞会走向枯竭。

用强、弱来表述文学的世界性不一定准确,但世界性肯定有突出和鲜明的程度问题。某一民族的人们,对其他民族的文学,或多或少会有感兴趣的东西,但不可轻易称其为"世界性"。歌德当年曾对一部中国传奇(据说是《风月好逑传》)发生了浓厚的兴趣,认为"它很值得注意"并由此夸赞道:"中国人在思想、行为和情感方面几乎和我们一样,使我们很快就感到他们是我们的同类人,只是在他们那里一切都比我们这里更明朗,更纯洁,也更合乎道德。在他们那里,一切都是可以理解的,平易近

细节激活历史

人的，没有强烈的情欲和飞腾动荡的诗兴……"① 这部中国传奇在国外产生了影响，特别对于歌德这样的审美主体来说能引起共鸣，不可谓没有世界性，但综合考察，这部作品的世界性并不强。

文学的世界性，或说具有世界性的文学，不等于"全世界的文学"，更不等于"文学方面的世界主义"。马克思在《共产党宣言》中有一段话："资产阶级，由于开拓了世界市场，使一切国家的生产和消费都成为世界性的了。……物质的生产是如此，精神的生产也是如此，各民族的精神产品成了公共的财产。民族的片面性和局限性日益成为不可能，于是由许多种民族和地方的文学形成了一种世界的文学。"② 从马克思主义的根本观点看来，马克思这里所说的"世界的文学"是在一定意义上讲的，不可理解为现阶段存在一种超越时空、凌驾于各民族之上的"世界的文学"。"中世纪的欧洲是属于世界主义的，它被基督教和拉丁文化统一起来；文艺复兴时期，共同的人文主义则把欧洲的作家们结合起来，到了18世纪，欧洲竟然法国化、哲学化了。这初期三个阶段的世界主义实际上是时间长短不一的语言统一时期——至少是承认一种被普遍运用并受到热爱的语言占了优势的时期。随着浪漫主义的出现，民族独创性被肯定了。"③ 还有许多文艺理论和实践现象可以说明，"文学的世界主义"在一个相当长的历史时期是不存在的。我们讲文学的世界性和文学的"世界主义"或"世界文学"是有质的不同的。

我们处在经济全球化、政治多极化、文化多元化的世界历史新时期。政治的过招、经济的竞争，都伴随着文化的碰撞与交锋，都要遭遇"文明的冲突"。国学的研究，文化的建设对国力的兴衰强弱历来有着突出的作用。国家文化安全、文化发展、文化强盛在当前显现得尤为突出。这期间，随着经济的影响，文化的碰撞，随着空间的舒展与宽阔，文学不但不会全球化，反而会更加强化国家观念与民族特色。因此，我们必须从时代

---

① [德]爱克曼辑录：《歌德谈话录》，朱光潜译，人民文学出版社1978年版，第112页。
② 《马克思恩格斯选集》第1卷，人民出版社1972年版，第254—255页。
③ [法]马里奥斯·法朗索瓦·基亚：《比较文学》，颜保译，北京大学出版社1983年版，第1页。

的高度与世界的眼光来审视对待文学创作与文化建设问题。"大英帝国宁愿失去一个印度，也不愿失去一个莎士比亚。"① 当年的这种理念，显然并没影响英帝国对各殖民地物质财富的掠夺，但莎士比亚作品中的价值观念无可阻遏地渗透、浸润了英国人的心灵。美国仅有二百多年的国家历史，是个种族杂多的移民国家，但在维护"美国利益"方面是惊人的一致。我们的祖国有五千年灿烂悠久的历史，五十多个民族一直繁衍生息在这块土地上，都为中华文明的发展做出过贡献。各民族之间相互影响，相互融合，具有强大的凝聚力。崇尚国家统一，维护国家统一和国家利益，是我国各民族珍贵的价值观念，也是各民族优秀文学的主旋律。点燃社会的文明之火，唤起文化的自觉和民族的自信，弘扬爱国爱民的优秀传统，是跨向21世纪拓展前景的中国各民族文学的重要使命和突出的特征。"杜鹃再拜忧天血，精卫常怀填海心"，爱国强国是文学创作永恒的情怀。

我国的文化是一体多元的，我国的文学也是一体多元的。就是说，各民族处于一个政体和国体中，但文化上是纷繁多样的。中国各民族的文学，没有等级的划分，但有类型、花色的区别。马克思主义告诉我们，古往今来每个民族都在某些方面优越于其他民族，每个民族都有某种为该民族所有，为其他民族所无的珍贵特质。这优越的方面和珍贵的东西，就是民族互动与文学创作的生长点，各民族交流融通的新质，就是各自所具有的珍贵优秀的方面。比如说中国东方歌舞团，主要还是以蒙古族、藏族、维吾尔族、傣族等民族的歌舞见长。如果是单一的汉族或其他民族的歌舞，那不但不会如此色彩纷呈，而且必然走向单调与消亡。如同珍惜维护自然界的生态环境一样，同样需要珍爱保护文化的生态，充分重视保护和发展各民族的文化。我们说民族作家走向自觉，走向文化，就是他们从创作到理论体现了这种悟性。那就是文学创作必须开掘文学的本土资源，倡扬本民族优秀的潜质，用民族民间的东西构筑自己作品的血肉，保持和发扬文学的民族特点和风格。

---

① 鄂华：《鄂华中短篇小说选》，吉林人民出版社1984年版，第11页。

细节激活历史

文学的民族性，是指一种文学在各民族文学的比较中，从思想内容到艺术形式，所显现出的差异性、个性色彩。

对于文学的民族性问题，古今中外的学者、作家和评论家有过诸多论述。这些论述在很多方面意思是趋于一致的，但在一些基本问题上一是没有深入讨论下去，二是歧见很多，其中也不乏谬见。在这个问题上，研究得深、把握得准的作家还要看俄国的果戈理和中国的鲁迅。果戈理有句听起来老而又老的话："真正的民族性不在于描写农妇的无袖长衫，而在于具有民族的精神。诗人甚至在描写异邦的世界时，也可能有民族性，只要他是以自己民族气质的眼睛、以全民族的眼睛去观察它，只要他的感觉和他所说的话使他的同胞们觉得，仿佛正是他们自己这么感觉和这么说似的。"[①] 鲁迅曾说到一个外国人，自幼生长在中国，自以为是中国通，其实不然，许多事情做起来并不像。所以文学的民族性尽管是多侧面的立体结构，但其核心是"民族的眼睛"和"民族的精神"。

民族题材是文学民族性的重要因素，但有时却是最不能说明问题的，张承志的《黑骏马》写的是蒙古族草原生活的题材，但他的作品可不是蒙古族文学。他是用他本民族的眼睛来看草原生活的，是用他本民族的精神来观照草原生活的。但文学的民族性又不能"唯成分论"。李準是蒙古族的子孙，木华犁的后代，但他的《大河奔流》、《李双双小传》等，不能说成是蒙古族文学。莎士比亚的有些作品取材于他国，但他的作品是英国文学，鲁迅是地道的中国作家，普希金是十足的俄罗斯诗人，泰戈尔是纯正的印度诗人。这类作家，他们生命的根深深扎在本民族生活的土壤中，他们的天性与心灵与他们本民族血肉相连，与本民族同呼吸，共命运，他们熟悉本民族的历史沿革、文化传统，他们有深厚的民族文学的造诣，他们习惯和熟悉本民族的思维方式和抒情方式，他们掌握着丰富的民族语言。

"每个民族都有两种哲理：一类是学究式的、书本的、郑重其事的、节庆才有的；另一类是日常的、家庭的、习见的。这两种哲理通常在某种

---

① [俄] 果戈理：《关于普希金的几句话》，新文艺出版社 1953 年版，第 2 页。

程度上彼此接近，只要谁想描写一个社会，他就必须认识这两种哲理，尤其是必须研究后一种。"① 别林斯基的这些观点，读起来似乎很旧，领会起来新意无穷，深意无限。当代文坛上某些趋时的作品根本谈不上什么民族性。其中的重要原因是他们缺少对这两种哲理的学习和研究，他们没有抓住民族精神更深更有价值的方面，他们没有认真研究民族的历史和风俗。他们注重的是一些时兴的文学符号和浅层的浪花，他们仅凭感觉捕捉的往往是一些表面现象。

阿来在谈到自己的创作和某些评论时说："一个令人遗憾的情况是，一方面西藏的自然界和藏文化被视为世界性的话题，但在具体的研究中，真正的民族文化很难进入批评界的视野。所以，阿古顿巴这个民间传说中的人物与《尘埃落定》中的傻子之间，那种若有若无的联系不被人注意，好像就成了一个命定的事情。"② 阿来的这个意见，对于理论批评的警策性在于，尽管中国各民族的文学必然相伴于全国的政治经济、思想文化态势，有其共性，但要防止概念化的抽象和套搬，要特别注重民族文学的个性，关注民族、民间的东西对民族文学发展的意义，注意民族心理建构的原型，捕捉民族生命隐秘的启示，不要忽略作家的感觉经验。乌热尔图的头脑里，装满了鄂温克族古老的梦想、传说和神话。反映到他的创作中，就是对大自然的敬畏和珍爱，告诉人们"遵守该遵守的，信奉该信奉的，爱护该爱护的"，否则就要倒霉遭殃。通过乌热尔图作品所体现的鄂温克人对山林的依恋，对动物的珍爱，对和谐的呼唤，是很多其他文学作品难于企及的。这也会给其他民族的文学创作，给我们的生活带来珍贵的启迪。在蒙古族古代经典《蒙古秘史》问世750周年前夕，联合国教科文组织给予很高的评价，指出《蒙古秘史》是在人类文化发展中留下的印迹，在世界文化史上享有崇高地位的著作。《蒙古秘史》的独特的艺术、美学和文学传统及天才的语言，使它不仅成为蒙古文学中独一无二的著作，而且也使它理所当然地进入世界经典文学的宝库。越是民族的，便越是中国

---

① ［俄］别林斯基：《别林斯基论文学》，梁真译，新文艺出版社1958年版，第86—87页。
② 阿来：《文学表达的民间资源》，《民族文学研究》2001年第3期。

的；越是中国的，才便是世界的。这个推论的积极意义在于发展文化必须有民族自信心，要扎根于本土，要为我所用。文学的民族特点和风格，是文学发展规律的需要，是繁荣中国文学，建设中华文化的需要。

有鲜明的民族性，才有世界性，世界性是民族性的追求，是民族性的理想。世界因各个民族而多彩，各民族的艺术在世界上争芳斗艳。越是民族的，才越是世界的。万里长城是中国的，它也是世界的；金字塔是埃及的，它也是世界的。这样一种提法是积极的、发展的、前进的观点。但目前直至久远，我们所应注重和强调的应该是民族的。文学的民族性根深蒂固，源远流长，具有很强的稳定性，是难于随风摇摆的。1789年的法国大革命及其文学，对英国，对世界产生了很大影响。但在英国很快即出现了以柏克为代表的民族保守主义的反作用。巴尔扎克、莫里哀、雪莱、托尔斯泰等，无论他们的视野如何开阔，知识面怎么宽，他们也还是属于法国、英国或俄国。英国出不了巴尔扎克，法国出不了普希金，俄国出不了莫里哀，英国、法国和德国出不了鲁迅。

当然，文学的民族特点、民族风格和民族传统，不是僵硬凝固的概念，而是个动态的流程，是在长久的积累与积极的互动中更新发展的。大家熟悉的一批民族作家突出的特点是最少民族的狭隘性和保守性，能与时俱进，深入生活，好学多思视野开阔，能从现实生活中，从当前的理论探讨与创作实践中汲取鲜活灵动的营养，从而使自己进入时代的语境，激活新的创造力。

民族性的鲜明和稳定，与民族的狭隘性是根本不同甚而是相对立的两个命题。因此说越是民族的东西，越能走向世界主要是指作品体现了民族有价值的积极的方面，独特性鲜明的方面。同时，又很少狭隘保守的东西，甚而体现出受外国外族的有益影响。法国莫里哀在法国以外的影响大大超过了拉辛。这是因为相对说来，拉辛民族的保守性较强，而莫里哀人道主义和美好的人情味，却更容易冲破民族和国家的界限，在世界上产生广泛久远影响。

满族女作家叶广芩深有体会地说："1968年我走出北京，来到陕西，这使我有了与京师完全不同的生存环境和人生体验；再后来我到国外去留学，那完全陌生的领域又使我与中国文化拉开了距离，从另一个角度来审视我们的民族与文化，这些无异于给我开辟了一片更为广阔的视野。"[1] 阿来在强调民族民间文学影响之后，又说："这部小说（指《尘埃落定》）的成功，还有很多方面的因素。比如我在地方史、宗教史方面积累的知识，比如能通过汉语言从各国优秀文学中汲取丰富的营养，比如我把我的故乡放在世界文化这个大格局，放在整个人类历史规律中进行的考量与思想。"[2] 叶广芩和阿来的见解，体现着一批活跃在文坛，有较深文化素养和较高文学品位的民族作家的总体风貌。在他们的作品中，不赞美远古的荒蛮，不欣赏初始的拙朴，不渲染病态的陈迹。他们不会把劣点弱点当特点，他们敬重和理解先辈的业绩与传统，但不沉迷不褊狭，认识到只有超越自己，才能发展自己；只有走出去，才能飞起来。他们总能努力把昨天的事情用今天的文化眼光去观照与融会。

我们的时代飞速发展，我们的生活日新月异。当今世界既充满矛盾与冲撞，又需要对话与沟通，各国各民族文学的发展不可能处于封闭孤立的状态，对文学的世界性与民族性的相互关系必须有科学的态度与开阔的视野。各个民族的文学，从题材、思想立意、价值观念到文学形式、创作方法和艺术技巧，都有比较优越的方面。民族的文学，必须深深地扎根于本民族生活的土壤中，同时要有开放的眼光与胆识，善于学习和借鉴外国外族那些有益的东西，以丰富和强化自己。文学的民族性与世界性的对立统一关系是无穷尽的，是个世远年深的过程。在这个过程中，世界文坛因各种民族文学的存在和发展，而呈现绚丽多彩的局面；各民族的文学又在多彩多姿的局面中，不断汲取其他民族有益的艺术养料而得到不断的发展。

（原载《文学研究所学术文选》，中国社会科学出版社2003年版）

---

[1] 叶广芩：《采桑子·后记》，北京十月文艺出版社1999年版，第434页。
[2] 阿来：《文学表达的民间资源》，《民族文学研究》2001年第3期。

民族品格的张扬与世界视野的拓展

——我国蒙古族文学的审美追求

浩茫草原，千古壮歌。我国蒙古族文学于数千年的发展演进中，在保持鲜明的传统特色、个性气质及美学追求的同时，更以兼容开放的姿态，拓展视野，吸纳其他民族文学与文化的营养，从而不断地融入新质，绽出奇葩。它所充溢的艺术品格与文化精神，为一体多元、多中显一的中华文学注进活跃的基因，增强了综合创新、发展繁荣的艺术张力。

一

蒙古民族素有"马背民族"、"草原雄鹰"的称誉，马和诗歌是蒙古族人的两只翅膀。在远古时期，神奇优美、瑰丽动人的祭词、祝词、赞词、神歌、英雄史诗、民间故事等作为蒙古民族生活的一部分，在民间代代相传。被联合国教科文组织誉为"世界经典文学的宝库"的《蒙古秘史》是蒙古族第一部书面文学巨著，成书于1240年。

13世纪，一代天骄成吉思汗及其子孙们崛起于中国乃至欧亚的历史舞台，影响了全世界。在蒙古族统治者入主中原，建立统一强大的元朝以后，大批蒙古族人因做官、屯兵或求学而迁居内地，学习汉文汉语，学习汉族的历史和文学。蒙汉文化的交融互动从内容到形式跨越性地推动了蒙古族文学的发展。在元、明、清三代，蒙古族作家不仅用母语，也用汉文创作了很多小说、诗歌、散曲、杂剧等等，有作品传世的蒙古族作家数以百计，丰富、推动了中国文学。及至晚清近代，以尹湛纳希、哈斯宝为代表的文学家把蒙古族文学创作和理论批评推向一个历史的高峰。尹湛纳希用蒙文创作的长篇小说《一层楼》、《泣红亭》、《红云泪》、《青史演义》和诗歌，以及他翻译的汉族文化典籍，还有哈斯宝的《新译〈红楼梦〉回批》，不仅反映了蒙古族文学思想艺术的品位，也体现了蒙汉文化的交流、互动与熔铸。

新中国成立后，蒙古族文学走向新的繁荣，涌现一批蜚声中国文坛的作家作品。例如：纳·赛音朝克图的长篇抒情诗《狂欢之歌》，玛拉沁夫的长篇小说《茫茫的草原》（上部），阿·敖德斯尔的长篇小说《阿力玛斯之歌》，扎拉嘎胡的长篇小说《红路》，巴·布林贝赫的长诗《生命的礼花》，阿·敖德斯尔的中篇小说《草原之子》，葛尔乐朝克图的中篇小说《路》，朋斯克的中篇小说《金色的兴安岭》，安柯钦夫的短篇小说和散文等。还有，生活在北京的蒙古族作家萧乾的散文《草原即景》、《万里赶羊》，生活在河南的蒙古族作家李凖的短篇小说《夜走骆驼岭》、《车轮的辙印》以及蒙古族诗人牛汉的诗歌。

新时期以来，蒙古族作家队伍得到壮大，老、中、青三代作家，在新的社会环境与文化环境中，自觉地回归文学，开掘潜质，走向文化，他们用蒙古文和汉文创作出很多优秀的作品。这期间陆续出版的《纳·赛音朝克图全集》、《敖德斯尔文集》、《布林贝赫文集》、《扎拉嘎胡文集》和《葛尔乐朝克图文集》，玛拉沁夫创作出版的《茫茫的草原》（下部）等，是当代蒙古族文学的经典文本。其他产生较大影响的蒙古族文学作品有玛拉沁夫的中篇小说《爱，在夏日燃烧》，阿云嘎的长篇小说《僧俗人间》，力格登的中篇小说《生活的逻辑》，布和德力格尔的长篇小说《青青的群山》，郭雪波的长篇小说《大漠狼孩》，韩涛高的长篇小说《雾霭漫漫的草原》，布仁特古斯的长篇小说《空旷的杭盖》，白雪林的短篇小说《蓝幽幽的峡谷》，哈斯乌拉的短篇小说《虔诚者的遗嘱》，伊德尔夫的中短篇小说集《谁之过》，孙书林的长篇小说《百世苍凉》，巴根的长篇小说《人蠹》，

《满都麦小说选》；查干品诗集《彩石》，阿尔泰的诗集《心灵的报春花》，齐·莫尔根的长诗《蝈蝈声声》，勒·敖斯尔的《诗选》，鲍尔吉·原野的散文《寻找鲍尔吉》、《静默草原》等。

中外优秀作家对于文学发展的民族本土轨迹都有清醒的体认。日本作家川端康成深有体会地说："我们的文学虽然是随历史文学潮流而动，日本文学传统却是潜藏的看不见的河床。"① 纵观蒙古族文学的发展，同样可以清晰地看到，蒙古族文学艺术的活水从古到今在自身的河床中流淌激荡，从题材、主题、审美心理、抒情方式、风俗画、风景画、哲学宗教理趣到语言，都鲜明地体现着民族特点与民族品格。从马和韵文方面来说，"马背上的蒙古人自古以来对马有特殊的感情，历代蒙古族文学作品中不但描绘了大量的各种类型、体态、毛色的马的形象，而且马的意象发展成为蒙古民歌比兴手法中喻意最丰富、运用最多的兴象，从而使马的意象成为蒙古族文学、蒙古族民歌发展史中一个明显的特征。又如蒙古族具有古老而广泛的韵文传统，韵文不仅用于抒情，而且用于礼仪、交际、叙事，甚至连历史都用韵文书写，从而使蒙古族素有'歌海''诗乡'之美称。喜爱和长于韵文表情达意，也成为蒙古族文学史的一个明显特征。"②

如同古希腊、古罗马的神话一样，蒙古族神话也是其族群与文学健康的童年，作为民族心理建构的原型，永久隐秘地启示着生命。鄂尔多斯地区古老的阿塔天神祭祀祷告说："让我们避开妒忌者的恶意"，"让我们避开人世间的奸诈"。对妒忌和奸诈深恶痛绝几乎成了一种"民族性秘密"，体现于各个时期的文学作品中。《蒙古秘史》里有此类的训谕。开创了蒙古族新文学先河的纳·赛音朝克图在20世纪50年代的诗作中依然强烈地体现着同样的精神特征："当嫉妒、仇视、欺诈像蛛网般密布的时候，你是一位烈火般燃烧的作家"（《鲁迅》）。扎拉嘎胡的长篇小说《嘎达梅林传奇》，在表现嘎达梅林纯朗、正直、忠义的同时，突出地刻画与鞭挞了反面角色舍旺的叛卖与狡诈。

---

① 李明非：《论〈雪国〉的艺术特色》，《东北师范大学学报》1983年第1期。
② 荣苏赫等主编：《蒙古族文学史》，辽宁人民出版社1994年版，"引言"第10页。

民族品格的张扬与世界视野的拓展

  渗透于蒙古族精神文化的这种价值理念，还淋漓地体现于文学欣赏、文学评论和文学的比较上。晚清蒙古族文学家哈斯宝，在反复阅读了《红楼梦》之后，为薛宝钗的奸诈忌妒所惊惧。他犀利透辟地评价道，宝钗这个人物"乍看全好，再看就好坏参半，又再看好处不及坏处多，反复看去，全是坏，压根就没有什么好。……看她行径，真是句句步步都象个极明智极贤淑的人，却终究逃不脱被人指为最奸诈的人"。① 他一语中的地指明袭人的阴柔就类似于《水浒传》里的宋江："这一件明明是'更要紧的'，却不开口就提，先用前面那两件毫不相干的事来劝，狡计诡诈到了何等地步？所以我把袭人看作妇人中的宋江。"②

  别林斯基有句老话："越是巨大的诗人，就也越是民族的，因为他可以抓住民族精神更多的方面。"③ 这话看上去陈旧，意思还是鲜活的。各个历史时期优秀的蒙古族作家的才情，在这些方面都有突出的展露。例如《嘎达梅林传奇》有强烈的民族审美魅力，除了对嘎达梅林等历史人物的成功刻画与价值评判之外，还突出地表现在对官场礼仪、宗教礼仪、民俗风情和自然景观的描写上。作品从僧舍、佛堂、王府、庙宇、宴席、卧室、皮鼓、铙钹、振铃、飞钗到花卉、苦蒿、草木、沙丘、牛欢、马奔、蜂拥、鸟啼，从瑰丽神奇的月夜到血雨腥风的战场，雕琢得细致入微，活脱传神，真实地再现了内蒙古草原独特的风貌。这些都是同人物活动互为依存的。

  另外，蒙古族语言"词汇中表达游牧经济文化的词语特别丰富，产生于游牧文化生活土壤的谚语格言非常有特色。所有这些因素使蒙古族表情的文学语言表现出独特的民族风格。特别是受语音、语法制约较大的蒙古族诗歌，在发展中形成以押头韵为主要音韵，以轻重音节为基本节奏的音韵格律"。④ 箴言、训谕、谚语、格言等语言风格的影响，一直传承到当代文学创作中。例如："往事在呼唤记忆，今天在提醒明天"，"骏马不怕草

---

  ① 哈斯宝：《新译〈红楼梦〉回批》，内蒙古人民出版社1979年版，第11—12页。
  ② 同上书，第40页。
  ③ ［俄］别林斯基：《别林斯基论文学》，梁真译，新文艺出版社1958年版，第86页。
  ④ 荣苏赫等主编：《蒙古族文学史》，辽宁民族出版社1994年版，"引言"第10页。

原宽,亲人不怕路程远","绿是大自然的笑脸,黄是大自然的愁容","美梦噩梦重复的机会是均等的,需要重复什么,也因人因事而异啊","上面的松草死气沉沉,冷笑身旁比他们更寂寞的土地"(长篇小说《驼铃的回音》)。由此可见,民族独创性,民族特色与风格,是蒙古族文学形成与发展的身份标志,是蒙古族文学审美品格的精魂。

二

蒙古族文学的演进发展也鲜明地体现着兼容开放的特点,渗透着其他民族文化与文学的因子。远古的神话、祭词、祝词、赞词、英雄史诗与民间故事,都蕴含着突厥、匈奴、鲜卑等北方各民族文化的影响。尹湛纳希是近代蒙汉文化融通与中国各民族文化交流的杰出代表。"他首先在精通本民族语言文字的同时,掌握了汉、满、藏及梵文等多种语言文字,而且博览了汉族史记、满蒙画册、藏族纪文的译稿和维吾尔历史译稿;亲笔抄写了'三体会譬'与'五体会譬'的《清文鉴》书,还对汉族的《资治通鉴》、《朱子通鉴纲目》、《红楼梦》、《三国演义》、《水浒传》等古典名著做了深入研究。"[①] "一种意义只有当它与另外的意义相遇或相接触的时候,才显示其深度,它们加入了一种对话,这就超越了这些特殊意义和特定文化的封闭性与单一性"。[②] 尹湛纳希非常开明通达地慨叹长期受黄教窒闷下的精神文化缺失,毫不褊狭地推崇、引介汉族诸子百家的文化成果。他说:"尹湛纳希我虽然不能通这《四书》的微末,却将它抄出来,或许后世能有读懂者,也便是为蒙古族做些微的贡献。"[③] 正是由于视野开阔、兼

---

  ① 林声:《蒙古族的曹雪芹——尹湛纳希》,萨仁图娅主编《尹湛纳希百家谈》,中国广播电视出版社2003年版。
  ② 转引自[荷]希珀等主编《中国少数民族文化中的史诗与英雄》,广西师范大学出版社2004年版,第295页。
  ③ 扎拉嘎胡:《〈中庸附记〉与绍古其人》,萨仁图娅主编《尹湛纳希百家谈》,中国广播电视出版社2003年版。

收并蓄，才使得尹湛纳希创作出《一层楼》等传世佳作，跃上蒙古族人文精神的巅峰，为蒙古族文学的发展开辟出高远的境界。从而使自己成为蒙古族有里程碑意义的文化巨擘。尹湛纳希、哈斯宝都很崇仰敬佩明末文学家金圣叹。哈斯宝明确地申明"自己文艺评论的手法师法金圣叹"。"但是哈斯宝对金圣叹鄙视劳动人民，'不许贩夫皂隶也来读'的态度表示了异议，声明'我批的这部书，即使牧人农夫读也不妨'。"[①] 这都说明近代蒙古族文学家对汉族文学研究理解得何等精严。

新中国成立后的蒙古族文学，在题材、主题方面受内地文学影响最大，总体的艺术价值上体现着"红色经典"的特征。如歌颂新中国、歌颂民族团结，倡扬爱国主义、英雄主义，赞美崇高，有强烈的道德感等。这一批老作家少年时期都受过民族民间文学的熏陶，都有较为深厚的民族文学的功底。同时，他们都精通汉语，有很深的汉族文学的修养。在外国文学方面，受苏俄与西欧文学的影响尤深。在国内外文学的影响下，叙事方法和艺术含蕴也有很大的拓展。布林贝赫的诗歌《命运之马》在意境及情境的创造上就很得汉族古代诗词的精华。《嘎达梅林传奇》中显现的预感和梦境，仙女与妖怪，奇特的遭际及玄妙的偶然，可以说是本土化的魔幻主义的手法。

新时期的蒙古族作家在多元文化与繁杂思潮的促动中，不但没有显现失语的焦虑，反而倒更加自信从容起来。他们在开放文化的参悟中，开掘民族文化传统中潜隐的珍宝，以民族的眼光和人类的视野加以审视和表现。敬畏天地，爱护生命，是蒙古族人心灵中久远的信念。在现代生活的映照下，有些信条显得格外珍贵。例如，几百年来，在蒙古族就有世代相传的狩猎之道，忌讳猎杀怀胎的、带仔的、睡眠的以及幼小的动物。与此相呼应，一些中、青年作家创作了一批环保题材的作品，珍惜自然，爱护生态，奉天承运，天人合一，追寻某些渐逝的文明，就是蒙古族作家郭雪波不懈的追求。他创作的中、短篇小说，有些被译成英、法、日等文字，在多国出版。他的短篇小说《沙狐》，入选联合国教科文组织出版的《国

---

① 哈斯宝：《新译〈红楼梦〉回批》，内蒙古人民出版社1979年版，第16页。

际优秀小说选》。韩素音认为"郭雪波的作品给当代中国文坛带来一股新的活力，一个新的视角。"[①] 青年作家孙书林，十分勤奋多思，近年来创作一系列长篇、中篇、短篇小说，出版了《孙书林文集》。作为蒙古族的后代，他一方面为自己民族那强悍勇敢、奔放自由的传统而自豪，另一方面，又为它被历代封建统治者精神禁锢与蒙昧而消衰的精神而扼腕。在长篇小说《百世苍凉》中，悠远而曲折的叙述，传达出蒙古族新一代奋发振兴的呼声。

我国蒙古族文学的发展繁荣、长盛不衰说明，一个民族的文学必须张扬自己的个性，坚持本民族文化优秀的传统，同时保持开放的姿态，积极地同其他兄弟民族乃至世界各国文学交流互动，并站在人类和时代精神文化的高度不断进行调适，激活自己，增长自己，发展自己。

三

我们正处在多元文化冲撞、沟通、对话的历史新时期，加之通信传媒的便捷，我们时时都能呼吸到信息与语义的新鲜空气，同时也面临着新的挑战和问题。这也正是感知自己短缺，张扬自己优长，激发创造力，用他山之石打磨自身，发展民族文学的机遇。大家清楚，这期间时有所闻的"文化全球化"、"文化趋同"或"文学世界主义"之类的说法，隐含着虚假与霸权的意味，抑或是对强势文化的盲从。若对"文化全球化"做文化上互补互促的解读，那还是有积极意义的。否则，就会有谁化谁、化向何方这样难于给出答案的问题。

中外文学的发展证明，每一个历史热潮的到来，都会给世界带来影响，从而使很多民族与国家的文学，表现出某种相近的倾向与风貌，但终究还是在本身的艺术轨道上前行。1789年的法国大革命影响了欧洲，影响了世界，影响了拜伦、雪莱、司各特、歌德等别国的作家。但欧洲文学并

---

① 参见《天之魂》，百花洲文艺出版社2002年版。

没有"大革命化",司各特等英国作家反过来影响了巴尔扎克、雨果、大仲马等法国作家。"中世纪的欧洲是属于世界主义的,它被基督教和拉丁文化统一起来,文艺复兴时期,共同的人文主义则把欧洲的作家们结合起来,到了18世纪,欧洲竟然法国化、哲学化了。这时期三个阶段的世界主义实际上是时间长短不一的语言统一时期——至少是承认一种被普遍运用,并受到热爱的语言占了优势的时期。随着浪漫主义的出现,民族独创性又被肯定了"。① 文学民族个性根深蒂固,源远流长,具有很强的稳定性、传承性从当前直到久远,我们所应注重和强调的应该是民族的、国家的文学。民族品格的张扬,才能推动世界文学的多彩,避免走向单一,进而也提升人类的文明。所以,世界性则是文学民族性的追求和理想。

远水有浪,他山有春。在马克思主义看来,古往今来每个民族都有某些方面优越于其他民族。既然大家都有优越的方面,自然也应该有不如人处。这就需要每个民族的作家能以开放的姿态,敢于面对世界,积极进行沟通交流,善于取长补短,并凸显自己的长处,创作出具有世界高度、体现人类共同追求的作品。马尔克斯曾一再表明,他的创作一方面是得益于加勒比地区的地理与文化背景、土著民间文学和悠远的非洲血统,另一方面则是得益于欧美现代主义,特别是卡夫卡、福克纳、海明威、乔伊斯。② 我国白族诗人晓雪,满族作家颜一烟,彝族作家李乔、吉狄马加,达斡尔族作家孟和博彦对歌德、普希金及其他伟大作家的喜爱、研究和学习是众所周知的。藏族作家阿来在谈到《尘埃落定》的创作经验时说:"这部小说的成功,还有很多方面的因素。比如我在地方史、宗教史方面积累的知识,比如能通过汉语言从各国优秀文学中汲取丰富的营养,比如我把我的故乡放在世界文化这个大格局,放在整个人类历史规律中进行的考量与思想。"③ 鄂温克族作家乌热尔图和满族作家叶广芩也都深有体会地说过,只有放开眼界来审视自己的民族与文化,才能开拓一片

---

① [法]马里奥斯·法朗索瓦·基亚:《比较文学》,颜保译,北京大学出版社1983年版,第1页。
② 宋生贵:《追求新的民族艺术个性》,《内蒙古大学学报》2002年第2期。
③ 阿来:《文学表达的民间资源》,《民族文学研究》2001年第3期。

更为广阔的视野;只有超越自己,才能发展自己;只有走出去,才能飞起来。

中华民族是由多民族构成的,中华文化是多元一体的文化。精神文化的联系与互动,是中华民族增加凝聚力、国家团结统一最重要的纽带与标识。中国文学也因多民族而更加色彩纷呈,各民族的文学在祖国的文苑争芳吐艳。当今正活跃着的蒙古族作家同我国其他民族的优秀作家一样,"他们的文学良心、民族气质和与生俱来的对文学世界的敏感使得他们在创作中一方面借助于新的文学理念与方法写出了一批有深度的民族文学经典,另一方面他们作为民族文学的代表承受了全球化进程所带来的对弱势族群的文化压力。他们的文学努力连同他们的身影一起镌刻在新时期的少数民族文学乃至中国文学版图上,并昭示了少数民族文学与整体中国文学走向世界的可能性"。[①] 在这样的情势下,一方面民族作家要克服或许尚存的狭隘保守、孤芳自赏的心态,强化中国作家的文化立场与身份;另一方面,我们要特别重视对少数民族文学研究和理解,甚而有必要重新审视"中国文学"的概念,反省"中国文学史"的范畴。从艺术机制、艺术发展和创作现状等各个角度科学地考察梳理我国各民族文学的关系,以新的姿态实现中国各民族文学的互动整合,开创中国文学的新气象。

而事实上,在这些方面存在着迟滞、遮蔽与偏颇的情形。藏族作家阿来在谈到自己作品及相关的评论时就流露出不满,他说:"一个令人遗憾的情况是,一方面西藏的自然界和藏文化被视为世界性的话题,但在具体的研究中,真正的民族文化很难进入批评界的视野。所以,阿古顿巴这个民间传说中的人物与《尘埃落定》中的傻子之间,那种若有若无的联系不被人注意,好像就成了命定的事情。"[②] 蒙古族作家扎拉嘎胡也说:"历史学家认为无用的东西诸如神话的传说、奇闻轶事,却使人感到异常珍贵和

[①] 罗义华:《文化的乖离与重构》,《民族文学研究》2004年第3期。
[②] 阿来:《文学表达的民间资源》,《民族文学研究》2001年第3期。

可取。"① 民间文学中那隐隐有踪的诗情,倏忽即逝的灵光始终给予书面文学以鲜活的滋养,而且民间文学与文人创作总是相互转化、反复转化的。用既定的程式去套搬民族文学作品必然造成缺失或误读。再者,"难道这样长逾万行的诗(指《格萨(斯)尔》、《江格尔》、《玛纳斯》、《福乐智慧》等史诗——引者注)不应该认真研究,而只研究长仅数十字、百余字的宋朝小令、慢词,就能够全面地描绘出中国文学的整体结构吗?只要我们把视野扩大到中国文明史和世界文明史的角度,总揽五十六个民族无比丰富多彩的文学形式,那么中国北方文学的重要性,就自然而然地凸显出来了"。②

总之,探讨和总结蒙古族文学的发展轨迹和我国各民族文学的发展规律及其相互关系,对于中国文学的发展,对于回应世界多元文化的冲撞挑战,对于激发新的学术增长点,对于构筑强势的中华文明,都有着非同寻常的时代意义。

(原载《文学评论》2004 年第 6 期)

---

① 扎拉嘎胡:《扎拉嘎胡文集》,远方出版社 2003 年版,"后记"。
② 杨义:《重绘中国文学地图》,中国社会科学出版社 2003 年版,第 101 页。

丰富马克思主义文艺批评标准的阐释力

2014年10月15日,习近平总书记主持召开文艺座谈会,并在会上做了重要讲话。习近平通观世界文明发展的历史,站在实现中国梦的时代高度,怀着对我国文艺工作者的高度信赖和殷切期待,深刻阐释了关乎我国文艺发展前进的重大理论与创作问题,他对马克思主义文艺批评标准的精当概括,即要"运用历史的、人民的、艺术的、美学的观点评判和鉴赏作品",[①] 蕴含了对马克思主义文艺批评标准的深度认知和阐扬,是对马克思主义文艺批评标准的继承与创新,是马克思主义文艺理论中国化在21世纪的重要标志,激活丰富了马克思主义文艺批评标准的结构体系及强盛的阐释力。

一

在1859年5月18日,恩格斯在《致斐·拉萨尔》的信中,说"我是从美学观点和历史观点,以非常高的、即最高的标准来衡量您的作品的。"[②] 在这里,恩格斯对文艺的批评标准做了精辟的论述。自此,"美学

[①] 习近平:《在文艺座谈会上的讲话》(2014年10月15日), news.xinhuanet.com。

[②] 恩格斯:《致斐·拉萨尔》,《马克思恩格斯文集》第10卷,人民出版社2009年版,第172页。

观点和历史观点"作为经典话语，构成马克思主义文艺理论的重要组成部分，指导和影响了当时和后世一国又一国，一代又一代的文艺创作与批评。

马克思和恩格斯不仅在理论上阐释，而且在评判具体作品时，也践行了这个原则。例如，对玛·哈克奈斯的《城市姑娘》、欧仁·苏的《巴黎的秘密》、斐·拉萨尔的《弗兰茨·冯·济金根》等作品的批评，还有对巴尔扎克、歌德和易卜生等作品、作家的评论，都鲜明地体现了这样的批评标准。文艺发展的历史证明，马克思主义的这个批评标准是科学的，他启悟引领了千千万万作家和批评家，推动了现实主义文学创作的发展和繁荣。

当然，历史是人民创造的，人民是历史的主体，人民是推动历史前进的动力。也是历史发展进步自然受益者。马克思主义学说的立场就是人民大众，宗旨是解放全人类。所以，马克思和恩格斯总是忘不了人民。他们的学说包括对一些作家作品的评价，也是从人民的处境与命运出发的。马克思说："人民历来就是作家'够资格'和'不够资格'的唯一判断者。"① 他们的文艺评论也充分体现着这一思想，他们全部的关注与爱心，都倾注在被压迫、被侮辱、被损害的劳苦大众身上。玛·哈克奈斯的《城市姑娘》，所描写的是当年伦敦东头缝纫女工耐丽，被有钱人格兰特勾引玩弄后的悲惨境遇。但她却逆来顺受，毫无反抗的意识。然而，这已经不是当时工人的主流。恩格斯怀着深厚的同情与义理，在给作者的信中写道："工人阶级对压迫他们的周围环境所进行叛逆的反抗，他们为恢复自己做人的地位所做的令人震撼的努力，不管是半自觉的或是自觉的，都属于历史，因而也应当在现实主义领域内占有一席之地。"② 马克思、恩格斯合著的《神圣家族》，或称《对批判的批判所做的批判》是批判当年青年黑格尔派鲍威尔一伙所奉行的唯心主义思辨哲学的。在这部著作的《揭露批判

---

① 马克思：《第六届莱茵省议会的辩论》，《马克思恩格斯全集》第1卷，人民出版社2009年版，第90页。

② 恩格斯：《致玛·哈克奈斯》，《马克思恩格斯文集》第10卷，人民出版社2009年版，第569页。

的宗教的秘密，或玛丽花》中，站在时代生活和人民性的高度，以历史唯物主义的批判精神，对主观唯心主义者随意阐释和宰割文学的错误倾向进行了鞭辟入里的批判。在小说《巴黎的秘密》的前部分，作者欧仁·苏对玛丽花形象的描写还是从生活出发的，从人性出发的，而不是按着主观意图设计的。这时的玛丽花虽然处在极端屈辱的妓女境遇中，但仍然保持着人的纯美心灵，人性的落拓不羁和人性的优美。她虽然十分纤弱，但精力充沛，愉快活泼；虽身处逆境，却十分热爱生活。她无钱买花，却整天留恋花市，为的是看花，为的是闻一闻花的芳香。她常常透过河岸的栏杆凝视着塞纳河，又转过来看着花，看着太阳。尽管她为自己可怕的处境感到痛苦和悲伤，但从未对生活绝望过，并且认为这种不幸的命运是可以改变的，更不在上帝面前承认自己有罪。当凶险的操刀鬼暗中欺侮打骂玛丽花时，她奋起反抗，愤怒地用剪刀捅他。总之，在作品的前部分，由于作者采用了现实主义的创作方法，因而超越了他那狭隘世界观的局限，表现了生活和人物的真实性。但是，这样的表现和描写，在欧仁·苏那里，毕竟不是自觉的，也不是他创作主导的方面。他的唯心主义的思辨，即从观念到现实，决定了他的小说在性格描写和人物塑造上不能始终坚持从生活出发，从时代出发，从人的追求向往出发，因而使得玛丽花性格和命运的发展，完全违背了她自身的逻辑。后来玛丽花低下了天使般的头，服服帖帖地皈依了上帝，从此，她不再进行任何抗争了，也不热爱大自然了，她向命运屈服了。因此，《巴黎的秘密》也成为唯心主义思辨哲学的范本。

综合学习考察马克思和恩格斯的理论观点，解读他们对作家作品的评论，可以清晰地看到，他们积极倡导的文艺精神是以人为本，以人民为中心的历史唯物主义和现实主义精神。正如他们所说的，创造这一切、拥有这一切并为这一切而斗争的，正是人，现实的、活生生的人。历史不过是追求着自己目的的人的活动而已。历史—人民，人民—历史，这是一组相悬相照密不可分的概念。习近平同志提出"历史的，人民的，艺术的，美学的"文艺批评的范式，在历史精神和人文精神统一的高度，对马克思主义文艺批评标准做了最新的阐发，是马克思主义文艺理论中国化新的成果。

习近平同志这个讲话的精神,与马克思主义文艺理论中国化的经典成果是一脉相承的。1942年5月23日,毛泽东同志主持召开了文艺座谈会,并发表了《在延安文艺座谈会上的讲话》(以下简称《讲话》)。这是马克思主义文艺理论中国化的深入系统的成果。毛泽东同志在《讲话》中提出作家艺术家"必须和新的群众的时代相结合"。就是要求文艺工作者和文艺要解决好与时代、与人民的关系问题。强调文艺工作者要认清时代使命,站稳立场,明确态度,改变那些和群众的需要不相符合,和实际的斗争需要不相符合的情形。因而,在文艺批评标准上突出了政治标准。新时期以来,随着我国中心工作的转移,党中央根据新的形势调整了文艺政策,提出了"文艺为人民服务,为社会主义服务"的"二为"方向。这是马克思主义文艺理论,也是毛泽东《讲话》精神的正确体现。为人民服务,是文艺的方向问题,是根本性的问题;为社会主义服务,实质是时代的问题,历史的问题。1980年1月16日,邓小平同志在中共中央召集的干部会议上发表《目前的形势和任务》的讲话。在这个讲话中,他明确提出"不继续提文艺从属于政治这样的口号,因为这个口号容易成为对文艺横加干涉的理论根据"。[①] 1980年7月26日,《人民日报》发表了《文艺为人民服务、为社会主义服务》的社论,进一步阐释了新时期的文艺方针和政策。

另外,从李大钊、瞿秋白和鲁迅直到当下,我国马克思主义文艺理论的研究积累了丰厚的成果。特别是新时期以来,学术界在马克思主义文艺理论的研究方面取得了可喜的进展。如,陆贵山先生在《马克思主义文艺批评的理论与实践》一文中,在阐释马克思主义文艺批评的理念范式时,就曾提出"我们还可以对'美学观点和史学观点'作出更加全面的阐释"。[②] 因为,马克思主义的思想宝库中蕴藏着极为丰富深刻的人学思想和人民性,"只有从马克思主义的历史观点、人学观点和美学观点的有机结

[①] 邓小平:《目前的形势和任务》,《邓小平文选》第2卷,人民出版社1997年版,第21页。
[②] 陆贵山:《马克思主义文艺批评的理论与实践》,《陆贵山论集》(马列文论卷),中国人民大学出版社2011年版,第251页。

合上对文学艺术进行更加完整的研究，才能系统的体现文学艺术的本质、价值、作用和功能"。①

再一方面，中国化的马克思主义文艺理论，是与中国文论和创作实际相结合的，因而是同根同脉互相融合的。而中国文论更贴近文学事实和文学元素，注重艺术构思和审美情韵，这和西方文论的过度哲学化相比较，显示出鲜明的中国特色。通览中外古今的文学创作和文学批评，可以清晰地看到"民族审美心理中积淀着民族特有的想象，情感，记忆和理解。任何一个民族，其审美能力的生成和发展都有别于哲学抽象力的深化，也不同于伦理道法体系的规范化。作为人类历史的感性成果，民族审美的鲜明特点是理性与感悟、民族与个体、历史与心理的融合统一"。② 中国文论中的"载道说"、"言志说"、"忧患说"、"伤感说"、"发愤说"、"童心说"和"情真说"等，很难在哲学意义上进行抽象，但一直游走在中国文艺创作与评论中的精魂。这种"艺术的"追求文艺创作和"艺术的"进行鉴赏和批评，从古到今已在文化界、学术界和民间约定俗成，奉为大家所习惯的规约。

一个时期以来，习近平同志提出实现"两个一百年"奋斗目标，实现中华民族伟大复兴的中国梦的号召。并且反复强调人民对美好生活的向往，就是我们的奋斗目标。其间，他还一再阐扬中国传统文化的广博与深厚，强调中国人看待世界、社会、人生，有自己独特的价值体系。在这个历史节点上，习近平同志对马克思主义文艺批评标准，创新性地进行深度全面的概括，这是有深刻的时代背景、文化背景和学理背景的，是具有重大的时代意义的。

二

习近平同志在"10·15"的讲话中，也提出深刻的警策："低俗不是

---

① 陆贵山：《马克思主义文艺批评的理论与实践》，《陆贵山论集》（马列文论卷），中国人民大学出版社2011年版，第251页。

② 梁一儒：《民族审美心理学概论》，青海人民出版社1994年版，第94页。

通俗，欲望不代表希望，单纯感官娱乐不等于精神快乐。"① 这段话，具有很强的概括性、针对性、文学性和指导性。

通俗文艺，原本的含义是指适合广大群众的趣味和需要，容易被群众接受和理解的读物。例如，民间故事、民歌、鼓词、道情、英雄传奇、公案侠义和讽刺小品等，都可以称为通俗文学。优秀的通俗文艺在内容上，有的写行侠仗义，慷慨对歌；有的写忧国忧民，喋血殉身；有的写"哪里不平哪有我"；还有很多是描写纯洁美好爱情的。因而，通俗文学历来为我国人民大众所喜爱，并且以其特有的魅力撞击大众的心扉，滋润着人民的心田。

然而，近年来出现的一些作品，将低俗假乎通俗之名以行。这类作品形象怪诞，价值迷离，内容多是恐怖、色情、贪欲和暴力的展示。这使得某些文艺创作和演出，在相当层面上形成"内容空心化、情趣低俗化、过度娱乐化、价值立场失守、社会责任担当弱化、道德教化功能萎缩、审美涵养稀释"的状况。

造成这种状况的根由是复杂的，但主要有三点：

第一，西方现代文艺思潮和创作方法的影响。新时期以来的一段时间内，西方文艺思潮洪水般涌入我国，由于鉴别选择能力的缺失，使得它的负面作用一度压过了积极影响。正如有的学者所概括的："在 80 年代方法论的建构性与 90 年代学界的消解性思想中，已经在思维上和价值上有了很大的不同。90 年代的解构主义和后现代主义强调的是价值消解性，不再是那种整体的向前发展的神圣性话语，而是解构性话语充斥文坛，如法国的解构思想家福柯、拉康、德里达、罗兰·巴特，'耶鲁四人帮'，成为了时代的精神主角。他们的'消解'、'颠覆'、'反抗'、'边缘'等话语，成为现世的流行语的写作策略或叙事圈套。"② 这股风在我国文坛酿成消解崇高，亵渎神圣，颠覆经典，戏说历史，嘲弄英雄的创作风气。这对社会，

---

① 习近平：《在文艺座谈会上的讲话》（2014 年 10 月 15 日），news.xinhuanet.com。
② 王岳川：《文艺方法论与本体论研究的学术史考察》，金元浦编《多元对话时代的文艺学建设》，军事谊文出版社 2002 年版，第 214 页。

特别是对青少年价值信仰、理想品德教育和人格建构的消极影响，已经引起社会公众的担忧和焦虑。

第二，过度商业化及拜金主义的冲击。新时期以来，我国文化市场得到渐次的发展，文化产业也随之快速崛起。我国文化市场的管理和培育的指导思想一直是明确的。那就是不仅承载着经济目标，而且必须承担政治、社会、文化和生态环保的多重目标，而且始终强调要把社会效益放在首位。在具体实施中取得一定成效的同时也产生了相当的偏颇。这主要体现在文化市场及文化产业的过度商业化和与此相关的拜金主义思潮的泛滥，冲击了文艺创作的正常状态和健康发展。正是在文艺商家和媒体广告或隐或现的勾连、谋划与操作中拼命追求商业利益，一切向钱看，助长了消费主义和享乐主义，催生了大批质量低劣的媚俗的产品，使得"思想性、艺术性、观赏性、有机统一的优秀作品"比较匮乏，压抑了社会效益的张扬。在这股风潮中，有的文艺工作者，放弃自己的社会担当和艺术担当，迎合市场需要，按照商家或媒体的意图去写，去编，去跳，去唱。甚至作品的名称，场景的描写，人物的对话，都按着市场需要去安排，使得作品充斥着商业化的痕迹，丧失了对文艺的主体精神和思想艺术的追求。本来优秀的文艺工作者，在这样的揉搓中，再也创作不出好的作品了。"娱乐至死，失语至死，工业至死，票房至死"，有人这样来表示对我国电影前景的担忧，还是不无道理，是值得省思的。

第三，文艺批评的失语和弱化。早在1842年，恩格斯就批评过在文艺评论中存在的不良风气。他在《评亚历山大·荣克的"德国现代文学讲义"》时指出："他谈到'现代'文学，马上就不分青红皂白地大吹大擂阿谀奉承起来。简直是没有一个人没有写过好作品，没有一个人没有杰出的创作，没有一个人没有某种文学成就。这种永无止境的恭维奉承，这种调和主义的妄图，以及扮演文学上的淫媒和捐客的热情，是令人无法容忍的。"[①] 类似亚历山大·荣克的这种文学批评的学风，在当下还是存在

[①] 恩格斯：《评亚历山大·荣克的"德国现代文学讲义"》，《马克思恩格斯全集》第1卷，人民出版社1956年版，第523页。

的。这表现在文学史的写作、教材编写与课堂设计、文学评奖、作品研讨会和撰写评论文章等各个领域，不能实事求是，无原则的恭维捧场，既不批评质量差的作品也不善于发现好的作品，这样的确不利于读者的阅读欣赏也无益于作者总结经验，提升写作水平。还有更甚者，有的评论，脱离文本，玩弄名词概念，说一些作者和读者都听不懂的话，这非但不能正确地引导读者阅读欣赏，培育审美修养，反而制造阅读障碍，以致让人感到厌倦。文艺批评，作为车之一轮，鸟之一翼，对于整体文艺事业的健康发展是不可或缺的。因而，当下文艺创作中出现的问题，文艺批评工作者应该敢于负起相应的责任。

大家都知道，在19世纪，大英帝国是很强大的，同时这个国家的文化意识也很强。在他们眼里，莎士比亚比一些殖民地还宝贵。莎翁也确实扮靓了英国的历史文化，提升了英国的形象，增强了英国的软实力。美国在20世纪称霸，也不是光靠军事和经济的强势。他们通过好莱坞电影，百老汇的娱乐，还有肯德基、麦当劳以及服装玩具等，把美国的价值观和生活方式，渗透到地球的各个角落，以增强美国的影响力。直到不久前，奥巴马还不无自豪地自夸"好莱坞的电影使美国显得与众不同"。看到了这些，我们会更加体会到习近平同志"10·15"讲话的战略高度和深远意义。他说"历史上中华民族之所以有地位有影响，不是穷兵黩武，不是对外扩张，而是中华文化具有强大感召力"。他还语重心长地说，实现"两个一百年"奋斗目标，实现中华民族伟大复兴的中国梦，文艺的作用不可替代，文艺工作者大有可为。

化成天下，谁与争锋！习近平总书记的讲话，温暖人，振奋人，鼓舞人。他的讲话继承和创新了中国化的马克思主义文艺理论。这个讲话将指引广大作家、艺术家和批评家，站在我国文艺发展的历史新起点上扬帆远航，担当起时代的责任与使命，为实现伟大的中国梦，唱新歌，谱新曲，把中国的文艺事业推向新的发展和繁荣。

[原载《南京社会科学》2015年第1期（题目有改动）]

正确理解文学的民族性与世界性

看到由中国作家协会和中央编译局合编的马列文论新版本,感到格外欣喜。结合新时期以来特别是 21 世纪以来国际国内的政治风云、文化格局和文学态势,再重读那些熟悉的篇章,好像一次新发现、新领悟与新启迪的遨游,精神感到激奋,信心得到提振,道理上也明白了更多。

就拿文学的民族性与世界性来说,这是个文学创作与评论的百年课题,也是不时流于眩惑、模糊,甚而偏颇的问题。综观辩证唯物主义和历史唯物主义、政治经济学和科学社会主义整个理论体系,结合中外文艺理论与文艺创作的实践,全面学习领悟经典著作关于民族性与世界性的论说,在这个问题上会有更能动更明晰的解读。

一、文学艺术审美的民族性与世界性,是个内涵极其丰富的概念,浅表理解会流俗,高深莫测会玄奇化,偏执狭隘会自我隔绝,僵化停滞会走向枯竭。《共产党宣言》中有一段人所熟知的话,即"各民族的精神产品成了公共的财产。民族的片面性和局限性日益成为不可能,于是由许多民族的和地方的文学形成了一种世界的文学"。如果对这段话作浅表解读或误读,那么本是意义积极、导向性很强的道理,反而会造成认识与实践上的障碍。"世界的文学"是有特定而准确的含义的,不可理解为当年或现世产生或存在一种超民族、超时空的"世界文学"。

二、中外文学的发展表明,每一个历史热潮的到来,都会给世界带来影响从而使很多国家与民族的文学表现出某种相同或相近的风貌。能在世界更大范围和层面造成影响和认同，或者说，体现出"普适性"，成为文学当代性的推动力和作家的追求。"中世纪的欧洲是属于世界主义的，它被基督教和拉丁文化统一起来；文艺复兴时期，共同的人文主义则把欧洲的作家们结合起来"（马·法·基亚《比较文学》）。不久，"随着浪漫主义的出现，民族独创性又被肯定了"。第二次世界大战以来，有的国家利用经济和军事上的强势，向全世界推行某种价值观，以各种方式进行文化渗透。直到20世纪末，柏林墙倒塌，苏联东欧解体，有人便妄言"历史走到了尽头"。这期间伴随着经济上的全球化，加之交通传媒的便捷，文化全球化的声浪席卷而来。国内也有学者认为国外某些文论资源，就是现成的资源，可以拿来作为中国文论的主要思想资源，将成为未来文论学科和教材的基础。"9·11"的大火、西亚中东的苦难，特别是近两年世界性的经济危机，使得整个世界弥漫起对资本主义制度的失望和怀疑情绪，涌动起对新社会形态追索和期待的热浪。随之，冷静和理性恢复升华，民族文化自信心和创造力得到大大增强。

三、恩格斯在《致保尔·恩斯特》的信中说："在这个世界里，人们还有自己的性格以及首创精神，并且独立地行动，尽管在外国人看来往往有些奇怪。"[①] 他还提示人们把这些问题"彻底了解清楚"。恩格斯还指明当时的德国社会出不来易卜生这样的作家，当然在德国作品中也不会出现娜拉这样的人物。只有在当时挪威的经济社会条件和文化环境中，才可能产生娜拉这样具有独立品格、不能容忍男人把自己当玩偶、追求独立自由和尊严的女性形象。作为和《共产党宣言》那段话的对应，恩格斯在这里着重强调了挪威与德国社会状貌的差异，强调了民族性与生产生活方式、与历史文化传统的密切联系。文学的民族性和首创性根深蒂固，源远流长，具有相对的稳定性和传承性，从当前直到久远，丝毫不能忽视文学的民族性和本土性。

四、在马列主义观点看来，世界上的每个民族都有某个方面优越于其他民族。当前我们正处在沟通对话的时代，这就要求每个民族的作家能以

[①]《马克思恩格斯文集》第10卷，人民出版社2009年版，第585页。

> 细节激活历史

开放的姿态，勇于面对纷纭多彩的世界，积极进行对话交流，善于借鉴学习，敢于取长补短。民族性不是由人把玩的古董，也不是凝固的符号。每个民族都需要克服某些狭隘性和局限性，用世界先进的东西激活自己的创造力，激发张扬自己的长处，努力创造出具有时代高度、体现人类共同追求的优秀作品，从而促进国家和人类的文明进步。

就我国现实而言，经济体制、社会结构、利益格局和思想文化都发生了深刻变化。国家在日益发展强盛的同时，也伴有各种矛盾和隐忧。2001年江泽民同志在第七次全国文代会、第六次全国作代会上的讲话，2006年胡锦涛同志在第八次全国文代会、第七次全国作代会上的讲话，高度概括了世界的形势和国家的发展前景，集中体现了新中国文艺政策的发展完善，体现了时代和人民对作家的赞誉期待。指导我们思想的理论基础是马列主义，在资本主义社会的尽头是社会主义。传承着光荣的文学传统、潜隐着巨大创作能量的中国作家，一定会从他们对文学倾注的巨大热情中获取信心和力量，意识到国家在当今世界的重量，意识到中华文化的伟大意义，意识到自己肩上的责任使命，从而以坚定的信念和辛勤的劳动，把中国文学创作推向一个新的发展高潮。

（原载《文艺报》2010年6月23日）

《神圣家族》的启迪

《神圣家族》或称《对批判的批判所做的批判》。所谓"批判的批判"以及"神圣家族"都是对当年青年黑格尔派鲍威尔一伙的代称。由此可知,《神圣家族》这部著作是清算鲍威尔一伙所遵奉并宣扬的唯心主义思辨哲学的。思辨哲学就是黑格尔哲学。这种哲学,企图把客观存在和客观世界的发展服从于人所主观构想出来的规律。它从抽象到具体,从观念到实在,把人和自然界中一切活生生的东西,都说成是某种绝对观念的派生物,把思维和存在的关系完全给颠倒了。而欧仁·苏的小说《巴黎的秘密》在情节和人物命运的安排等方面,正是体现了这种思辨哲学的思维方式。为便于读者理解小说及其评论者施里加,《神圣家族》首先对黑格尔的思辨哲学进行了分析和批判,从而阐述了辩证唯物主义的许多重要观点。由马克思执笔的第五章和第八章,把文艺批评结合于哲学论争,对欧仁·苏的小说《巴黎的秘密》及其评论者施里加进行了鞭辟入里的分析和批判。其所阐发的文艺见解,是革命现实主义文艺理论的基石,是我们进行文艺研究和文艺批评的光辉范例。

小说《巴黎的秘密》是19世纪法国小说家欧仁·苏的代表作。它以鲁道夫公爵微服出访,赏善罚恶为线索,通过妓女玛丽花、罪犯操刀鬼、教书先生、猫头鹰、工人莫莱尔、女佣路易莎等人的关系和命运,反映了19世纪三四十年代巴黎的社会生活,重点表现的是下层人民的生活和命运。在《神圣家族》的第八章,马克思除了对《巴黎的秘密》的整个结构进行批判之外，主要分析了小说中的几个主要人物。在第二节《揭露批判的宗教的秘密，或玛丽花》中，分析了小说女主人公玛丽花的形象。本文主要粗浅地谈谈这一节的思想意义。

  对于玛丽花，作者开始还是描写了她的"本来的、非批判的形象"。或说，在小说的前部分，欧仁·苏对玛丽花形象的描写，还是从生活出发的，是从性格本身出发的，不是按着某种意图安排的。这时的玛丽花虽然处在极端屈辱的境遇中，但"仍然保持着人类的高尚心灵，人性的落拓不羁和人性的优美"。玛丽花虽然十分纤弱，但精力充沛，愉快活泼。她身处逆境，沦为妓女，却十分热爱生活。她无钱买花，却整天整日留恋于花市，为的是看花，为的是闻一闻花的芳香。只要让她"到花市来混半个钟头"，她就高兴得"把什么都忘得一干二净"。她常常"透过河岸的栏杆凝视着塞纳河"，"又转过来看着花，看着太阳"。她每当走到大自然里就感到无比的幸福，她常常纵情歌唱，热烈地赞美青草和原野。当然，像她这样被社会和家庭遗弃而受尽屈辱的姑娘，每当想到自己可怕的处境，是常常感到痛苦和悲伤的，但从来没有对生活绝望过。她不把这些看作是造化弄人的结果，不是看作她自身的惩罚；而看作是她不应该遭受的命运，并且认为这种不幸的命运是可以改变的。因而她从来不向命运屈服，更不在上帝面前承认自己有罪。当凶恶的操刀鬼在黑暗中欺侮打骂玛丽花时，她愤愤然用剪刀捅他，并坚强地警告操刀鬼再胡闹下去，就用剪刀挖掉他的眼睛。她特别强烈地憎恨恶，崇仰善，崇仰人间一切光明和美好的事物。正如马克思所指出的，这时的"玛丽花所理解的善与恶不是善与恶的抽象道德概念。她之所以善良，是因为她不曾害过任何人，她总是合乎人性地对待非人的环境。她之所以善良，是因为太阳和花给她揭示了她自己的像太阳和花一样纯洁无瑕的天性，最后，她之所以善良，是因为她还年轻，还充满着希望和朝气"。她努力抗拒着罪恶社会的普遍异化，保持着自己人性的纯洁。总之，由于欧仁·苏在一定程度上采用了现实主义的创作方法，因而超出了他那狭隘世界观的界限，在某些方面表现了生活和人物的真实性，这也是"现实主义的胜利"。对此，马克思给予了肯定的评价。但是，这样的描写，在欧仁·苏那里，毕竟不是自觉的，更不是他的主导的方面。他的唯心主义的思辨,即从观念到现实,从抽象的善恶观点来看待人的思想方法,决定了他的小说的描写和人物的塑造中不能始终坚持现实的原则。因而使得玛丽花性格的发展,完全违背了她自身的逻辑。后来,她"身穿僧侣的粗呢衣服,跪在教堂石板地上,她手交叉在胸前,低下天使般的头",服服帖帖皈依了上帝。她不热爱大自然了,而是服从了严厉艰苦的教规,厌弃了对美好生活的追求。她在上帝面前承认自己有罪了,她同逆境抗争的精神已荡然无存。她用宁静、温存、顺从的态度说:"我谴责自己,我谴责自己,但是有的时候不免常常想到,假使天主过去能免除我遭受让我未来永远受辱的这种堕落,我会得以能在你身边生活,受到你所选择的丈夫的爱护。情不由己,我的生活分为我对上述情景痛苦的惋惜和对巴黎旧市区可怕的回忆,我白白祈求天主把我由这些念头中解救出来,使我心中能单独充满对他的虔诚的爱,对他的神圣的希望,求天主把我完全占据了,因为我要完全献身于他。天主没有满足我的心愿……大概因为我对人间事物的挂虑使我不配和他精神相通。"[①] 总之,由于作者宗教观念的支配作用,玛丽花这个活生生的现实主义的形象终于毁灭了,变成宗教观念的图解物。

《神圣家族》问世已百余年了,但诚如梅林所说,它所闪射的理论光芒,依然是我们今天分析文艺现象,进行文艺创作和文艺批评的指南。现实主义文学的一条重要原则是忠实于生活,塑造形象要从活生生的现实出发,而不应从某些观念出发。作为现实主义的人物形象,他性格的发展,他的言语、作为、际遇、命运,是有其内在的必然性的,而不能根据某种意图而任意加以摆布,以使形象概念化、观念化或脸谱化。

(原载《淘沥集》,军事谊文出版社1993年版)

[①] [法]欧仁·苏:《巴黎的秘密》,成钰亭译,云南人民出版社1982年版,第820页。

贵于简洁　妙在传神

细节是形象的血肉，简洁则是天才的姐妹。

鲁迅先生的艺术手法是圆熟高明的。他能用最省俭的笔墨，说出尽可能多的事情；以简洁的画面，表现出复杂的生活内容。这是由于鲁迅先生平时对社会、自然和人，"静观默察，烂熟于心"；创作构思时凝神结想，形神兼顾而重于神似，为臻于此，他悉心提炼，摘取最确当的细节。因而，他塑造形象，"不过寥寥数笔，而神情毕肖"。小说《在酒楼上》，对吕纬甫抽烟的描写，就是一个生动例证。

短篇小说《在酒楼上》的主角吕纬甫，是落魄文人的形象。这位当年理想充溢、意气如虹的人物，在酒楼上一出现，已是平庸颓唐、敷衍人生的苟活者了。这种变化是曲折的，这个性格是复杂的。对于吕纬甫性格和境遇的揭示，鲁迅先生没有滞留于静态的心理描写和冗长的往事回述，而是以简洁的笔力给以活现，吕纬甫抽烟卷的描写即为曲尽幽微的一笔。在酒楼上，当"我"向吕纬甫问起"这以前"的经历时，吕纬甫边重复"我"的问话，边"从衣袋里掏出一只烟卷，点了火衔在嘴里，看着喷出的烟霭，沉思地说：'无非做了些无聊的事情，等于什么也没有做。'"这简略数笔，一开头就使吕纬甫亮了相，给读者留下初步印象。吕纬甫的抽烟卷，不啻是往事不堪回首之困窘的掩饰，而且伴随着的无聊情态和无聊话语，正活现了吕纬甫无聊的内心，显示出他性格和境遇的轮廓。如果吕纬甫还有些当年"拔掉神像胡子"的意气，还有和同伴"连日议论些改革中国的方法以至于打起来"的激情的话,同一别十年的战友邂逅相逢,他会急不可耐地争述离别的岁月,追寻故友的萍踪,纵论天下的短长。而之所以一反旧态,那样冷漠索然地抽起烟卷,是因为此时的吕纬甫已迥异于往常了。这位曾是有觉悟有理想,也战斗过的热血青年,由于抵不住浓重黑暗的压力,理想泯灭,斗志消弭,在生活面前败退了。他对人对己"敷敷衍衍",对现在对未来"模模糊糊"。终日陷在无聊琐屑的泥沼中耽泊年华。"这以前"那段岁月,他像绕圈的苍蝇飞来飞去,不过是在"子曰"、"诗云"中讨一口饭吃罢了。

随着小说情节的展开,吕纬甫扭曲变态的性格,得到越来越清晰地显现。抽烟卷这一细节,一直就是解释、传达吕纬甫内心活动,披露、展现其性格面貌的关键。当"我"又问"你为什么飞回来"的时候,吕纬甫又"吸几口烟",这是吕纬甫对自己所致力于的无聊行当欲吐难言,又因别无可告终不能不说的尴尬心境的自然表露,他说不远千里专程"飞回来"仅仅是为了替早年间死去的三岁弟弟迁葬。对于竟至如此的无聊,吕纬甫自己尚能模糊地感受到,特别是与知己"我"相遇的时候,这种感受力当得到顽强的复苏。然而,由于在空虚迷索的生活旋涡里沉沦得过深,他想挣脱不能,欲振作无力,只能敷衍苟且下去。在始终摆不开"无聊的事"的述说中,间或提及"先前的朋友"时,难免产生的酸楚和不安,会使他的心灵抖动一下。这时候,吕纬甫总要"掏出一只烟卷来,衔在嘴里,点了火",或者"忽而停住了,吸几口烟"。这正是吕纬甫那复杂内心世界的外在体现,所谓"实者逼肖,则虚者自出"。这样的艺术处理,为作者省掉许多笔墨,浓缩了小说的篇章结构,却为读者开拓出宽阔的想象空间,它绰绰有余地把作者言犹未尽的话语补充上去。这种略有笔墨,而意在笔墨之外,一个细节寄寓丰富内容,点一斑而现全豹的艺术手法,正是鲁迅先生创作技巧的显著特色。

契诃夫曾说:"在中篇小说或短小说的结尾,我得人工地把整个小说集中起来好在读者心中留下总印象,为此我就把前面叙述过的事略提一下,哪怕只是轻轻带过一笔。"[1]《在酒楼上》的结尾,可说是契诃夫这段

---

[1] [俄]契诃夫:《契诃夫论文学》,汝龙译,人民文学出版社1984年版,第169页。

话的艺术体现。为使吕纬甫这个形象更加清晰、完整、系统起来，在小说的结尾处，鲁迅又回顾全篇，揣度全人的加以点画。吕纬甫抽烟卷在这里仍为最传神之笔："堂倌送上账来，交给我，他也不象初到时候的逊让了，只向我看了一看，便吸烟，听凭我付了账。"至此，眼神呆滞，行动迟缓，须发蓬乱，脸色苍白，动则抽起烟卷，对现在，对明天，"连后一分后一秒"也不知怎样的吕纬甫活脱脱地现于纸上，凝聚着耐人寻味的艺术魅力。

鲁迅先生一向倡导短篇小说要简洁明快，灵活犀利，并在艺术实践中身体力行。他写小说"力避行文的唠叨，只要觉得够将意思传给别人了，就宁可什么陪衬拖带也没有"。① 并一再强调"写完后至少看两遍，竭力将可有可无的字，句，段删去，毫不可惜"。② 然而在鲁迅先生的笔下，讲时代社会，真切逼真；说人物，栩栩如生；论思想意义，深邃久远，毫不因简练而影响艺术效果。这是由于鲁迅先生对情节的提炼，对细节的选择，异常精粹。契诃夫还说过："凡是跟小说没有直接关系的东西，一概得毫不留情地删掉。要是您在头一章里提到墙上挂着枪，那么在第二章或者第三章里就一定得开枪，如果不开枪，那管枪就不必挂在那儿。"③ 吕纬甫抽烟卷这管"枪"，鲁迅先生把它一亮出来就是响着的，而且通篇开了七次，每响都是妙趣横生。这个真切的细节不仅是吕纬甫形象的影现，而且还积极影响着小说的篇章结构。《在酒楼上》这篇小说情节的展开，主要是通过吕纬甫的自述去实现的。但作者没有让他一气讲下去，而是把他抽烟卷的描写插了进去。这样，便把一席本可能是平板单调的谈话巧妙地切成几段，变得参差错落，节奏分明。同时，又利用抽烟卷的自然间歇，把酒楼内外的景物描写，其他人物的活动情态，有机地交织起来，点染了气氛，深化了主题。例如，吕纬甫使人厌烦困倦地唠叨他为买两朵剪绒花"先在太原城里搜求一遍，都没有；一直到济南"的时候，"又吸几口烟"。此

---

① 鲁迅：《我怎么做起小说来》。
② 鲁迅：《答北斗杂志社问》。
③ ［俄］契诃夫：《契诃夫论文学》，汝龙译，人民文学出版社1958年版，第410页。

际，鲁迅先生把对窗外景物的描写插了进来。那本来就"愤怒而且傲慢"，凌风傲雪开出赫赫红花的山茶树，此时"树枝笔挺的伸直，更显出乌油油的肥叶和血红的花来"。这把吕纬甫无力同环境抗争的低能腰弯、无聊灰气，对立区别得更加分明，显示出作者强烈的爱憎色彩和批判倾向。

的确，抽烟卷这个细节，真切、传神、凝练地表现了吕纬甫的性格特征。它避免了多余的叙事穿插和心理描写，剔除了游离于情节、人物和主题的旁枝杂叶，使小说简洁凝练，形象鲜明，寓意深长。鉴于当前短篇创作长者居多的弊病，分析、研究鲁迅写吕纬甫抽烟卷这个典型事例，引为借鉴，是很有好处的。

（原载《光明日报》1980年7月31日）

弘扬现实主义文学精神

  关仁山的新作《信任——西柏坡纪事》直击信任缺失和生态环境危机这两个重大的时代命题，在广阔丰富的历史背景和现实生活的基础上，以独特的构思，编织出多彩多姿、生动感人的故事画卷。这个故事中，充溢着深邃的精神文化内涵和时代社会呼声，呼唤人们发扬革命先辈那种牺牲精神与奉献精神，那种钢铁般的意志与操守。像他们敢于攻克一个个暗堡，敢于挡住一个个枪眼，敢于排除一颗颗地雷那样，解决好我们改革和建设中面临的艰险和挑战，把有中国特色的社会主义建设事业推向前进。

  《信任》的故事是在历史与现实交错中，以节能减排、改善环境为焦点，以山城县委书记王竟明为中心展开的。山城县围绕节能减排、保护环境和局部利益、眼前利益的冲突，明里暗里涌动着十分激烈的斗争，并且潜藏着更大的隐患。前任县委书记李鸿儒为山城县的经济发展做出过重大贡献，但囿于各种利益链的制约，变为走低碳经济之路的障碍。环保局局长赵多为能保住蓝天绿水而奋力地坚守，以致献出了自己的生命。市委张耀华书记意识到事态的严重性，采取果断措施，决定让李鸿儒提前离职，任命王竟明为县委书记。王竟明不负组织的重托和民众的期待，怀着崇高的理想和信念，以顽强的意志化解一个个凶险，躲过一个个陷阱。他拒绝了私企老板苏大庄的巨额贿赂，抵制亲兄弟王大军借机谋取不义之财的企图，警觉地应对"剪彩"、"饭局"之类的小圈套，排除各种掣肘因素，依靠团结广大干部和群众，凭借自己的党性和智慧，按着科学发展的思路，实现山城经济建设的转型，走上一条可持续发展、水清草绿的发展之路。他赢得山城人民的信任和欢呼，也得到家人的理解和深爱。

大家都熟知恩格斯对现实主义文学的经典论述："据我看来，现实主义的意思是，除细节的真实外，还要真实地再现典型环境中的典型人物。"《信任》显示了传统现实主义的特征，也体现着现实主义自新时期以来，在多元多样文艺思潮与文艺创作互动互补之语境中的鲜明印记，弘扬了审美、自由、强壮和担当的文学主体精神，体现着现实主义文学的深层推进与嬗变。《信任》的主题是重大的时代课题，但作品没有概念化地做政策传声筒或主题先行，而是把时代课题自然地转换成文学话题。作家和时代、作家和人民的关系，本是血和肉的关系，不是油和水的关系，主题和情节、理念和形象的关系也是如此，文学叙事不是在情节和形象的身上加点什么理念、减点什么想法的问题，更不是根据观念穿什么靴、戴什么帽的问题。而是把意识到的时代关切和价值情怀渗透融化在情节的生动性、丰富性和人物的鲜明性格中。作品《信任》所以能遵循艺术的真实和生活的逻辑，是由于作者长期深入生活、熟悉生活，积累了丰富的素材和太多的感受，以至于到了呼之欲出、不吐不快的程度。

作家、艺术家肩负引领风尚，教育人民，服务社会，推动发展的使命。作品《信任》正是体现着这种精神的感召。有的作家讲得很恳切："所谓教育人民，作家就是人民的一部分，先要注重自我教育，树人先正己"；"在纷繁复杂的社会环境里，若想创作出精品，作家最需要做的，是回到出发时对文学的尊重以及内心的纯粹之中"。所以，有些瞒和哄、戏说和造假的作品，很需要审慎地加以检省。鲁迅曾说："幻灭之来，多不在假中见真，而在真中见假。"[①] 因而，面对当下人们心态和环境生态的忧患气氛，伴之相应的社会举措，特别需要弘扬现实主义文学精神，以真实、真心和真情，来提振信心、信任和信仰。

（原载《文艺报》2011 年 11 月 11 日）

---

① 鲁迅：《怎么写——夜记之一》。

现实主义文学创作之镜鉴

中外文坛大凡能经年流传的趣闻轶事，大都在生动隽永中蕴藏着深刻哲理，体现了某种法则，因而能长久地给人以启迪。福楼拜哭包法利夫人之死就是一例。包法利夫人是福楼拜同名小说中的人物形象。当福楼拜写到包法利夫人死的时候，伤心地坐在地上痛哭起来。这时朋友对他说："你不愿意包法利夫人死，就把她写活嘛！"福楼拜沉痛地说："写到这里，包法利夫人非死不可，没法写活呀！"这个事例可以说明许多道理。例如，作家为自己的作品感动后才会打动读者，形象思维伴随着强烈的感情活动，等等。而究其最主要的也是至为深刻之点，还在于它体现着现实主义文学创作的重要原则。

包法利夫人为什么"非死不可"呀？因为只有写她死，才符合她自身的悲剧性格，才能真实地再现当时残酷的法国社会现实，符合生活真实的客观性。包法利夫人原是一个农村庄园主的独生女，出嫁之前曾在与世隔绝的修道院读书成长。在修道院，她接受的蒙昧与欺骗的宗教教育，体察不到真实的世道人情。她整天沉浸在虚幻缥缈的境界，什么上天的情人，永世的姻缘呀；什么月下的夜莺，升天的贞女呀，等等。她带着天真柔弱的浪漫性格，踏进"现代王国"——金钱统治的冷酷现实中，幻梦一次又一次地破碎，她也沿着堕落的路一直滑了下去。当她因债台高筑而四处求告时，得到的是奸商的冷遇和昔日情人的无义及其他方面的侮辱恐吓。这位受消极浪漫主义毒害至深的妇女，在走投无路之际，自然会想到"天国", 认为只有一死, 才能摆脱尘世的"纷扰、混乱、痉挛……", 因而她服毒自尽了。她的死, 不仅符合生活的逻辑, 是她性格发展的必然, 同时能更典型地反映出冷酷的社会现实, 增强了作品揭露和批判的力量。由于福楼拜遵从现实主义的创作原则, 所以, 尽管他"不愿意包法利夫人死", 却不得不违背自己的意愿, 让她"非死不可"。这也正是"现实主义的伟大胜利"。

然而, 也是依据同一法则, 法捷耶夫把他《毁灭》中的人物密契克的结局, 由死改变为活。密契克是个受旧教育毒害至深的白面书生, 根本不了解什么叫革命, 仅凭着幻想加入了革命队伍。在革命队伍中他孤身自处, 与革命同志格格不入, 无意改造自己。所以, 当他一接触到真实的革命风浪, 就消极失望, 颓丧落伍了。背叛革命当逃兵是他性格发展的必然。形象发展的自然逻辑校正了作家原来的构思。正如法捷耶夫自己所说: "照我最初的构思, 密契克应当自杀; 可是当我开始写这个形象的时候, 我逐渐逐渐地相信, 他不能而且也不应该自杀。"正因为如此, 作品的形象才真实感人, 思想才深刻有力。

现实主义文学的一条重要原则是忠实于生活, 塑造形象要从现实的活生生的人出发, 而不是从某种概念出发。作为现实主义的人物形象, 他性格的发展, 他的言语、作为、际遇、命运, 是有其内在的必然性的, 决不能完全根据作家的意图任意摆布, 而把作家主观意念实在化、形象化。从概念出发, 让人物按作家意图行动, 在中外也不乏其作。然而都若过往烟云, 没有什么艺术生命力。19世纪法国浪漫主义小说家欧仁·苏所创作的小市民感伤的社会小说《巴黎的秘密》, 就是一部典型的概念化作品。在这部小说中, 欧仁·苏凭借主观概念把动人的奇遇、荒唐的巧合、感伤的效果、怪诞的歪曲同喋喋不休的社会说教搞在一起。马克思在其著作《神圣家族》中对这部小说及其评论者施里加进行了尖锐的批判。他指出, 像欧仁·苏所塑造的人物那样, 从嘴里吐出"一袋子语汇", 通过这些语汇向小说中其他人物和读者解释作家无法在人物行动中所表现的事物——他们不得不宣扬作家本来意图, "这种意图决定作家使这些人物这样行动而不是那样行动"。例如《巴黎的秘密》中的人物形象玛丽花本是个热爱生活，经受过生活磨炼的性格倔强的姑娘。她精力充沛，活泼乐观，从不向命运屈服。她为自己的不幸而悲伤，但从来没有绝望；她承认自己的不幸，但不在上帝面前承认自己有罪。总之，她本是个性格鲜明的活生生的人。但后来，她不是按自己的性格去行动了。而是按作者所强加于她的宗教教义行动了。作者安排她服服帖帖地进了修道院，皈依了上帝，并按宗教的原则和教规离开了尘世，变成作者心目中的宗教观念的范例。正如马克思所指出，玛丽花的死"是她的现实生活和现实本质的消失"，同时也意味着这个本来具有现实主义个性特征的艺术形象的毁灭。有的作品正是这样远离活生生的现实和人物性格的逻辑，按着主观愿望把人物抽象化、理想化和概念化的。因而他们作品的人物都是没有血肉，不食人间烟火的"机器人"。这些都是现实主义文学所禁忌的。

作为一种创作方法，现实主义历经数千年而不衰，并且随着时间的推移，日益焕发着强劲的生命力。当前，我国已经进入了新的历史时期，时代生活发生着巨大变化，因而现实主义的道路更加深化，日益广阔。为了能够更好地从生活出发，写好新人形象，从而真实地反映时代风貌和再现现实关系，更有力地发挥现实主义文学在新时期的积极作用，并推动文学自身的发展和繁荣，学习和吸取中外文学史现实主义创作的经验和教训，是大有裨益的。

（原载《淘沥集》，军事谊文出版社 1993 年版）

映天下之秋的一片红叶

"观乎人文，以化成天下。"人文，作为动态的存在，它时刻展现的是人类对文化的关注。而人类文化中先进的、科学的、优秀的和健康的部分，其核心就是正确的价值观，这种价值观往往是通过文化的代表人物彰显出来的。梅岱的文章《看文化和文化的看》（《人民文学》2009年第3期），以人文眼光阐释了文化的灵魂与核心。同时也预为因应，以深度的前瞻性和开阔的视野，对于在多元芜杂的"全球化"时代，如何确立我们文化主体、文化选择和文化建设的坐标，如何有机调适和科学解决古与今、中与外的文化关系等问题，都提出了精辟透朗的看法，跃动着积极主动的文化姿态和发展创新的鲜活绿意，体现着辩证方法论的深邃逻辑和中国特色文化建设的总体精神。

一滴水能映射太阳的光辉，一片枫叶可展现金秋的景观。如果一篇文章是一滴水，那它就来自文化的海洋，也必定要体现这个海洋的整体构成。放大《看文化和文化的看》这个水滴，读者会感触到文化的四个层面：物态文化层、心态文化层、行为文化层、制度文化层。这些文化层在作者的眼里和笔下不是平铺的，而是以交错的书写格式将它们叙述出来。18个小标题下的文字，生动地记录、追述与摹写了中东的地域文化特征，宛若一个小型文化集散地。迪拜、伊斯法罕、伊朗、巴林、埃及、卢克索、以色列、巴勒斯坦、耶路撒冷，无论是一国一城，抑或是一棵树一座桥；无论是几千年的文明，还是一个小国的当代风貌，都以各自的文化精粹和作者自身的文化结构发生着激烈地碰撞，其结果是产生独特的艺术魅力，迸发出创新的火花，激发起悠远的想象。这不禁令人联想到巴洛克艺术中最活跃的元素——比较。"看文化"行为的本身就存在对观看者知识结构的考验，只有对多元文化有深刻地了解，才能做到"文化的看"。因而，文化的比较成为《看文化和文化的看》的一种方法和风格。文章写道："比较确实是个好方法，比较是一位循循善诱的老师。本已是尘封凝固的历史，一对比就变得鲜活生动起来；本来两个遥远且不搭界的文明，通过具象的对比都成了近距离的沟通。"作者带着自身民族文化的眼光和对各种异国文化的感知，使多样文化在文章中纵横交错。他说："比较应该是平等的交流，是包容的互鉴，是吸取的交融，是友善的沟通。""文明的多样，文化的差异，对人类来说是值得高兴的事。大千世界，各色人生，大家生活得愉快是因为有千姿百态的文化，多元多样的文明。"这种对人类和世界文化宽厚的态度是"看文化"后，对文化最有力、最深入的解读。这标举了当代中国的文化胸怀与文化自信，体现了中国人民善良、美好、通达和对未来世界的期待。

"文化的看"这个有创意的概念中隐含着一条重要的原则，那是充满文化精神和文化想象的看，是巨细相悬的看，是融会贯通的看，是有鉴赏的看，是有独立品格的看。要在大结构、大背景和大格局下去看。这样的看，对于所看的对象才能借助作者的文化修养和精神底蕴将其展现出来，并经过精细地提炼，进而做出文化上的判断。所以，"文化"这个代表着庞大系统的词语，在这篇文章中浓缩成知天下之秋的一片红枫，映出中外文化的同质性和异质性，映出古今文化的辩证关系，映出中国文化建设和发展的脉动。

各国各民族要在文化上相互学习借鉴，但必须以我为主、为我所用，还要警惕防范西方霸权主义。文章说，"已是文化相互交融的今天，文化的比较研究势在必行，建立一门学问也大有必要和可能。问题是不能强行把一方作为坐标、作为中心、作为正统，把另一方作为从属或者陪衬"，"中国人只能从中国的实际出发，走自己的路"。这段话既是警策，也满怀期待。中国文化建设的路漫长而有险阻，必须提振我们文化自信自强的勇气和决心，而且科学地处理好中外文化的关系问题。树有根，水有源。"全球化"无论怎样推进和演化，都不意味着文化民族性的淡化或消解。任何外国的文化资源都不是现成的资源，都需要通过民族性的知识介质与文化依托，激活转化成对我有用的东西。广开视阈、积极学习是为了丰富发展自己，同时也影响他人，促进共同进步。立足自己根脉、自己经验和自己话语，才谈得上创新和超越。同时，我们必须冲破外国等于现代、我们等于传统的二元模式和偏见，避免堕入他人文化谱系，而是积极建构适合我国文化现实的现代性。

文章有一段颇具深意的话语："人类在前行的漫长历程中有过停滞，走过弯路，也丢失过很多。"这给读者提供了广阔、丰富的想象和解读空间。通观世界文明史，人们可以感到由于缺乏对话沟通、互补互促，某些文明发展的过程丢失了，某些古老文明丢失了。还有一个明显的缺失，就是西方在建构文化观念时，几乎没有中国元素及其他一些国家的文化的元素。对此，某些有世界影响的学者专家也逐渐有所省悟。罗素就曾说："中国至高无上的伦理品质中的一些东西，现代世界极为需要。"这些好的东西"若能够被世界采纳，地球上肯定比现在有更多的欢乐祥和"。[①] 德里达认为中国是一直游离于世界文明进程之外的。维柯则说中国人生长成为和一些外国民族隔开的一个伟大民族。这些话语，有的是表示缺憾，有的是真诚呼唤，有的则是由衷期待。文化是国之所维，民之所系。如何搞好中国文化建设，并怀着博大胸怀和世界眼光，秉持谦慎客观的姿态，回应各种声音，弥补人类这种文化的缺失，把中国最好、最美、最有价值的东西推向世界，献给各国各族的人们，的确是中国文化工作者肩负的重大使命和责任。

再者，《看文化和文化的看》是以诗意看文化的，因而字里行间渗透着诗情画意，充溢着浓郁的文学精神。文章中寓含的一个强烈理念：文明是一种运动，不是静态的符号，是航行而不是停泊。对文明的研究探讨，应该更注重文明进程和当代建设。那些被掩埋、被定格、被风干的文明，

[①] ［英］罗素：《中国问题》，泰悦译，学林出版社1996年版，第167、7页。

> 细节激活历史

不应该被停滞,而应该实现科学的转换,把古老文明中最具活力、最有价值的东西激活和张扬开来,以利于更好地建设当代文明。

《看文化和文化的看》向读者展现的是恢宏的人文画卷,闪烁的是一个又一个亮点。有意境有思想自成高格。文章显现着巴洛克式的文风,更以中国古代文学的意境取胜,是一篇值得认真阅读研究的佳作。

(原载《中国社会科学报》2010年10月28日)

论《满巴扎仓》的本土叙事与现实品格

《满巴扎仓》是蒙古族作家阿云嘎用蒙古文创作的长篇小说，由哈森翻译成汉文后，发表于《人民文学》2013年第12期。作品通过扣人心弦的情节，神秘莫测的迷局，讲述了发生在19世纪末鄂尔多斯草原的故事，塑造了一群为保护和利用民族文化遗产而勇敢担当的喇嘛形象。这部作品，不仅表现了浓郁的地域蕴含和民族特色，也开掘和张扬了民族传统文化中潜隐的价值，体现了鲜明的创新精神与现实品格，透射着作者对自然与社会的独特体验，对重大思想文化问题的思考，因而产生了广泛热烈的反响。

"满巴"，是医师的意思；"扎仓"，是学部或研究院的意思。"满巴扎仓"亦即医学研究院所之意。蒙医蒙药绵延数千年，作为中华医学的一部分，在历史的长河中，同草原的自然环境和牧民生存的状态相结合，不断创新和丰富，到近现代臻为宝贵的文化遗产。蒙古医药学的显著特点是养生与治疗结合，精神抚慰与身体治愈结合。满巴扎仓，不仅是医师喇嘛的寺院，同时也是寺院的医学会所，还是传播民族文化与民族精神的殿堂。"这里供的佛不是观音菩萨而是药王佛，从这里散发的不是桑叶和香火之香，而是蒙药藏药的芬芳"[1] 起源于各种流派的医术像一条条溪流先后汇集到这里。特别是，元末明初元上都被烧后，从大火中被抢救

---

[1] 阿云嘎：《满巴扎仓》，哈森译，《人民文学》2013年第12期。

出来的秘方药典就保存在这里,更增加了这个地方的神秘与奥妙。因而,这个满巴扎仓成了纷争、恶斗的舞台,上演了一幕幕的悲剧、喜剧、丑剧与正剧。秘方药典,便成为各种争斗的武器与筹码,纠结着权欲、贪念、野心与虚妄。

作品开篇伊始,就是满巴扎仓的名医旺丹遭到暗地里一伙人的绑架。这不仅扣紧读者的心弦,增强了作品的魅力,也为整个作品构建起情节体系与人物谱系。旺丹是名医,也是个不好不坏的中间人。他爱金钱,爱美女,同时医术很高明,有做人的底线。而他的大半生都为周遭的权谋所累。20年前,他在伊尔盖城被朝廷暗探桑布的同伙威胁利诱,不得已利用治病之机,使王府两位夫人乌仁陶古斯和苏布道达丽失去了生育能力,为此他一直很内疚,很压抑,很惶惑。这次被绑架,也是桑布耍弄的阴招。原来,旺丹以他高明的医术从苏德巴的脉象与情态,推断出他内心有仇恨,身世不寻常。事实上苏德巴是被逼出王府的隐姓埋名的王位合法继承人。这就直接威胁到桑布设计的大圈套。因为苏德巴一直被桑布视为攫取秘方药典,同时篡得王府大权,并进而受到朝廷升官加赏的棋子。总之,装扮成药贩子的桑布,为了实现升官发财的梦想,是不择手段,无所不用其极的。还有旗王爷、老协理等人,同桑布一样,为了得到药典,方式是丑陋的,目的是卑污的。同桑布及旗王爷、老协理等相反,围绕秘方药典的保护和利用,住持扎仓堪布,名医楚勒德木,药方专家拉布珠日,流浪医生潮洛蒙以及苏德巴等人物形象,鲜亮地体现了草原医生天性的美好,品格的纯正和职业的操守,表现了群体良善的智慧和力量,折射了草原上世代相传的人性光辉。

拉布珠日视野开阔,徜徉于天地万物与世间人群之间,以一个专家的眼光,把寺庙定位于研修医学、学习知识和磨砺人品的地方。他身体力行,刻苦编纂经书。他引导学生既要学知识,也要学习怎么做人,要注重到实际生活中去体验。他认为医学也是一种抚慰心灵的学问,在它的背后,隐藏着善良、宽厚、同情和怜悯。在他体贴地呵护和有效地教导中,苏德巴化解了仇恨,摆脱了苦闷与孤独,变得宽宏和纯朗。楚勒德木和潮洛蒙则鲜明地体现了蒙古族人直来直去、点火就燃、疾恶如仇和义无反顾的品格。为了保护徒弟,为了保护药典,楚勒德木立刻手持棍棒必欲除掉坏人更登而后快。潮洛蒙在遭到桑布哄骗绑架讨要药典之际,视死如归地对桑布说:"我是不会把药典给你的,想要我的命,你就拿去吧。"面对朝廷、权奸与卑劣小人占有或破坏药典的罪恶图谋和行径,满巴扎仓住持扎仓堪布,不负前辈的重托,不辱身负的使命,在保护和利用秘方药典的斗争中,表现出高超的智慧与勇气。他感到对秘方药典最好的保护,就是把它公开,就是让大家分享。所以,他预先就发动召集包括小喇嘛在内的众人,抄录那部珍贵的药典并广为散发。那部秘方药典里所有的药理、方术、智慧和技艺已永久地留在了满巴扎仓,留在大家的记忆里。谁也抢不走了,谁也无法破坏啦,一切阴谋伎俩都以失败告终。

作品生动鲜活,血肉饱满的人物,同作品的情节产生互动激发的艺术效果,不仅拉抬了情节的跌宕起伏,同时也深化了作品的主题思想。文明和财富是经年历代不断积累形成的,士达布斯认为"现在的许多根源,深深存在于过去"。[1] 摩尔根认为:"在人类进步的道路上,发明与发现层出不穷,成为顺序相承的各个进步阶段的标志"。[2] 在整个中华文明的视野上加以考察,作品《满巴扎仓》所唤醒和表现的价值元素,和现代文明建设形成了有机地对接和转化。例如,有效地保护和利用文化遗产,把秘方公开,使之服务于公众的珍贵理念。还有对各个民族乃至整个人类,如何才能彻底摆脱仇恨与疼痛,世界如何才能和平、和睦与和谐等问题,都进行了深刻地省思。

在我们现实生活中,有许多把发明专利用于社会,献给广大农民,献给广大牧民,献给广大市民的鲜活事例,这可以说是优秀传统基因,在社会主义时代条件发扬光大的结晶。在这方面,作品《满巴扎仓》让读者看到了过去生活中游走的影子。这对历史题材、民族题材和本土题材的书写是有启示借鉴意义的。

作者阿云嘎是土生土长的鄂尔多斯人。他生长的地方,村里乡里都遍

---

① 转引自孙秉莹《欧洲近代史学史》,湖南人民出版社1984年版,第325页。
② [美]摩尔根:《古代社会·序言》,杨东莼等译,商务印书馆1981年版,第2页。

细节激活历史

布大小寺庙，著名的成吉思汗陵就坐落在这个地方。少年阿云嘎曾被送进寺庙当过喇嘛，经历过跳鬼、念经和庙会文化的熏陶，也在寺庙里学到各方面知识。特别是，作者对寺庙药房和僧俗人生百态有着痛切的凝视与体察。新中国成立后，他同很多有相似背景的青年僧人一样，逐渐转化成长为国家干部和出色的作家。特殊的环境、特殊的经历、特殊的感受与特殊的积累，使得精通蒙古语文的阿云嘎，抓住了民族性格的深刻处，写出了族群记忆与民族审美心灵的关键点。阴谋、仇恨、妒忌与奸诈，是从古到今蒙古民族最憎厌的品行。有无这些方面的表现，几乎成为界定人品好坏、人格高低最鲜明的标准，可以说这就是一种"民族性秘密"。作品《满巴扎仓》通篇就渗透着这样的审美倾向。例如："人间的阴谋就很像这种蘑菇，它总是在暗中运行，而且不易被人发觉"，[1]"皇宫是一个充满着阴谋、谗言、冤屈的地方"。[2]再例如，正派而睿智的扎仓堪布主持，同觊觎秘方药典的陌生人下棋时，洞悉到"这棋盘就是家乡的土地，各种阴谋，较量和角斗都在继续……"[3]老协理夫人苏布道达丽赞赏"金巴为何总是快乐而信心十足，因为他不使阴谋，不怀恶意，没有贪念，坦坦荡荡，那样的人怎能不快乐呢"[4]，等等。纵观中外文学的历史，从有意识和无意识的各个层面都可以看到，"民族审美心理中积淀着民族特有的想象，情感、记忆和理解。"可以清晰地看到，《满巴扎仓》所鲜明呈现的审美心理，对嫉妒，阴谋与奸诈的拒斥和批判，是从古到今流淌在蒙古族精神文化里的一汪活水。鄂尔多斯地区在古老的阿塔天神祭词里就说："让我们避开妒忌者的恶意"，"让我们避开人世间的奸诈"。《蒙古源流》是最有价值的蒙古族史籍之一，成书于1662年，后编入《四库全书》。这部典籍作者萨岗彻辰也是鄂尔多斯人。其中有段话说"（众生们）现吃现取那种稻子，其间一个奸猾的众生当天收回次日的份额存起来，那种稻子也绝迹

---

[1] 阿云嘎：《满巴扎仓》，哈森译，《人民文学》2013年第12期。
[2] 同上。
[3] 同上。
[4] 同上。

了，而嫉妒罪业之道由此始起"①。在这里著者把嫉妒、贪念之类上升到了罪恶的层级。渗透于蒙古族文化艺术中的审美价值取向，还鲜明地体现于文学欣赏与文艺评论中，并且臻为一种方法。晚清蒙古族文学家哈斯宝，在研读了《红楼梦》之后，为薛宝钗的奸诈和嫉妒所惊惧，他犀利地评说道"看她行径，真是句句步步都象个极明智极贤淑的人，却终究逃不脱被人指为最奸诈的人"。②他还透辟地点明袭人"狡计奸诈"，并把她看作男人中的宋江。另外，开创了蒙古族新文学先河的纳赛音朝克图，在新中国成立后的诗作《鲁迅》中，赞颂道"当嫉妒、仇恨、欺诈像蛛网般密布的时候，你是一位烈火般燃烧的作家"。由此可见，文学的民族个性根深蒂固，源远流长，具有很强的稳定性和久远的传承性。长篇小说《满巴扎仓》所体现的民族审美心理，虽然有别于哲学意义上的升华，也不同于民族伦理道法体系的规范化，也不是一成不变的遗传基因，却打开了蒙古族"时代魂灵的心理学"，展示着一个民族性格的秘密。这些，都有助于读者认识蒙古族文学，进而把握其从伦理到形式创新发展的脉动。

总之，作者阿云嘎"以新的形，尤其是新的色"写出了他对生命的体验和所经历的生活，为民族文学创作带来一股清奇的新风。

（原载《小说评论》2014年第6期）

---

① 乌兰：《蒙古源流研究》，辽宁民族出版社2000年版，第70页。
② 哈斯宝：《新译〈红楼梦〉回批》，内蒙古人民出版社1979年版，第11—12页。

梦的灵光与美的潜流

南方飞来的小鸿雁哟，不落长江不起飞，要说起义的嘎达梅林，是为了蒙古人民的土地。

20世纪20年代末，为了反抗反动军阀和王爷对蒙古族人民的欺凌压迫，嘎达梅林在科尔沁草原英勇地举行起义，最后壮烈牺牲。半个世纪以来，嘎达梅林精神一直激励着蒙古族儿女的心灵，融入他们争取自由解放的斗争中。历经痛苦的磨难和奋斗，蒙古族人民终于在中国共产党领导下获得翻身解放。在"文化大革命"特别是挖"内人党"的祸患中，又遭到意想不到的创痛。回顾历史，是需要间隔一段时日的，更何况是艺术的反思。当草原重新繁茂，人民过上更加幸福安乐的生活以后，痛定思痛，是难免有酸楚之感的。长于写悲剧的蒙古族作家扎拉嘎胡，从1978年开始以"民族的眼睛"和时代的精神发掘、整理、反思和加工嘎达梅林的史料，直到1986年写成长篇小说《嘎达梅林传奇》，由人民文学出版社出版。

这部作品通过同"土匪"谈判，奉天请愿，造反起义等引人入胜的情节，从蒙古族的经济形态、风俗民情、宗教观念和动荡的现实生活中，塑造了嘎达梅林、舍旺、达尔罕王爷、宝音王子、牡丹、乌尔娜等血肉丰满的人物形象，体现着鲜明的历史意识、时代精神和民族特色，蕴含着对"民族性秘密"的深邃思索，在思想艺术上都有重要的突破。作品在人物塑造上，由于尽力保持了原来生活的面貌，尽力在蒙古族心理状态的分析

梦的灵光与美的潜流

上求真求细,所以人物内心世界的表现,人物性格的发展,都非常自然,非常真实,非常合乎规律。蒙古族人民向以忠、义、正、直为重,视狡诈、叛卖如仇,20年代末依然鲜明地保持着这种心理延伸性。嘎达梅林之所以受到草原人民的理解和拥戴,并不是因为他是什么天生的造反者和英雄,而是以正直的、仁义的德行和宽厚的胸怀博得草原人民的信赖和崇仰的。作品中的舍旺协理典型地代表着草原上腐败权贵的邪恶,所以嘎达梅林忠、义的性格特征,集中而清晰地体现在他同舍旺的纠葛和斗争中。早就和反动军阀张作霖的胞妹、达王的福晋在政治和肉体上都沉瀣一气的舍旺,秉承上层蒙奸的意旨,为求得自己的荣华富贵,死心出卖草原牧民的利益。他的罪恶企图,在达尔罕旗的门槛上,遭到嘎达梅林的阻遏。因而舍旺视嘎达梅林为眼中钉、肉中刺,必欲置之于死地而方休。嘎达梅林在开明贤达的王子支持下,得到操生杀大权的"御赐虎柄宝剑",逼得舍旺拿起软刀,拉开暗箭。首先,舍旺不顾自己高贵的身份,当着嘎达梅林夫妇的面,跪在佛龛前的地上,声泪俱下地用尖刀对准自己的胸膛,请求嘎达梅林宽恕自己过去的恶行,并提出与嘎达梅林结拜为兄弟。结义活动,从成吉思汗起,一直在蒙古族中间享有美誉。当年成吉思汗依靠结义的弟兄们组建无敌的铁骑,统一了各部落,创立了皇业。他也曾与自己过去的仇敌结为兄弟。蒙古族世代信奉佛教,佛教的行义、行善说,在蒙古族男女老少的精神中,占有很高的位置,因而也就容易为假仁假义所惑。此外,服软不怕硬,不能对跪下的人再踢两脚,也是一种精神上的沉淀物。嘎达梅林,这位"忠义之家"的后代,正是在这种精神文化土壤中成长的。他轻信了舍旺的鬼话,对他的各种鬼蜮伎俩,宁信其好,不信其坏。以后不断有人在暗中提醒嘎达梅林要防范舍旺的毒手,他不是看作是"女人之见",就是当成敌人的"离间计",一律地加以拒斥,诚笃地信守并履行结义之约。他把任何劝谏和疑念都看成是对神圣结义的亵渎:"别提这个啦,中午海誓山盟,结拜为弟兄,晚上就怀疑结义之缘,认为上当受骗,天理能容吗?对得起圣主吗?对得起祖先的遗训吗?"用"结义"这个无形的绳索捆住嘎达梅林以后,舍旺就在暗中下起毒手来。在嘎达梅林同"土匪"谈判和奉天请愿的各种活动中,多次设下伏兵,埋伏杀手。由

细节激活历史

于乌尔娜等正义者的警觉和保护，嘎达梅林才免遭凶险。后来，乌尔娜等设计劫获舍旺重新骗得的"御赐虎柄宝剑"。丢失这"宝剑"对舍旺来说是掉头的事。乌尔娜把"宝剑"连同舍旺写下的不出卖土地的保证书，一并交给了嘎达梅林，是以此来制服舍旺。囿于"结义"的嘎达梅林，加之舍旺又领上女儿来拜干爹，不仅把"宝剑"交还给舍旺，还当面撕碎了舍旺的保证书。解除后顾之忧的舍旺，凶相毕露，使整个达尔罕旗重新陷于天怒人怨的悲惨局面。

除了这种"忠"、"义"而外，蒙古族人民有其更鲜明、更可贵的特质，当对人和事有了本质化的认识以后，就会义无反顾，宁折不弯，视死如归，这一点也鲜明地体现在嘎达梅林的身上。当他到奉天请愿身陷囹圄以后，才彻底认清了反动军阀、昏庸的王爷和舍旺之流邪恶的面目。于是，嘎达梅林揭竿而起，为了蒙古族的土地和利益，同军阀和民族腐败势力展开了浴血奋战。斗争中他表现了雄才大略和英武无畏的精神，领导人民给反动势力以沉重打击，直到夫妻双双壮烈牺牲，蔚成内蒙古近代史上的一幕雄壮的悲剧。

当然，嘎达梅林的悲剧，不是"性格的悲剧"而是"历史的必然要求同这种要求实际上不可能实现之间"的冲突。由于历史和阶级的局限，嘎达梅林的失败是必然的，但是这场斗争中的确也映现出了蒙古族传统文化上的一些特点。从《嘎达梅林传奇》中，可以看到，嘎达梅林身上的"愚忠"、"愚义"，的确也是招致各种不必要损失的重要因素。直到最后，嘎达梅林才"深悔没注意内奸，结果引来不可挽回的灾难"。作者通过嘎达梅林这个人物和他起义的历史事件，浮雕式地再现了蒙古族文化意识中"愚忠"、"愚义"这种沉淀物对民族发展和进步的影响，这无疑会引起读者深沉的感悟和警醒，自然也会给予新时期的改革和建设以某种深刻的启迪。

"每个民族都有两种哲理：一类是学究式的、书本的、郑重其事的、节庆才有的；另一类是日常的、家庭的、习见的"。[①] 把握这种哲理往往都

[①] ［俄］别林斯基：《别林斯基论文学》，梁真译，新文艺出版社1958年版，第86页。

梦的灵光与美的潜流

是很接近的。要想写好一个社会，写好一个民族，再现一段历史，就必须准确地认识这两种哲理。构成《嘎达梅林传奇》强烈的审美魅力和真切历史感的，除了对嘎达梅林等性格的成功刻画而外，还突出地表现在对官场礼仪、宗教仪式、民俗风情和自然景观的描写上。作品从僧舍、佛堂、王府、庙宇、宴席、卧室、皮鼓、铙钹、振铃、飞钗到花卉、苦蒿、草木、沙丘、牛欢、马奔、蜂拥、鸟啼，从瑰丽神奇的月夜直到血雨腥风的战场，"一花一世界，一叶一如来"，雕琢得细致入微，活脱传神，真实地再现了内蒙古草原独特的风貌。这些都是同人物的活动互为依存、相辅相成的。

另外，《嘎达梅林传奇》的时代环境和作者的思考，绝不是封闭式的，而是在时间和空间上都体现着相当的广度和深度。成吉思汗的谋略，乾隆皇帝的纳谏，辛亥革命的振波，军阀的劣迹，奉天的名流，都自然契合地渗透在作品环境和人物的表现中。达尔罕王子不但熟谙"四书"、"五经"、《资治通鉴》、"二十四史"，还精通蒙、汉、日、英四种文字，这些都真实地体现着20年代末科尔沁草原思想文化的风貌及其开放、动荡的时代氛围。

《嘎达梅林传奇》还有一个突出的特点是充溢着神秘魔幻的色彩。预感和梦境，仙女和魔怪，天意和佛旨，奇特的遭际和难于理解的偶然，在很多人物的意念、心境和命运中都有所表现。例如，嘎达梅林同"土匪"乌力吉谈判时，舍旺密令卫兵向嘎达梅林开枪，但那卫兵却看到"嘎达梅林身上闪射着耀眼的透明的蓝光"，从这"蓝光中猛然跳出一只虎，子弹一出膛，白虎头上便冒起金光"，致使卫兵浑身发抖，枪法紊乱，连发六枪而不中。再如，宝音王子在去奉天的途中和被软禁时，对情人乌尔娜的种种幻觉等。相信因果报应，这是旧社会蒙古族人民心理结构的一部分，这种描写与表现是非常真实的。作者在这里显然借鉴了魔幻现实主义的表现手法，但没有简单地模仿。作品中魔幻与现实相映照，相启示，曲折真切地表现了民族生活的现实和各种人物的心态的幽怨、向往和追求。上文卫兵的反常心理表现，实际上是慑于嘎达梅林的凛然正气使然。另外，同扎拉嘎胡其他作品相比，《嘎达梅林传奇》在结构上也有新的变化。开篇

> 细节激活历史

巧设悬念:"达尔罕王爷一年以后准会明白谈锋正浓的福晋骤然之间昏昏睡去的原因。"最后卒章露底,令读者禁不住追本溯源,阅读再三。总之,长篇小说《嘎达梅林传奇》在思想立意和艺术表现上都有新的突破,显示出这是一部成功的长篇佳作。

(原载《淘沥集》,军事谊文出版社1993年版)

关于《斯巴达克思》的商榷

《光明日报》1977年10月29日发表了评介《斯巴达克思》的文章，题目是《一部反映奴隶起义的优秀作品——评〈斯巴达克思〉》。读后有一些想法，愿意谈出来就教于大家和作者。

我很喜欢这部小说，前后看过有五遍。值此小说再版之际，《光明日报》发表冯春同志的文章，对作品进行了评价和介绍。总的来说，文章的观点是可取的，但有值得商榷之处。

文章认为，小说的作者乔万尼奥里由于是资产阶级作家，因而在小说里安排了斯巴达克思和范莱丽雅的爱情，说"我们从这里所能看到的只能是一种超阶级的爱情，是阶级的调和"。我认为，作者由于世界观的偏见，并不表现在他对于斯巴达克思和范莱丽雅的爱情描写上。因为小说中的斯巴达克思，并不是天生的奴隶角斗士，他本是有"高贵"血统的色雷士人，只是由于战败被俘才沦为奴隶的。这样看来，"整个古代史中最辉煌的人物"、"古代无产阶级的真正代表"[1] 斯巴达克思的伟大形象，在这一点虚构上遭到了贬损。所以，作者乔万尼奥里的本意，并不是想把斯巴达克思写成下层奴隶，也不想把斯巴达克思和范莱丽雅的爱情写成是超阶级的。因此，作者世界观的局限或者偏见，不表现在他写了超阶级的爱情，而是体现在他认为奴隶阶级中不配有斯巴达克思这样优秀的人物。

---

[1] 《马克思致恩格斯》，《马克思恩格斯全集》第30卷，人民出版社1975年版，第159页。

另外，冯春同志的文章还说："范莱丽雅甚至没有象爱芙姬琵达那样抛弃一切，到斯巴达克思的起义队伍中去……起到帮助奴隶主阶级瓦解起义军队伍的作用"。这段文字是不够客观和公平的。小说中的爱芙姬琵达，是混迹于奴隶主上层社会的希腊高级妓女，病态的嫉妒狂。她是"抛弃一切"混到起义军队伍中去了。但这个起义军队伍中的内奸、蛀虫，怀着罪恶的复仇心理，极尽其对起义队伍的瓦解破坏作用。她的破坏比之范莱丽雅不知要大多少倍。而斯巴达克思和范莱丽雅之间的苦恋和相思可以说是美好动人的。爱芙姬琵达，耍弄"阴谋爱情"，利用"传令兵"的重要角色，丧心病狂地分化、瓦解起义军队伍，不择手段地挑拨分裂起义军将领的关系，不遗余力地给奴隶主部队通风报信。从小说中可以看到，起义队伍的惨败，起义将领的惨死，都是和爱芙姬琵达有着直接关系的。

当然，历史上有无爱芙姬琵达其人，我没有进行考证。而且，历史上的真实情况，也不会像小说所揭示的那样：斯巴达克思起义的失败，主要不能怪罪于爱芙姬琵达。我只是想说，作为文学评论文章，没有理由对小说中的人物范莱丽雅进行贬斥的同时。不恰当地为爱芙姬琵达进行开脱和辩护。

顺便要说的是，小说《斯巴达克思》，站在历史的正面，揭示了被压迫阶级不断争取推翻压迫的事实，塑造了两千年前奴隶起义中杰出的英雄形象，反映了奴隶起义对罗马帝国的震撼和打击。总的来说，这部作品的基调是积极的，是值得欣赏阅读的优秀作品。

(原载《淘沥集》，军事谊文出版社 1993 年版)

锤击人心　警策生活

　　1997年11月，在北京友谊宾馆召开了第九届世界华文文学国际研讨会。在这个会上我认识了香港女作家陈娟。她曾半是揶揄半是赞誉地说我"总是那样雄赳赳气昂昂"。我则从这位女作家那里捕捉到她的小说《天外归来的两表弟》所展现的图景和影像。这部作品运用科幻的手法，轻松地一箭把"天球"的故事射到地球："那里科学十分发达，人们的生活很美满。没有穷困。没有战争，没有种族歧视，没有抢劫和奸杀，没有争权夺利，尔虞我诈，我们各尽所能，和睦共处。"我感到作家正是怀着这样的向往心态，带着《彬彬画画》中真真小兄妹的本真与朗洁，出现在众人面前的。她在谦和清纯的微笑中，显露着不易觉察的自信和激情。她那情态，活像小时候在亲人长辈的呵护中无忧无虑走进学堂时的样子。但在对陈娟的人生旅途和文学创作有所了解以后，才觉得她这样，乃是对自己苦斗生活和曲折经历的超越和升华。

　　陈娟于1942年9月出生在福建省长乐市岱边乡。1960年考入福建师范学院中文系，毕业后任中学语文教师，直到1981年到香港定居。在十年浩劫中，出身于旧官僚家庭的陈娟，除了在政治上受到各种排斥和冲击而外，也必然在精神上受到压抑，才情也要受到窒闷。她珍爱时光，这期间钻研学习了不易惹是非、不会犯错误的医术，这在她以后的生活中显示了不寻常的意义。

　　到香港以后，陈娟的一切都要从头做起。她当过女佣、打杂工、服务员、相士和护士，经历了种种困难，战胜了种种艰险。这对于一个已近不惑之年的女人来说，可以想见那是多难。但她熬过来了，闯过来了，凭着她那顽强的意志，凭着她那蓬勃的生命，凭着她那亭挺的人格，凭着她的才干和智慧。她终于成功了，在满是旋涡和激浪的港湾，有了她立足的绿岛。这不仅表现在她奇迹般地办起了医馆，更表现在她以丰硕的创作成就，成为独树一帜的名作家。

十多年中，陈娟在海内外报刊上，创作发表了数量可观的短篇小说和散文，主要收于散文集《陈娟文集》和短篇小说集《香港女人》中。她还著有长篇小说《昙花梦》和《玫瑰泪》，中篇小说《燕玲小姐的日记》等。陈娟的创作，集作品的主人公、叙事人与作家自己于一身，以积极的人生观和批判现实主义的艺术眼光，审视了她所亲历的香港社会生活，揭示了这种生活中存在的丑恶、阴暗和虚妄，憧憬公平的生活和健全的人格。她的作品多数是写女人，抨击邪恶和污浊对女人的残害，呼吁女人要自尊、自爱、自强，呼唤人间的真情和真爱，向往美好的精神家园。如果说陈娟的成名作是短篇小说《初到贵境》，而产生广泛影响的作品是长篇小说《昙花梦》的话，那么她的代表性作品，当推短篇小说《尼姑，尼姑》。这篇作品标志着陈娟文学创作的成熟。

作品《尼姑，尼姑》，通过中年女人林萃颖对自己人生路的回顾与沉淀，以丝丝缕缕的审美情思，撞击着读者的心扉，警策了世人的生活，充溢着深邃的理趣和摇荡的力量。

作品开头描写了"林萃颖坐在巴士上，斜靠着窗口，注视着对座那位尼姑出神"。把满身珠光宝气的林萃颖安排到平民大众生活的特定环境中，使得在利欲场上斗得遍体伤痕的林萃颖得到喘息的机会，得到短暂的安歇；而对座的尼姑，正像一面镜子，让林萃颖透过自己"名贵的服饰"和"新潮发型"，窥到自己空寂破碎的心灵。也正是在这个间隙，那逝去的美好青春和纯洁爱情才得以在记忆中闪现："母校，旁边有一条溪，从高山蜿蜒而下，溪中有许多奇形怪状的石头，清清的流水环绕石间嬉戏追逐；溪旁几株老榕树，久经沧桑，枝繁叶茂，飘挂着长长的红须；溪畔长着许多野花野草。同学们都喜欢在这风景如画的地方早读，有的倚坐在石头上，有的攀骑于虬枝，朗朗的书声，淙淙的流水，吱啾的鸟鸣，汇成了美妙的交响曲。记得临高中毕业的一天清晨，柳春坐在离她几步远的下游读俄语。她背诵古文，背得不耐烦了，就从簿子上撕下一页纸，折成小船，采一朵野蔷薇放在船上，小船戴着鲜花在水中左冲右撞地飘流而下。柳春读起书来总是那么投入，小船快到身边了还不觉得……'爱情的小船触礁了！'"

这一段美好的图景，是林萃颖曾珍藏在心的精神家园和圣洁的歌，体现着她生命中最有价值部分。但是，正是她自己扯断了琴弦，那美好的圣歌再也发不出声响。她在潜意识中存在的物质欲望和"凤姐"处世哲学的支配下，为踏上"淘金"的"跳板"，她绝情地离弃了纯情的恋人柳春，到香港做了表兄的继室。这害得柳春精神崩溃，"惨度着可悲的生涯"，柳春残存的点滴清醒仅仅是对林萃颖的思念和关爱。她曾给他寄过一笔款，试图以此做些补偿，但遭到柳春家人的唾弃和诅咒："我们不希罕她这臭钱！柳春被她毁了！金钱赎不回她的罪孽，让她死后下十八层地狱吧！"

林萃颖的钱也的确很"臭"。她靠"牺牲感情，换取'三抓'（抓权、抓钱、抓人）"。她靠诈骗，"以一股本钱，赚取三股利润"。她搞一笔"夫妻生意"，靠出卖自己换得一个纺织厂。林萃颖是有了钱，但付出的代价过于沉重，她实际上变得一无所有。恋人疯了，生命最美好的天地毁灭了，她因而遭到亲人和家乡父老的指责与仇视。家婆骂她是"三抓八婆"，丈夫对她如弃敝屣，子女视她"如路人，连一声'妈'都不叫"。最令她难堪的是，买了她与她同居半个月的阔少，遗弃她以后还要在信中刺她一痛："我更爱我的妻子，因为我觉得她最纯洁，最高贵，也最值得我尊敬。"林萃颖也活该遭此嘲弄。她机关算尽，但并不明白价码，到头来反算了自己，落得个形只影单，支离破碎。就好比她不过是用脑袋换了西瓜，用心肝换了宝石一样。

《尼姑，尼姑》这篇小说，不仅立意高，蕴含深，而且篇章结构也很机巧精灵，艺术性很强。作品开头和结尾都紧系着尼姑。以并不幸运但灵与肉尚属完好的尼姑作为参悟，更便于比照出林萃颖的破损与污秽，也更见其可悲可叹。在人生的险途与浊浪前，虽说尼姑也仅是逃避或是消极的

细节激活历史

抗争，并不值得如何加以赞许，但是，总还算是抗争，有不甘屈服的含义，有其洁净完整的一面。林萃颖呢，她是整个的沉沦和湮灭。尼姑，还有站立的支撑点，有一条幽静的生命之路，而林萃颖只能依靠"救心丹"了。另外，作品通过妹妹的来信和美国客商的订单来勾忆往事，展开故事情节，显得特别自然、贴切、严整。

培根说过："似是而非的谬误有时令人愉快。假如一旦把人们心中那种种自以为是、自以为美的幻觉，虚妄的估计，武断的揣想都清除掉，就将使许多人的内心显露出原来是多么地渺小、空虚、丑陋；甚至连自己都要感到厌恶。"①《尼姑，尼姑》这篇作品振聋发聩的警示作用，就在于暴露了现存社会的某种残缺与病态，唤起世间男女的自尊感，正义感和羞耻心，以确立更正确的价值观、是非观与美丑观，从而促使社会生活更合乎情理，更趋于真实，更臻于完善。这一思想，蕴寓在陈娟很多文学作品中，这也构成了她最鲜明突出的创意。

很显然，从个人经历和创作道路诸方面来看，陈娟是绝不主张人们去做独善其身的清教徒，而是倡导积极入世拼搏的。然而，路数要对，做人要正。不要损人利己，也不要损人不利己，而要对己、对人、对社会都有利。陈娟也不是拒绝物质的禁欲主义者，只是说要取之有道。她还力求告诉人们，特别是激励女同胞们，不管处于什么险境，你都要憋足一口气，死死地伸出头，紧紧地撑住杆，奋力做一个生活和感情的强者。

总之，陈娟的追求和向往，对现实生活及其流向，是有积极意义的。对于这一点，无论是历史主义者还是道德主义者，都有理由给予认同。虽然，《天外归来的两表弟》以及《彬彬画圃》中所展现的理想或许还很遥远，相信陈娟会依然执着地去追求和坚持。也相信陈娟在前行的路上，会永远那样从容，并会给人们献上更加奇美的艺术花果。

(原载《华人女作家与成名作》，台湾出版社1999年版)

---

① [英]培根：《培根论人生》，何新译，上海人民出版社1983年版，第2页。

琐谈《鹿图腾》的历史文化意义

读完冯苓植兄《鹿图腾》的手稿，夜不能寐，披衣远眺星空，感慨颇多。据我所知，这或许是近六十多年来第一部展现元王朝全过程的"读史随笔"。如果不是对蒙古族和茫茫的大草原充满了深挚的感情，那是很难从浩如烟海的中外史籍之中梳理出这样一部极具文学和历史价值的"蒙元史话"的。

冯兄是我极为敬重的作家，他那执拗而又极为认真的性格也是我颇了解的。有的评论家称他"不媚俗、不趋时、不爱扎堆凑热闹，是一个自甘寂寞的文坛游牧作家"。他却自我解释说那是因为"先天不足，生性怯懦，似也只配作个文坛的拾荒者"。事实上，他好像也确实是如此，数十年来似乎一直是在文学的边缘地带拾着"荒"。时而写动物小说，时而写市井小说，时而写荒野小说，时而写草原小说。而且洋能洋到连外国人都说"没想到"，土能土到掉渣儿，只是永远超脱于名利是非以外，从来不去追逐时髦。难怪我国著名的文艺理论大师钱谷融老先生如此评论他说："这就是冯苓植，一个典型的行者式作家！"日本早稻田大学的著名汉学家杉本达夫教授，不但亲自翻译了他的中篇小说《虬龙爪》，而且在日本的《文艺春秋》专门著文介绍了他的追求和探索。故而，也有的同行曾经问过他，为什么在全国和地方上屡屡获奖却不见"为官为宦"红起来？他竟然总结道："先天不足！要怪也只能怪我那与生俱来的莫名'恐高症'！"总之，他似乎很"享受"这种默默无闻，刚一到退休年龄就迫不及待地退

细节激活历史

了,而且退得是如此彻底,退还了一切奖状,还退出了作协,仅靠着一点微薄的工资,当起了"退休养老金领取者"。据说还过得颇为闲适自在,自觉得很,从未给任何一位领导找过一点麻烦,充分展现了一个小老百姓的传统美德。

那么他为什么又研读起了蒙古史和元史呢?有一次在北京偶遇,他告诉我说:"纯属是因为惭愧!在内蒙古生活了大半辈子,却对蒙古史知之甚少。除了略知成吉思汗、忽必烈、拔都等极少数历史人物一二外,竟对有关大元王朝的来龙去脉不甚了了。这不但常被外来旅游的作家问得面红耳赤,也愧对和自己相处了几十年的蒙古族哥们儿啊!更何况自己也不能白喝了豪迈牧人供给自己喝的牛奶、羊奶、马奶,以至于骆驼奶,再继续糊涂下去可有愧于抚育自己五十年的茫茫草原啊……"最后,他还对我说:"好在现在自己已经退休了,也不准备再舞文弄墨地去掺和什么文学创作了,那是年轻人施展才华的天地。老年人应该寻找一种适合自己的方式来安度晚年。"对他来说,这种方式就是补上一课:身为内蒙古人,当知蒙古史!但我却深深知道,元史和蒙古史均是难啃的"骨头"……

又是好几年过去了,竟久久没有再听到他的任何消息。我还以为他很可能在大体弄通后就"适可而止"了,谁料就在这时却收到了他一部长达四五十万字的长篇小说,并请我作序。这就是后来由上海文艺出版社出版的长篇历史小说《忽必烈大帝与察苾皇后》。他在电话中这样对我说:"我既不懂电脑,更不会上网,就连用手机发短信至今也没学会,似乎是依旧生活于20世纪的人。不是我食言,而是历史的故纸堆中有些东西太诱人了。既然丝毫不会影响年轻人引领文学潮流,故而我又不由自主地在历史故纸堆中干起了'拾荒者'的老本行……"我很理解我的这位汉族老大哥,从骨子里讲他还是个颇为传统的爱国主义者。而他这次在历史的故纸堆中重做"拾荒者",也绝非像他自己说的那样"轻描淡写",虽未听他喊过一句标语口号,显然他是把"国家的统一、民族的团结"作为自己"发挥余热"的奋斗目标了。果然,不久之后传来的消息说,他读"史"读得好苦,每遇到一个重要的史实或相关话语,均抄于纸块贴于墙上,反复凝视,相互对应,日久天长竟贴得"满屋皆元史,四壁尽纸张"。搞得妻儿叫苦不迭，他却穿梭于其间而"乐此不疲"。后来更听说他靠着自己那微薄的退休金或好友之相助，竟亲自北上到呼伦贝尔大草原去考察成吉思汗的发祥地，亲自南下云南大理考察忽必烈大帝平定南诏的功德碑，真可谓"读万卷书，行万里路"。他却从未向组织上宣示过，更未向组织上伸过手，当地作协和相关单位甚至都不知有这回事。天性使然！他似乎只顾默默无闻地为民族团结埋头苦干了……

读史随笔《大话元王朝》（上、下卷）出版后，《鹿图腾——草原帝国的后妃传奇》的手稿又摆在了我的案头。他在附信中这样说道："我深知自己先天不足、功力浅薄，故而绝不敢厕身于史学界，更不敢涉足于文学领域，说到底我的作品是沾了'读史随笔'这个文学小分支的光，充其量也只能算做一些置身圈外的'通俗史话'。但为什么我还要一而再，再而三地在继续研读《元史》，以至于又完成了这部以后妃传为架构而窥探元王朝全过程的'札记'呢？说白了，那就是华夏这块神奇的土地，似乎从历史上来说就有着一股'宿命'般的向心力和凝聚力。"

我为冯兄这种"见地"感到高兴，因为这也是，我正在研究和探索的一个新的课题，即"具有中国特色的民族史观"！要知道，仅以内蒙古自治区而论，它比新中国还要早成立两年。六十多年来的和谐相处，早已在各民族间形成了"你中有我，我中有你"的大好局面。当然，民族政策是"功不可没"的，历经近两千多年的历史交融与磨合的作用也是不容否定的。难怪1957年内蒙古自治区在欢庆成立十周年之时，我国著名的史学大师翦伯赞先生，应乌兰夫主席之邀考察呼伦贝尔大草原时，曾这样说过："这里曾经是中国历史的大后台，古代北方的各少数民族一经在这里演练成熟，便纷纷冲向中原大地演出了一幕又一幕波澜壮阔的历史剧。北魏之鲜卑、辽之契丹、金之女真、元之蒙古、清之满族，莫不如此……"依我之理解，翦老的这段话意在向世人宣示：我国各民族之间从古至今无论是交融还是磨砺，从历史的角度来看向来就是"一家子之内"的事儿，就连整个华夏的历史也是由各民族共同推进并发展的，若不然翦老也不会将其称为"一幕又一幕波澜壮阔的历史剧"。

拿我们蒙古民族来说，就在元王朝期间，在我们伟大祖国的疆域版图及文化艺术等诸多方面做出过卓越的贡献。以近代而论，他们对祖国的赤胆忠心也是有目共睹的。文有杰出的文学家伊湛纳希，同曹雪芹一样，为打破传统文化的桎梏和沉闷，他创作长篇小说《一层楼》、《泣红亭》等，在蒙古民族中也发挥着如《红楼梦》一般的作用。武有忠勇的蒙古族统帅僧格林沁，他曾在保卫大沽口抗击英法联军第一次入侵时，率领科尔沁骑兵，依靠有利地形，成功地击退了侵略者的进攻。而在随后八国联军利用现代化的洋枪洋炮逼近京畿重地时，他明知自己率领的骑兵只有原始的弓马战刀，却仍然奋不顾身地在枪林弹雨中于八里桥一带展开了殊死的阻击战，虽败犹荣……为此，我认为史学大师翦伯赞先生在呼伦贝尔大草原所发感慨，即"具有中国特色的民族史观"的发端。而冯兄之所谓的"宿命"，似很可能乃他对于这种历经数千年所形成的特殊的民族关系史的一种直感。

并非掌握了正确的民族史观，就可以写出一部简明易懂、引人入胜的"元朝史话"。而作为主要参考的史籍——明代宋濂等主撰的《元史》，又因编撰用时较短（仅331天），加之出于众多编撰官之手，故后代学者多称其"荒芜杂乱"。比如人物译名常常一名多译，令人不知所指或不知所云。尤其是元代乃是由少数民族入主华夏统一全国而建立的第一个封建王朝，没有前例可循，一切均处于草创和摸索阶段，而《元史》的编撰者们又对游牧文明与农耕文明之磨砺和交融的复杂性欠缺了解，如此草率成书必然会造成晦涩难懂、满篇皆谜的结果。故而除古今中外的相关学者仍在不断地探索外，一般读者大多对《元史》"敬而远之"。据我了解，除民国初年蔡东藩先生写有一部简介元代全过程的《元史演义》外，至今尚无一部让人一目了然的"简明元史"。而蔡之演义明显是带有歧视性的，加之浓缩得更加"荒芜杂乱"，因而不仅有"颠倒黑白"之嫌，而且仍然是让人"难以卒读，知之甚少"。虽说在"具有中国特色的民族史观"确立以后，蒙古史、蒙古学以及有关《元史》的研究均得到了蓬勃发展，但大多集中于对成吉思汗、忽必烈大帝、拔都汗等英雄人物的探索，似对元宫其他帝王均极少涉及，致使人们对中国历史上盛极一时的元王朝之全貌竟不甚了然。

为回报草原近五十年的养育之恩，冯兄退出文坛之后尝试着来填补这项缺憾了。而且作为一个颇有成就的作家，他选择了一条虽能引人入胜却又颇为艰难之路，即以一代代后妃传为架构，充分展现大元王朝的全过程。其实早在长篇历史小说《忽必烈大帝与察苾皇后》（上海文艺出版社2010年版）中，他就早已重视起这种蒙古民族中特有的"双图腾"政治结构。图腾崇拜是世界上每个民族都曾有过的原始崇拜，但像蒙古民族古代这样的"双图腾"崇拜在世界上还是极为罕见的。苍狼和白鹿的组合反差极大，对比又极其鲜明。冯兄以《鹿图腾》为书名还是别具匠心的，他是想说明蒙古民族的"双图腾"绝非是"徒有虚名"的，的确在历史上产生过一批非凡杰出的女性：比如说，成吉思汗伟大的母亲诃额伦和他那佐夫统一蒙古的妻子孛儿帖，被波斯史学家拉施德赞誉为"高过举世妇女之上"的忽必烈大帝的母亲索鲁禾帖妮，还有史称具有"经天纬地之才"的忽必烈妻子、大元王朝开国第一后——察苾；再比如，真金太子的遗孀阔阔真在忽必烈死后竟仍坚持"鼎新革故"，辅佐儿子元成宗实现了"元贞治平"的盛世景象……但也不可否认，在一代代杰出的蒙古族后妃出现的同时，一代代弄权成瘾的后妃也出现了。除前期草原汗国时的乃马真与海迷失"哈敦"（即皇后）外，在元王朝中后期一些擅权乱政的后妃也开始出现了，如元成宗的遗后卜鲁罕就曾篡改遗诏，勾结安西王阿难达，几乎导致了全国大乱，而随后上台并"历临三朝"的答吉皇太后，更进而利用"以孝治天下"迫使两个颇有抱负的儿子（元武宗与元仁宗）难以施展才略，竟眼看着她为迷情所困擅权乱政而郁郁夭亡。即使在她死了之后，她那大有作为的孙子元英宗年仅20岁还是被她留下的爪牙们血腥地弑杀了。还有一个混入"鹿图腾"中的"异类"高丽奇皇后，竟暗中出谋划策怂恿元顺帝的独子凭借军阀势力与其父亲争夺皇位……

　　难能可贵的是，冯兄不仅没有以传统的"红颜祸水"之说来写，更没有像蔡东藩先生那样以大量的色情描述来吸引读者眼球，而是在这种"双图腾"的架构中对"鹿"的一方做了更深层次的文化探索。比如，他认为这是一种反复轮回近亲婚姻造成的结果。详查事实，也确实如此。在那样严酷的自然条件下，成吉思汗活了67岁，忽必烈大帝活了80岁，这本应

细节激活历史

是个具有长寿基因的家族。但在元太宗窝阔台时为报母后孛儿帖养育之恩，即和母亲家族定下了"生女当为后，生男尚公主"的规约。"圣命难违"，由此这种近亲联姻便成了一种定制。查元宫十四帝，除乃马真与海迷失外，几乎有十位皇后均来自孛儿帖的家族（元顺帝有一位皇后也源自于此），剩下的两位虽娶的是公主之女，但仍同出一源更属近亲联姻。恶果很快便显现了，至忽必烈之后，元朝历代帝王平均年龄尚不到三十岁。每位君主执政时间也极其短暂，尚来不及施展才华往往就夭折了。造成忽必烈之后的元宫十帝执政的时间，竟不如清朝乾隆一人在位的时间长。这样就给大内的后妃们造成了擅权、弄权、操控皇权的机会。而随后这些"嗜权成瘾"的后妃们资质又极其平庸甚至昏聩，最终导致了权臣迭出、奸相乱政、皇权式微、军阀崛起等种种社会乱象。

更为难能可贵的还在于，即便如此，冯兄也没有将不可一世的大元王朝急骤地由盛到衰完全归咎于"鹿图腾"们，而是从翔实的史料中探索其间的真正原因。他认为，元王朝毕竟是中国历史上第一个由少数民族统一天下所建立的封建王朝，既为伟大的祖国建立过不朽的功勋，也留下了农耕文明与游牧文明一时间难以弥合的冲突和矛盾。而忽必烈死后就再没有产生过如此雄才大略的帝王，故而面对着一个个短寿的君主，后妃们往往也在两种文化间"左右为难"。况且权欲的诱惑并不分男女，后妃们一旦擅权成瘾似也只顾得逞"一时之快"。故而顽固的复旧势力趁乱而起，最终导致了历史的大倒退。加之元王朝中后期又出现了两次骇人听闻的天灾：泰定帝时，巨大的地震曾引发沿海地区的滔天海啸；而元顺帝时，不仅发生过地震海啸、旱涝风灾，更发生了黄河流域溃堤而使黄泛区形成了民不聊生的"泽国"。天灾人祸！问题越积累越严重，民族矛盾和社会矛盾越积累越尖锐。饿殍遍野、饥民号乞，而忽必烈大帝"重农桑"的传统被权相奸臣"破坏殆尽"，最后的结果必然是引发全国的农民大起义。

尤为值得称道的是，冯兄在写这部以《鹿图腾》为名的元代简明史话时，既不失作家风采而又秉承严谨的治学精神。他不仅对蒙元历史上大有作为的"鹿图腾"正面代表性人物，比如大元开国第一后察苾有着极其细微和历史性的多角度展现，而且对那些擅权乱政的"鹿图腾"反面代表性人物，比如"历临三朝"为迷情所困的答吉皇太后，也不乏根据大量史实而进行的人性化的剖析。一反历代史家对她"恣淫日甚，擅权乱国"之"盖棺论定"，而是从她青年时即因无"权"所遭遇的种种不幸来探索她人性异化的原因。再比如，众多史者曾把"贤德太后"阔阔真在五台山修庙视为"劳民伤财"，乃其贤德一生之一大"污点"，而冯兄却从历史的高度认为，这是一项增进民族向心力的"壮举"。更值得提到的是，冯兄敢于对一些被污名化的后妃重新定位和评价。比如对历代史家均当作"淫娃荡妇"典型的泰定后，他就依据史实彻底恢复了她的历史原貌，并认为她之所谓"堕落"为一代权奸的"性奴"，乃皇室内斗、皇权式微的悲剧性必然结果……总之，冯兄在这部以"鹿图腾"为架构的简明元史里，对每个历史人物和历史事件的描述均是严格以"具有中国特色的民族史观"为出发点的。故而最终他才有了这样的结论：元王朝是我国历史上极为重要的一环，存在的历史虽相对短暂，但对中华民族这个多民族大家庭所做出的贡献是巨大而不可磨灭的。时至今日，元代大画家黄公望的《富春山居图》在台北"合璧"展出，为"祖国的统一、民族的团结"仍继续发挥着潜移默化的作用。

我敬重冯兄，也敬重他这种"衰年变法"的治学精神。以厚重三大卷有关元史的随笔以回报草原，其本身就是在加深内蒙古各民族间的友谊。多么可贵的一位学者型作家！

（为长篇小说《鹿图腾》所撰写的序言，天津人民出版社2013年版）

荣耀和创伤激发的诗情书写

《蒙古密码》这部历史文化长篇散文的作者——特·官布扎布，怀着一种民族与时代的责任感、使命感，倾听祖先从远处走来的脚步声，对蒙古族历史和文化进行了还原性、艺术性地思索、追问与描画。作品鲜明地展示出蒙古民族的人文图谱、演进逻辑和前进的起点。这是一部充溢历史精神的散文，又是一部洋溢着诗情画意的历史。

蒙古族的族源、历史，成吉思汗的伟业，蒙古帝王陵墓等，是世界性的话题，也是迷雾重重的难题。涉及这方面的题材，可以说是浩如烟海，同时在选材和提炼上，又是在思想和艺术上的巨大挑战。《蒙古密码》的作者在选材上是非常严谨和精当的。他所依照的材料几乎都是经典性的文本，如《蒙古秘史》、《蒙古民族通史》、《史集》、《世界征服者史》、《蒙元王朝征战录》、《成吉思汗与今日世界之形成》、《圣武亲征录》和《元史》等。即使对于这些经典性的文本，作者也是以历史唯物论和人类学的科学态度，以一个艺术家的良知和勇气，给予了精细的鉴别和诠释。

图腾崇拜是世界上很多民族都曾有过的原始崇拜。从文学艺术的角度看来，有的作品用"苍狼"和"白鹿"演绎蒙古民族的某种性格特征是无可厚非的。但从人类学和历史学的维度来看，有的学者把"苍狼"和"白鹿"这对动物冠以"图腾"的帽子，硬扣在蒙古民族的头上，甚而把这说成是民族的来源，这样的推演既不科学也缺乏美感，更不符合蒙古民族的集体记忆与品格，甚而渗透着明显肤浅的偏谬。作者在《蒙古密码》里综合比照了各种史料和传说，认定"孛儿帖赤那"与"豁埃马阑勒"是一对人间男女，是以动物命名的人，而不是创造族人的动物。这不仅让"逝去的祖先不再被误读困扰，但愿他们在岁月深处的长梦中永远平静安详"，也使得当今的天宇和心灵，荡除了千古的尘埃，显露出澄澈鲜亮的本色。

新时期以来的文学经历了风云激荡的变革与创新。这期间，文学逐渐恢复了自由、审美和担当的主体精神。这在历史题材的书写上体现得尤为突出。《蒙古密码》的作者在这样的文学创作环境中，以自己的知识学养和丰富想象，构建了文学化的蒙古族精神心灵史，描绘出一条发源、兴旺、发展和壮大的路线图。他所选取的事例，都带有路标性的意义，都是民族发展进程中的节点、重点和拐点。在成吉思汗之前，重点描写了阿阑豁阿这位圣母以及合不勒汗、俺巴孩汗和忽图剌三位大首领。作者通过想象和逻辑，推断出孛儿帖赤那的第 11 代儿媳阿阑豁阿即为最靠近、最清晰的蒙古民族圣母。

历史，从来都充溢着当代意识的浓郁色彩。书写历史是为了发现当代的前景和现实的梦想。而历史的文学书写，居首位的是文学。面对民族历史的追问，对伦理的反思，才可显示出思想的光芒。《蒙古密码》没有停滞在狭隘和庸常的泥淖里，而是站在时代的高度，摆脱了思维的惯性，坦率地对传统中的缺失和偏陋进行了反思和批判。如对仇恨和战乱，作者写道："翰歌台西征，实际上是愚忠。没有必要再去拓展愤怒而仇恨的征战之路，实际上是伤蒙古族元气的大缺口，带来了荣耀，也带来了不幸。"正是这种自豪感和伤痛感，激发了作者的创作诗情，激活了作品的灵魂。另外，《蒙古密码》赞扬了俺巴孩汗亲自送女儿嫁给塔塔儿人，以重修和睦友好的举动，同时，也肯定了汉朝与匈奴、唐朝与吐蕃的和亲做法。这应该说是体现了鲜明的时代精神和国家情怀的。

（原载《文艺报》2014 年 1 月 15 日）

乡情以绮丽　寄意于遥深

　　陈文贵、叶子的长篇小说《原乡》以细腻美丽的笔墨、开阖机巧的情节和鲜活真切的人物，有声有色地讲述了中国近半个世纪悲欢离合的故事。作品通过新意和诗情的两岸乡愁，让读者得以追怀相随，穿越海峡的云烟，深察中国百姓特有的经历与品格，眺望正在寻求和想要趋奔的远处。

　　小说开头写了傅友诚被抓壮丁那惊心动魄的一幕。17岁厦门少年傅友诚在1949年夏天的一个傍晚，在放学回家的路上，被国民党山东兵杜守正、江西兵洪根生野蛮地抓进了兵营。当时，他手里拿着初恋情人淑玲送给他的大石榴，他要把这个石榴拿回家给母亲吃，还要把像石榴一样美丽的恋情告诉母亲。他被抓时，石榴掉落在地滚出老远……傅友诚与抓他的杜守正、洪根生一起，随着国民党大部队撤退到台湾。从此，他们和家乡、和亲人一衣带水，天各一方。后来，傅友诚因撕心裂肺的离恨别愁，加之偷渡受挫而疯癫。杜守正、洪根生等人因返乡无望在台湾又娶妻生子，纠结在大陆有一个家、台湾又有一个家的疼痛与愧疚之中。开篇这扣人心弦的一幕，典型地概括了众多国民党老兵的厄运。作品在这一幕，不仅展示了细节的魅力，也为各种人物间的相悬互动做了精巧的铺陈，有力地推动了情节的展开，有机地构建了全篇的结构体系与人物谱系。

　　沿着这样的情节线索，作品塑造描写了洪根生、傅友诚、茶嫂、岳知春、路长功、八百黑、网市、晓梅和卫东等人物。这些形象鲜明的人物，都从不同维度，以不同的命运和作为，体现着现代中国人特有的经历和美德，寄寓了作者的人文情怀。例如茶嫂，丈夫洪根生去台湾后，她孤儿寡母，艰辛地操持，奋力地坚守。其间，光棍马向前对他们母子倾力呵护照顾，但她尽管不时地痛苦挣扎，就是没越底线，不嫁马向前，盼望着洪根生哪天回来。茶嫂的形象，体现着成千上万去台家属乃至整个中国妇女的传统美德。无论社会怎样变革，时代如何发展，事物总还含有传统和时尚两种元素，爱情也应该是这样。再如晓梅和卫东，鲜明地体现了没受到仇恨、权争和资本异化扭曲的普通中国百姓人性的落拓和美好、人格的包容与优雅。

很值得称道的还有《原乡》的细节描写和语言特色。杜守正在张罗回大陆那段时日，妻子美如整天提心吊胆怕受迫害，偶然间把杜甫诗歌演唱会的节目单误读为杜守正的逮捕令。这透视了政治的压抑和社会的混沌给民众带来的恐惧与不安。卫东和奶奶茶嫂在香港焦灼地等待来会面的爷爷洪根生，但在听到洪根生在电话中说"我是你爷爷"时，还以为谁想占便宜，马上回敬一句"我才是你爷爷"。这反射出长久梦境和迟到现实之落差，还不适应，还没回过神来。"明明是龙凤呈祥，怎么变成孔雀东南飞了"，"他也不知道戴个帽子遮住脸"，"我挑女婿，比皇上挑驸马还严格"……这样的语言显示着作品的语言风格。可以明显地感到《原乡》的书写，受到两种文学经验的支撑，一是中国古代小说的影响，二是钟理和、林海音、黄春明、白先勇、琼瑶和三毛等台湾乡土文学与言情小说的影响。因而，作品在艺术上挥洒着清新的民间气息与中国风格。

《原乡》在缠绵深婉的乡愁亲情叙事中，渗透着清晰的时代内容与文化价值，体现了大视野和大情怀。正如作者自己所说："我要记录下这一段不容忘却的庄严历史。"记录历史，是为了寻找海峡两岸同胞以及全国各族人民今天的共同关切。刘伯承元帅晚年重新省思战争，认为无论哪一方的士兵战死了，都会殃及整个家庭；最近，国家有关部门把国民党抗战老兵也纳入到了社保体系。刘帅的情怀，体现着真正意义上的人道主义，

细节激活历史

展现了解放全人类的胸襟；中国政府的做法，体现了社会主义制度应有的先进性与包容性。这也正是《原乡》所歌颂的进步和文明，所期待的国家更加美好的明天。

另外，《原乡》的整体格调是哀而不伤，怨而不怒。这种创作风格同作品故事和人物协调一致，美丽而纯朗。

（原载《文艺报》2014年5月19日）

丝丝草原风　悠悠杜鹃情

　　蒙古族作家阿古拉泰的《新时期近作选》（作家出版社出版）五本书，如同草原上微拂的五色清风，带来故乡蓝天白云和水草的信息，给幽闭的心灵敞开一条通往那片"从来也不需要想起，永远也不会忘记"的生我之地的曲径，随着漂泊的文字，再一次踏上归乡之旅。

　　阿古拉泰融豪放与婉约为一体的创作风格，实际上书写的已经不再是单纯代表了海浪、远山、骏马、煤矿和在他生命的水面上激荡起阵阵波纹的人们的表层概念的东西，他的文字像一根根银针，缓慢而悠长地侵入到读者的灵魂，让人在微微地疼痛和渐进的甜蜜中品味出那些日常惯见的名词中所深蕴的不朽的生气和力量。

　　诗人的语言时而雷霆霹雳、歌舞战斗，时而忧悲愉佚、怨恨思慕，创造着如同往返于斯科帕斯和拉斐尔给世界带来的"崇高"与"秀美"的艺术冲击里一般的诗歌的奇迹。"蒙古人的季节/永远追随着蓝天白云走/当绿遍布了草原上的每一个角落/故乡在我们心上就成为/灵魂的高地……"（《众鸟高飞》）"像一棵草一样行走/在草原/在戈壁/在城市水泥的缝隙间/像一棵草一样行走/用自己的瘦/用自己的小/用深绿色的骨头/……像一棵草一样行走/不能在泥土中扎根/就在石头缝里跋涉/像一棵草一样行走/无所畏惧/默默地/就走成了时光的样子。"（《像一棵草一样行走》）一般来说，在希腊的艺术中，崇高和雄伟的风格的表现原则是不体现感觉，而且是柏拉图所说的最困难不过的表现形式。但诗人在处理这个问题时，把所

细节激活历史

有能表现的力度都糅合成一种看似无所表现的平淡，时刻让各种能体现出有意蕴的灵魂的因素转化为雄辩的沉默，从而衬托出所歌之物极致的自然之美。"秀美"的概念往往容易使人误入歧途，而流于矫揉造作，但阿古拉泰小心地，或者应该说是以一种诗人天生的创作敏感不留痕迹地绕过了这一危险地带，他笔下的"秀美"没有矜持，没有束缚，每一个字都跃动着欢快可人的音符。

对诗人来说，诗歌和散文的美包括了表现力的许多方面和多种类型。有人曾经向诗人发问，为什么不见他专意书写爱情的诗篇？其实，诗人对待爱情的方式代表了中华民族的诗性传统，他并没有将艺术对象的范围缩小为单一而抽象的类型，而是倾向于使用多种意象作为寄情方式。爱情是一种情绪，一种爱的情绪，诗人把这种爱的情绪扩大和融入他眼中所见的一切美好事物，我们从他高亢地歌颂声和惊叹地赞美声中不难想象出诗人心底流淌着的爱情洪波，不难认识到深藏在诗歌和散文背后的体现诗人完整而诚实的爱的宣言。"在苍穹与大地之间/鹰的翅膀/展开一泻千里的草原、奶酒和琴声/展开浩渺的时光、梦想与永恒的爱/……当内心的激情辽阔成一片蔚蓝/苍穹啊/就坦然奔腾成了/逶迤婉转的河流/……"（《鹰的翅膀》）"一只大雁飞走了/在初春/露水成霜的大地/怎么也含不住一声/忧伤的雁鸣/从一个故乡/到另一个故乡/纷飞的翅膀上道路纷飞/而一颗心像一朵跳动的火焰/风吹不灭/雨淋不熄/还有多少天空需要飞/还有舞少草香风吹不散/梦里梦外一双翅膀总是牵挂着/牧草返青的地方/从一棵草到另一棵草/从一滴水到另一滴水/那一颗跳动的心/即使在梦里也不曾停下/一颗露珠的明亮。"（《一只大雁飞走了》）

诗人担任过大型音乐史诗的文学执笔，对于音乐有深刻的理解和敏锐的感悟力。在他的诗作和散文中，音乐和节奏被充分地利用了它们各自的表现能力。音乐和诗歌本就是两种很重要的能体现心理上和精神上感受的文艺形式，就如亚里士多德所说"音乐曲调和伴有音乐的歌词就包含着精神情绪的相似物（按，也就是模仿品）"。诗人明确这一点。而"美只对心灵才开放"，诗人先是以细腻的心思体会到世界的美好，然后又将这些美好的感受结成带有节律的文字，并利用了不同的音乐能激起人们不同的情绪这一特性，在他的作品中，无论是写物还是抒情，无论是长篇或是短制，无不铿锵顿挫，起伏有致，很富旋律之美。

阿古拉泰的作品最突出的特点就是存在于朴实的文字和深厚的情怀中的历史感和哲理性。他用自己踏实地创作捍卫这种与生俱来的没有虚伪和夸饰的品格，用坚定的创作理念来反对那些不知所云的虚假艺术。他的作品不仅言之有物，而且多具历史感和哲理性。就像《随风飘逝》里的诗作，正如同他自己所说："是出自肺腑，发于心灵，有刺骨的疼痛，有汗水的咸涩、泪光的晶莹。"诗人把从现实中总结的对哲理的思考慢慢转化为对人类瞻前顾后的历史责任感，诗人看到的不仅仅是南飞的大雁、路边的小花，更多的是劳动者的汗水和草原煤都的建设。"绿色的风风雅地吹/吹走污染、陈腐和陋习/让'煤黑子'换一身绿/让科学的肺叶/自由地呼吸……啊，年轻的树/你枝叶繁茂绿色的理念深深扎根/矿山复垦再造青山/今天的行动就是明天的煤/绿色的渴望绿色的梦/绿的未来将在你的绿荫下/幸福地乘凉。"（《煤海上的草浪》之《年轻的树》）"老了，实在走不动了，让我/这双苍老的手再扎一座毡房吧/亲人们，不论那片痛苦的土地有多么远/也要让这片祥云飞越万水千山……住进毡房吧，什么样的震都不会倒/风从哪面吹过来，它都暖/莲花一样绽放的是明天美好的日子/细密的'哈纳'是我理不清的心。"（《写在草叶上的感动——记录汶川大地震给我们心灵的震撼》之《额吉的心》）

阿古拉泰，草原的孩子，用他生动细腻的情感和灵活敦厚的语言，让人们深切地领略到一颗为正义、为勇敢、为不朽的事业、为人类的高贵品格而歌的心是如何在祖国绿色的草原的滋养下焕发出勃勃生机，一支忠诚的笔是蘸了怎样的激情来书写他和他眼中的绚烂人生！

（原载《文艺报》2010年1月13日）

拓展丰富了共和国文学版图[①]

新中国成立60年来，我国各民族翻身解放，社会面貌和精神面都发生了巨大的变化。同时，各民族的文学也逐步走向发展、催生、创新和繁荣。现在，55个少数民族在中国作家协会都有了自己的会员，他们有的是本民族的第一位作家，有的是本民族作家群的代表，有的已经在全国和国际上产生了重要的影响。这些少数民族作家以他们的民族气质、天然悟性、文学良知和优秀作品，拓展和扮靓了新中国的文学版图，见证了中国当代文学奋力前行和文明开放的脚步，成为中华文苑不可或缺的姿彩，蔚为中国文坛绚美的奇观。他们创作中所充溢的艺术品格和文学精神，为一体多元、多中显一的中国文学注进了鲜活的因素，从而增强了综合创新、发展繁荣的艺术张力，进而也增强了我国各民族的文化凝聚力。

由于我国各少数民族都有着广博深厚且源远流长的诗歌传统，因此诗歌成为当代少数民族文学创作中成绩最为显著的一种文体，并以自己的方式"对我国新诗的发展作出了重大贡献"（冯牧语）。少数民族诗歌创作的繁荣得益于少数民族诗人队伍的茁壮成长。新中国成立后，在党的文艺政策指导和扶持下，至20世纪末，一支由55个民族组成的、人员众多、成绩突出的少数民族诗人队伍得以形成。这支诗人队伍基本由四部分诗人组成。

[①] 与马绍玺、刘大先合作。

一是为数众多的民间歌手和民间诗人。这些民间歌手和诗人,既是传统民间诗歌资源的继承者和保存者,又是当代少数民族诗歌的创作者,在少数民族诗歌由集体的"民间歌唱"到诗人的"个人书写"之间起着重要的桥梁作用,是少数民族诗歌实现由传统到现代转型的重要枢纽。他们的作品由于多用本民族语言口头传唱,因而诗歌的民族特色浓郁,韵律和谐,为各民族广大人民所喜爱。主要作者有傣族的康朗、康朗英、波玉温,蒙古族的琶杰、毛依罕、波·都古尔,哈萨克族的司马古勒、玛哈坦,纳西族的和锡典、和顺良,傈僳族的李四益,苗族的唐德海,等等。

二是一些在20世纪三四十年代即从事诗歌创作,但所取得的文学成就主要是在新中国成立以后的老诗人,如蒙古族的纳·赛音朝克图,维吾尔族的尼米希依提、艾里喀木·艾哈合木,藏族的擦珠·阿旺洛桑,回族的沙蕾、马瑞麟、木斧,朝鲜族的李旭,满族的丁耶,白族的纪曜,锡伯族的乌拉扎·萨拉春,哈萨克族的麦买提、苏里坦,侗族的苗延秀,等等。

三是新中国成立后,在各少数民族中培养和涌现的一批新诗人。这批诗人从20世纪五六十年代开始创作,是当代少数民族诗歌创作队伍的中坚力量。如蒙古族的牛汉、巴·布林贝赫、苏赫巴鲁、查干、莫·阿斯尔,维吾尔族的铁依甫江·艾里耶夫、克里木·霍加,哈萨克族的库尔班阿里、夏侃·沃阿勒拜、乌马尔哈则,回族的高深、赵之洵,藏族的饶阶巴桑、丹正贡布、格桑多杰、伊丹才让,壮族的韦其麟、莎红、黄勇刹、黄青,白族的晓雪、张长,朝鲜族的任晓远、金哲、金成辉、金泰甲,满族的启功、胡昭、戈非、满锐、中流,苗族的石太瑞、亚青,仫佬族的包玉堂,土家族的汪承栋,布依族的汛河,东乡族的汪玉良,撒拉族的韩秋夫,傣族的岩峰,土家族的黄永玉,等等。

四是20世纪80年代以后,随着新时期改革开放的到来而跃上诗坛的一大批诗人。其中影响较大的有彝族的吉狄马加、吉木狼格、倮伍拉且、阿库乌雾,藏族的班果,白族的粟原小荻、原因,蒙古族的阿尔泰、特·官布扎布、波·敖斯尔、齐·莫尔根、勒·敖斯尔,维吾尔族的阿尔斯朗,壮族的黄神彪、黄钲、李甜芬,回族的马钰、马鸿霁、杨锋,朝鲜族的南永前、金正浩,土家族的颜家文、田禾,满族的巴音博罗、佟明光、华舒、康洪伟,哈尼族的哥布、艾吉,普米族的鲁若迪基,景颇族的晨宏,傈僳族的密英文,佤族的聂勒,瑶族的盘妙彬,苗族的何小竹,拉祜族的张克扎都,等等,不胜枚举。尤其值得注意的是,在这批诗人中,出现了人数不少的少数民族女诗人。这是少数民族文学领域的重要收获。她们中成绩突出的有彝族的巴莫曲布嫫,蒙古族的萨仁图娅、葛根图娅,壮族的陆少平,满族的娜夜,俄罗斯族的米拉,柯尔克孜族的萨黛特,藏族的唯色,水族的石尚竹,等等。

　　当代少数民族诗歌具有鲜明的地域特色和民族特色。各少数民族诗人对本民族独特的社会历史生活的描绘,对少数民族文化中独特心理素质和感情的表达,对源远流长的民族民间文学题材和民间文学形象的选取和再创造,对民间诗歌形式的借鉴和运用,对中外诗歌艺术资源的学习和吸纳,使当代少数民族诗歌成绩斐然,风格多样,异彩纷呈。内蒙古草原上的少数民族诗人描绘的大草原辽阔无边的绮丽风光与在草原大地上生活和斗争的各族人民的情感、愿望,粗犷豪放;云南各民族诗人以西南边陲特有的瑰丽秀美风景、各族人民淳厚古朴的风俗及其与现实的矛盾为创造对象,形成了诗歌中令人神往的神话色彩和清丽俊美的语言风格;贵州、湖南的少数民族诗人植根于多民族中具有蛮荒色彩的传奇生活,形成了诗歌中传奇式的故事和风趣盎然的语言特点;新疆各族诗人创作的诗歌,善于开掘生活中具有深刻哲理的内容,并和机智、凝练而又挥洒恣肆的语言浑然天成……这一切,形成了各少数民族诗人不同的诗歌风格,并使得当代少数民族诗歌成了中国诗坛中有着独特文化血液的、不可或缺的部分。

　　从诗歌的话语特征上看,当代少数民族诗歌在共有的民族性之下,又表现出在不同历史的时段里拥有不同话语特征的显著特点。20世纪80年代以前,由于中国总体的政治形势和文学环境,少数民族诗歌不可避免地相伴于国家整体的思想文化与文学态势。因此,这一时期的少数民族诗歌无论新中国成立初期对"光明"的歌颂,还是"文革"期间对"黑暗"的诅咒,都明显地注入了相当多的"社会内容",并在某种程度上使得诗歌的思想政治特征压倒了本应该更天然拥有的民族地域特征。纳·赛音朝克图的《狂欢之歌》,晓雪的《秋声赞》,饶阶巴桑的《母亲》,康朗甩的

《向伟大的祖国祝寿》，铁依甫江的《祖国，我生命的土壤》、《火车经过我们村前》，胡昭的《答友人》，黄永玉的《献给妻子们》等众多的作品，是这种话语系统中的精品和代表作。这是文学的时代性和政治性，也是中国当代文学的共有特性，在一定的历史时期里是不可能超越的，正是这种状况让少数民族诗歌得以顺利汇入中国当代文学的洪流之中。

20世纪80年代以后，随着改革开放的顺利进行，随着西方现代文学观念和方法的进入，我国走进多元文化冲撞、沟通、对话的历史新时期。加之通信传媒的便捷迅达，各民族诗人都能呼吸到信息与语义的新鲜空气，同时也面临着新的挑战和问题。这也正是张扬自己优长，感知自身短缺，激发创造力，用他山之石打磨自身，发展民族诗歌的大好机遇。优秀的民族诗人们，继承传统，扎根本土，智慧地穿过或超越"消解"、"虚无"等解构主义的冲荡与障碍，自由地游走在时代所拓宽的艺术空间中。他们没有失语的焦虑，反而更加自信从容。他们在沟通开放的参悟中，开掘民族文化积淀中潜隐的珍宝。他们致力于民族文化的书写，以时代的眼光和人类的视野加以审视和表现，或者倾力于深沉的现实追寻，或者注目于悠远的理想期许。正是这种全球性体验所带来的审美体验和诗歌创作，使得少数民族诗歌获得审美升华，从而得以走出传统少数民族诗歌的局限。例如白族诗人晓雪，无论是家乡的景物和人民的生活，祖国的山水和英雄的斗争，还是世界人民的友谊，都成为他热情颂赞的对象。而他诗歌创作的突出贡献也正在于用艺术方式保留了故乡苍山洱海地区的自然风貌和多民族的文化景观。在他的诗中，苍山的雪，洱海的月，大理的花，下关的风，蝴蝶泉边的爱情，白族的历史传统，彝族的火把节，傣家人的泼水节，德昂族的菜花节都被诗意地保存。如《祖国的春天》、《采花节》、《播歌女——洱海边的传说》等诗作。再例如彝族诗人吉狄马加，他不仅热爱自己的民族，也同样把炽热的爱献给了祖国，并且有开阔的世界视野。他在认同自己民族和民族文化的同时，也认同中华民族和中华文化，同时也认知世界各民族的优秀文化。因此，他的诗歌不仅民族特点鲜明，也充满了国家意识和人类意识，这孕育了他诗歌的深刻性和广泛性。《龙之图腾》、《致印第安人》和《献给土著民族的颂歌》就是这方面的代表作。

我们再谈谈小说创作的繁荣和队伍的成长。如上所述,诗歌一向是中国少数民族文学的强项,取得的成果也最卓著丰硕。但在新中国成立之初,其他体裁的文学作品相对贫弱。例如,由于生产方式、生活方式、文化传统和语言等因素的影响,除若干人口较多,语言文字成熟的民族外,大多数的少数民族几乎还没有小说作品。在党的民族政策光照下,随着少数民族经济、文化、教育的发展,随着各民族间广泛通畅的交流和影响,很多少数民族的小说创作队伍,从无到有,从小到大,得到快速的发展。特别是新时期直到21世纪,少数民族小说创作队伍,从边缘走入主流,他们的作品以奇芳异彩蔚为中国当代文坛的壮观。不仅有众多的少数民族作家得过"骏马奖",而且有一些已当之无愧地跻身于"鲁迅文学奖"、"茅盾文学奖"及"五个一工程奖"的行列。有些还得过国际上的相关奖项。如同诗歌一样,55个少数民族都有了自己的小说作家,很多民族形成了自己的作家群。

新中国成立之初直到"文革",满族小说和汉族小说体现相似相近的思想艺术特色。新时期以来随着文化寻根和反思历史的热潮,满族小说出现了新的嬗变。当代满族小说一个很重要的方面就是京味儿特色。京味儿一向是北京地域文学的重要特征,它实际上是民族、地域文化融合的产物,尤其是满汉文化的交融,满族文化对其美学风格、主题意象、审美趣味等方面的形成起到至关重要的作用。另一方面,在关外的东北、河北、山东及天津等不属于京旗后裔的满族作家,他们的创作不同于雍容闲适、气度非凡、流畅深沉的京味儿小说的特点,而是刚健清新、雄浑厚实、质朴有力。这两个方面构成了当代满族小说的有机和谐体。前者以老舍、马加、端木蕻良、舒群、寒风、关沫南以及赵年、叶广芩为代表,后者以朱春雨、赵玫、关仁山等最为突出。

新中国成立初到60年代,蒙古族小说受内地和苏联文学影响很大,总体艺术上体现着"红色经典"的特征。如玛拉沁夫的《茫茫的草原》、《科尔沁草原的人们》,扎拉嘎胡的《红路》、《春到草原》,敖德斯尔的《撒满珍珠的草原》、《阿力玛斯之歌》,葛尔乐朝克图的《路》,朋斯克的《秦色的兴安岭》等。他们歌颂新中国，倡扬爱国主义和英雄主义，赞美崇高，有强烈的道德情怀。新时期以来，他们宝刀不老，在题材、题旨和手法上，都向更宽广处拓展，显现多样的艺术进取。如《第一道曙光》（玛拉沁夫）、《骑兵之歌》（敖德斯尔）、《嘎达梅林传奇》（扎拉嘎胡）等都是影响广泛的优秀作品。

从新时期到 21 世纪前后，涌现出一批中青年蒙古族作家，如力格登、哈斯乌拉、阿云嘎、郭雪波、白雪林、伊德尔夫、满都麦等。他们的创作展现出更新奇的景观，在国内外产生广泛影响。郭雪波的《银狐》、《沙狼》、《沙狐》等一系列作品，是关于草原文化的惊心动魄之作。珍惜自然，爱护生态，天人合一，留住某些渐逝的文明，是他作品的鲜明主题和不懈追求。哈斯乌拉的小说《虔诚者的遗嘱》，掀开生活的一角，以一个老喇嘛的眼光来透视生活，从一个新颖的角度再现了草原的枯荣，生活的沧桑，歌颂了改革给牧民带来的实惠与喜悦。

从 1960 年开始，藏族出现了现代形式的短篇小说。新时期以来，逐渐形成一个鲜亮的藏族作家群。他们或用汉语创作，或用母语书写，影响从居住地辐射到全国乃至海外。根据艺术风格和审美取向，藏族作家可分为四个不同的群落。一是以益希单增、益希卓玛为代表的革命历史叙事，二是以扎西达娃、阿来、色波为代表的寓言隐喻意味的探索，三是以班觉、扎西班典为代表的本土文化的寻求，四是以央珍、梅卓为代表的女性话语的伸张。

益希单增的小说《幸存的人》、《迷茫的大地》对广阔的西藏社会生活画面进行了生动地描写，对藏族人物性格作了成功塑造，对独特的民族心理进行了深刻揭示，并由此反映了西藏社会历史的发展变迁，歌颂了西藏人民的生活斗争和美好心灵。扎西达娃的小说《系在皮绳扣上的魂》、《骚动的香巴拉》等，运用象征、隐喻、夸张甚至荒诞的手法，为求使作品主题具有多意性和深刻性。阿来的小说《尘埃落定》，故事精彩，曲折动人，以饱含激情的笔墨，超拔的目光，展现了浓郁的民族风情和土司制度的隐秘浪漫。

在新中国成立前，维吾尔族和哈萨克族在小说创作上已具备一定基础。新中国成立后以《锻炼》等小说闻名的维吾尔族作家祖农·哈迪尔，早在三区革命时期便开始了小说创作。他的小说《教员的信》、《慈爱的护士》等，曾产生过不同程度的影响，在维吾尔族现代小说发展史上具有奠基意义。哈萨克族作家努尔塔扎·夏勒根巴依的《我的所见所闻》，杜别克·夏勒根巴依的《一个穷学生的命运》，尼哈迈法·蒙加尼的《生活的代言人》等，都是哈萨克族现代小说发展史上值得一提的篇什。新中国成立以后，维吾尔族和哈萨克族的小说都有了划时代的发展。特别是新时期以来，"两个民族的小说创作空前繁荣，作家人数众多，作品数量巨大，不仅有大量短篇和中篇，而且有大量的长篇，有的长篇还是多卷本，这都标志着小说创作进入了史无前例的崭新阶段"[①]。

克尤木·图尔迪的《克孜勒山下》，祖尔东·萨比尔的小说《阿布拉力风云》、《父亲》，买买提·吾守尔的小说《岁月就这么过去》，郝斯勒汗·胡兹拜的小说集《阿吾尔的春天》，都是产生广泛影响的代表性作家与作品。

回族作家张承志曾说"用汉语营造一个人所不知的中国"，这句话概括了我国回族作家的写作特点。一是用汉语写作，二是内容独特。张承志、胡奇、陈村、查舜和霍达的小说，是我国当代文学史上不可或缺的章节。霍达的《穆斯林的葬礼》在相当广阔的社会和时代背景下，通过一个穆斯林家庭近60年间的人生命运，爱情悲欢，探索了穆斯林历史和文化的发展轨迹和特点。充分展示了穆斯林文化与华夏文化的冲撞与融合，回族和汉族曲折复杂又不可分割的丰富感情。

以孙健忠、蔡测海、李传锋、田瑛、叶梅等土家族小说家为代表的创作，艺术地再现了湘西、鄂西土家族人民的生活，塑造了具有独特民族心理的少数民族人物形象，表现了浓郁的傩文化的历史和地方色彩，在中国当代小说中具有鲜明特点和独特贡献。

伍略和向本贵是苗族作家群的杰出代表。向本贵的小说《苍山如海》是中国南方少数民族地区在我国现代化、工业化和城镇化进程中的真实写照。

---

① 李鸿然：《中国当代少数民族文学史论》，云南教育出版社2004年版。

云南各少数民族作家的小说创作云蒸霞蔚，以各种形式的小说敏锐生动地反映各族人民的现实生活与斗争，以塑造民族英雄人物为突出特色，而为当代文坛所瞩目。其中首推彝族李乔的《欢笑的金沙江》，还有李纳、杨苏、张昆华、普飞和潘灵等小说家的作品。

广西少数民族作家的小说创作，因20世纪五六十年代陆地的小说创作而获得关注和赞誉。新时期以来，广西涌现了一支为数可观的少数民族小说作家群，代表作家如壮族的韦一凡、王端、凡一平、黄钲、潘荣才和黄锦华，瑶族的蓝怀昌、莫义明，仫佬族的鬼子，黎族的龙敏，京族的李英敏等。

特别需要说到的是，一些人口相对较少的民族，也出现了成就和影响很大的作家，如鄂温克族的乌热尔图，达斡尔族的萨娜，东乡族的了一容等。内蒙古敖鲁古雅古老而独特的森林狩猎生活和人们的历史命运，具有独特民族文化素质的鄂温克猎人和猎取色彩绚丽的自然景色，构成了乌热尔图小说的一个独有世界。通过这种独特世界的描写，作者着力开掘鄂温克族的历史文化意蕴，歌颂鄂温克猎人精神的高尚和心灵的纯美。

囿于篇幅及阅读的局限，本文未能谈及所有少数民族和文体，有的名家名作也有遗漏，敬请海涵。早在1958年，郑振铎就说："少数民族文学的影响也给汉文学的发展以很大的推动力。同时，他们自己也产生了不少的好作品，为中国文学史上的光芒四射的明星。"[①] 郑振铎这段话是针对中国文学史的书写而讲的。自新中国成立，60年过去了，中国少数民族文学如升涌的群星在中国文坛闪耀起更加璀璨的光华。人们在为此而欢欣自豪的时刻，会想得更多更远。如何从创作现状、艺术机制和文学发展的各个向度，科学地观察梳理我国各民族文学的关系，更好地实现中国文学的综合创新，并在此基础上写出一部名副其实的中国文学史，应该是郑振铎等新老学者所期待的，更是时代和读者的呼唤。

（原载《文艺报》2009年10月1日）

---

① 郑振铎：《中国文学史的分期问题》，《文学研究所学术文选 1953—2003》第1卷，中国社会科学出版社2003年版。

字有百炼之金　篇有百尺之锦

长篇小说《最后的巫歌》体现着一种精良文本的特色。作者在后记里说，秘密背后还有秘密，我也在解读这个秘密究竟是什么。这部作品的主题比较含蓄，充满生气，隐喻性和辩证性很强，有很深的思想文化背景，有广阔的视野，在民俗和图腾崇拜的文学书写上具有重要突破和拓展。但在这里，我着重分析一下作者的语言。

文学是语言的艺术，这是个颠扑不破的永恒法则。在文学"网络化"日盛、文化"略缩"倾向滋蔓、心境浮躁虚妄的当今，真正意义上的文学，清醒自信地坚守着的，除了精神文化的指向而外，就是在叙述和书写上发扬经典文学的优秀传统，在语言文字上精心打磨、认真推敲，从而使读者在得到美的享受同时，唤起更大的好奇心、想象力和再创造精神。作者方棋把悠远的传说、活动的人群、游走的唇舌作为语言的源泉，然后在现代生活的观照下加以锤炼、编织和运用。因而使得这部作品显具很高的文学品位，映现着美的光彩，美得像一幅长长的绣锦。

《最后的巫歌》语言上优美灵动，首先体现在写景写物以及写人的心理情态和状貌上。比如，"夏七发走到豁开巨咀的洞口，把洗得发白的裤子挽过膝盖，像夏家太祖一样脱下草鞋，一手拿符，一手举刀，神情怔忡，孤独，悲壮地跳入五光十色的激流"；"火辣辣的空中兀自飘来一片乌云，电闪雷鸣，好家伙，天上擂的雷公鼓，地上擂的牛皮鼓"；"古老的颂歌回荡在焦土野地，声音裂石穿空，经久不绝"；还有"月光，这个世界上最为神奇的就是月光,虽然如云雾轻白,却比铅和铁更有力量,它不需一弹一枪,就能扭转命运,创造奇迹,创造大悲也制造大喜"。读者可以看到,这部作品通篇的描写,都是这样精雕细刻,情景交融,以景衬托人物,以人物渲染景观,现代中渗透古远,古远在现代中重生。通篇几乎没有一页、一段、一词上敷衍苟且。

高尔基曾说,文学的第一要素是语言。文学就是用语言来创造形象、典型和性格的,也是用语言来反映现实事件、自然景象和思维的过程。当下,很多东西都假乎文学之名以行,然而鉴别其真伪优劣的重要标识应当把语言列在首位。《最后的巫歌》之语言表现力,还体现在人物的对话上。比如:

"只要不把皮给她,她就回不去!"妈绥不知什么时候跑了过来,这小子也蹿得和陶九香一样高了,在一旁边兴奋地插嘴。"走开!"黎爹挂斜他一眼,狠狠道"偷懒的家伙"。"我和妈貉打赌,是先有黄连呢,还是先种子。"妈绥委屈地说。黎爹柱盯着二儿子的麻脸,皱眉问:"你说先有哪样?""我说先有种子。"妈绥望着父亲抠了抠脑袋,"爸爸你说呢?""废话!如果没有种子,怎么长得出连秧来?"黎爹柱满面怒容,吐了一口唾沫。"但是妈貉偏说先有黄连,他说,没有黄连怎么结种子?"黎爹柱一愣,疑惑地说:"是啊,没有黄连,怎么结种子?妈的,你们不干活,躺在那里傻想鸡生蛋蛋生鸡,小心挨揍!"妈绥失望地跑开了。

这些简洁的对话及与之相伴的心理情态描写,特别符合人物性格的塑造和情节的展开,是文学创作中最能体现艺术性的环节。

另外,书中运用的方言土语、传说格言等,都很洗练和精当。如:"一条罪龙,被禹王枷住了,脱不开爪爪,真像被五花大绑锁进老岩"。"一个龙头对着你,还愁山水流不进屋?""千生罪垢,随落烬以俱消;万劫殃缠,逐倾光而书灭。身度光明之界,永离黑暗之光"等,这些民间话语取留精当契合。

细节激活历史

中外文学优秀文本的特质,是从作品的情节结构、精神蕴含、情感价值和语言质量等方面显现的。优秀的作品所以能流年经代千古不朽,每一次重读之所以都是一次新发现的航行,重要的元素是语言。字字读来都是血,十年辛苦不寻常。从《诗经》、唐诗、宋词到《西游记》、《水浒传》、《三国演义》和《红楼梦》,千百年来,这些作品的语言魅力历久弥新。它们中的很多语言,在今天不仅文学创作上在用,于日常生活中也每天都有用的。在莎士比亚诞辰445年之际,国外有的报刊号召"像莎士比亚一样说话",认为莎翁的语言是"英语世界难以超越的高峰",据统计,现在仍有2000个莎士比亚用语在日常生活中被使用。所以,我们当前在文学批评中,有必要更多地关注文学作品的语言品质,开掘作品语言的匠心和韵致,甚而可用语言的标准作为文学与非文学的界标。

长篇小说《最后的巫歌》昭示了人类文化的符号体系分布非常广远,涉及现代性文化价值体系的问题,是对现代主义和后现代主义的一个回应,渗透着反思、总结以及重构的文化姿态。正因为作者"字有百炼之金",才获得了"篇有百尺之锦"的艺术效果。

(原载《文艺报》2011年9月5日)

美韵正声　韵味悠长

2012年3月,在第十一届全国政协五次会议期间,中国作家协会在前门大碗茶馆,召集全国两会的作家人大代表和政协委员联谊会。我和老朋友高延青先生相聚。他送给我一套刚由作家出版社出版的《梦寻天问·高延青韵语全稿》,我当即表示热烈祝贺。说心里话,我知道他是政府官员,是著名的书法家和画家,但不知道他还写诗歌,而且还写了这么多的篇幅。过后,我认真通读了《梦寻天问·高延青韵语全稿》上、下两集,以及由世界知识出版社出版发行的《人民艺术家·高延青》画集,不禁为高延青先生的才艺、勤奋和情怀所叹服,所欣喜,所感动。

延青是儒官风格,我则偏于文学性情,我们神交久矣。而第一次直接打交道是在20世纪90年代初。当时他是呼和浩特主管计划财政工作等事宜的副市长,我是内蒙古自治区文联主抓内蒙古美术馆建设工程的副主席。美术馆建设,有诸多琐碎事务,需闯过道道关卡,其中最关键的环节是要市政府的领导签批放行。那时,延青在书画方面的成就已名声斐然,这一点又促动了我的直感功能。我一没请客,二没带什么礼物,直奔延青办公室道明来由,这一次直感真是很给力。他毫不迟疑地挥笔签发,还关切地问询工程筹建情况,并且反送我一条香烟以示慰劳,丝毫没有官腔和俗套。自此,延青明岸、透朗、清正和达观的形象在我的心目中鲜明地映现出来,我俩君子之交的情谊也就跨世纪地延续到今天。

《梦寻天问》编录的全是作者的诗词作品,其中以七言律诗、七言绝句、五言律诗、五言绝句、七言乐府、七言古体为主，兼有词、赋、小令和楹联等。作品的题材广泛，有写给妻子儿女的，有写给亲朋好友的，有写给先贤英烈的，有写政治文化活动的，有写风景名胜的，有感世论政的，有知人说事的。看起来，这些诗词大多取材于平平常常的人和事，好似信手拈来地写就，但全篇无句不关乎世道人心，体现的是壮志云飞，豪情满怀。他的诗常常从小事、小景着眼，而感悟大道理、大情怀。情景细腻精妙的笔触，与情感豪放自如的抒发，形就了一种交响乐式的艺术效果与浓墨重彩的视觉效果相统一的艺术构成，表现出巨大的心灵冲击力量，使人难以平静和忘怀。如"乾坤社稷艰辛业，文韬武略主义真，男儿不枉一世走，岂管他人口铄金"（《赠黄昌灿同学》）。再如："巧与罗丹同台擂，中西文化相比看"；"师长亲友诚相祝，有情有义法无天"（《为书画展而作》）。诗集中颇多这样有抒发，有颂扬，有思想，有雅兴的典丽诗章。诗词多以抒情言志为主，用高度凝练的语句托物言志，借人寓意，通过声调、对仗和押韵的构思，臻于感触思想与韵律的声情之美。延青这方面的造诣和修养是深厚的，这在七律《谒成吉思汗陵》中得到充分的发挥："美酒香茶青花绫，春雨伴友谒成陵。成吉思汗功奇伟，统一蒙古欧亚行。文功武治雄韬略，是非功过莫任评。重振中华雄风日，当信祈祝有英灵。"本诗前二句交代了谒成陵的时节、情境和同路人。三、四句概括歌颂了成吉思汗的功绩。五、六句显隐结既婉曲又清晰地匡正了对成吉思汗评价上的某种偏颇，点明成吉思汗不仅有武功，也多文治。的确，在这些方面对成吉思汗应该是有定论的，成吉思汗是世界伟人，是中华民族的英雄。比如继成吉思汗创立大蒙古国后，他的子孙们不但创建了横跨欧亚的四个蒙古汗国以及其后的印度蒙古王朝，还为结束欧洲中世纪的黑暗，促燃文艺复兴的光明之火立下了不朽功勋。特别是创建了疆域辽阔的大元王朝，结束了自残唐以来分裂对峙的局面，统一了全中国，催生了中国历史上经济、文化和科学技术繁荣发展的又一个高峰，大大推动了多民族国家的巩固和发展，促进了中国各兄弟民族的交流和融合，奠定了中华版图的宏伟构架，促进了内地和边疆的紧密联系。由大元王朝创造的"行省制"、"纸币流通制"，影响至今，在今天仍然发挥着巨大的作用。诗的最后两句则是站在 21 世纪的时代高度，以文化强国、振兴中华的宏远视野，呼唤人们珍惜各民族的文化传统和遗产，礼敬各民族的英雄贤达。举国同心共建强盛的中华文明，提升中华民族的凝聚力和影响力。这表现了作者先进的民族观、历史观和炽热的爱国情怀。

《梦寻天问》既是诗词集，也是作者的心灵史，一头是现时现世的感奋，另一头是对更加美好未来的憧憬。他自己曾说，他所借以从事创造的印象，就是草原文化的印象，是他对母亲、对草原、对世间万物的热爱。所以，尽管延青先生有广阔的视野和广博的知识，从来不保守，不褊狭，但他永远是以草原文化作为审美想象依托和介质，用外来的文化营养来扩大自己的文化视野和艺术张力，因而他的创作整体上呈现出鲜明的草原风格和中国气派。雪莱认为，诗能使万象化成美丽，它撮合狂喜与恐怖，愉快与忧伤，永恒与变幻。延青先生是深谙诗之本质和艺术家之使命的。

时代成就一名诗人艺术家是不容易的。除了他自身的禀赋和努力外，社会应该关心、爱护他们，为他们营造利于成长与创作的良好环境，要大力宣传他们的艺术成就，要赋给他们应得的荣誉和地位。他们是内蒙古含金量最高的名片之一，因为他们是草原文化的传承人和弘扬者，我们不应当忘记他们。梦寻天问，美韵正声，华彩篇章，韵味悠长，相信读者一定能从这部诗集里感悟到启迪与激励的艺术魅力。

（原载《诗者归来》，内蒙古大学出版社 2013 年版）

辛勤笔耕 春华秋实

现在，巴特尔先生的《一个思想者的远行》"随想八卷本"出版面世了。对于按惯常说法踏入古稀之年的巴特尔先生来说，这既是他诗性生命历程的一个亮丽标识，也是献给广大读者的一份厚重之礼，实在令人可喜可贺！

我和巴特尔先生相识有三十多年了。和文学界很多朋友一样，我一直认为巴特尔先生本质上是一位作家，是一位诗人。巴特尔创作的突出特征，是作品闪烁的思想光芒和焕发的哲理魅力。他竭力探求和寻找的诗与艺术的哲学思辨，这在他的作品中得到鲜明的体现。作为一位作家，一位诗人，他的思想不是概念性的；他不规避时代维度，但又不是时代概念的传声筒。他的作品体现着生命和生活、诗情和激情、思想和哲理的完美融合，并寓含在独特的表现形式里。例如，"爱大自然，求大自由，得大自在"；"弯月是消瘦了的回忆，圆月是丰满着的憧憬"；"最亮的那颗星，不一定是最大的星，也不一定是离我们最近的星"；"赏月，吸引人们向高处看而忘却烦恼；观星，指引人们向远处走而不致迷失"；"善和恶走在同一条路上，最后分手时，善敲开的是天堂之门，恶推开的是地狱之门"；"我们拥抱信仰，信仰说：我是你心中的阳光；我们收获信念，信念说：我是你精神的脊梁"；"头脑是思想的家园，心灵是智慧的家园，灵魂是精神的家园"，等等。完全可以说，巴特尔的游思，是诗意的游思；巴特尔的随想，是哲理的随想。这游思和随想，演绎着作家的灵魂，诠释着诗人的人生。

　　内蒙古被誉为诗乡歌海，诗和马是蒙古民族的两只翅膀。作为一个土默川的蒙古族人，巴特尔的内心保存着丰厚的民族记忆，蕴含着鲜明的诗性天赋。可以明显地感到，他的诗文透朗流畅，充溢着民歌民谣的风味。但他又不依赖题材，不囿于写什么。在他这里，民族性和地域性，不是远行的障碍，不是感受新知的藩篱，而是审美想象的依托，而是扩展艺术张力的介质。他心游万仞思接千载：历史和现实，世界和中国，自然和情感，人生和心灵，道德和修养，精神和哲理，爱情和友谊，万事万物总关情，一花一世界，一叶一如来。总之，巴特尔追索的不仅是写什么，而是怎么写。所以，他写出了独特的品质，写出了别样的风格，写出了深刻的思想，写出了诗化的哲理。例如："生命是春夏秋冬的轮回，所以多姿多彩；人生是酸甜苦辣的勾兑，所以有滋有味。""生命的极致，一定是站在了哲学的最高处；灵魂的美妙，一定是走进了艺术的最深处。""有了人生的长度、高度和厚度，才有生命的数量、质量和重量。""生命，信仰不变是难得的；人生，没有理想是可怕的。""道德的力量，越朴素的越强大；品格的魅力，越朴实的越美丽。""人生，是美丽的画；道德，是画的底色。""向善的人越多越和谐，感恩的心越多越美好。""一个思想者的远行，既需要寂寞的陪护，更需要孤独的相伴。"

　　巴特尔这厚重的八卷作品集，温暖心灵，引领精神，风华映人，从文本的内核、意蕴、结构到语言，流溢出经典性的品格。这和他一直热爱阅读和学习经典文学是有很大关系的，所以他的行文很讲究排比、对仗、平仄和押韵，在语法修辞上的功夫达到了炉火纯青的境地，使得他的作品渗透着直面世事、直面现实、直书感知、直抒胸臆的现实主义精神。语言清丽秀美，音韵和畅，尽情尽理，尽怀尽志。另外，他也深受俄苏文学和印度文学的影响，特别是普希金和泰戈尔，对他创作的影响尤为明显。普希金是意境开阔的生活歌手，泰戈尔则是浪漫主义和神秘主义结合的典型代表。他们都在写祖国、人类、自然、城市、乡村、爱情和友谊中，琢句抽思，道出了人生和自然的真谛。巴特尔的创作，鲜亮地体现着这样的风格

细节激活历史

与蕴含。可以说，巴特尔的创作在古与今、中与外的结合创新上是格外出彩和风格独具的。

法国伟大的作家雨果在《克伦威尔》"序言"里说："无论这些理由有多冠冕堂皇，都与作者的动机无关。这本书已经够厚了，无须再可以增加些什么。"在我遵嘱为巴特尔的随想八卷本写序的时候，想起了这段话。我所写的仅仅是我读巴特尔先生随想后的肤浅体会和收益而已，如果要高度概括的话，应该是这样八个字：春华秋实，天地之美！

〔原载《一个思想者的远行》，内蒙古人民出版社 2013 年版（题目有改动）〕

赋到沧桑句便工

"国家不幸诗家幸,赋到沧桑句便工。"国家蒙难,自古以来本是中国诗人最心痛、最悲哀和伤怀的。那么,幸从何来呢?幸就幸在把忧愤化为动力、责任和诗情,奋笔疾书,适时准确地写好灾难和困苦,艺术地激励人们重新站立,勇敢奋起,再建家园,从而为人间留下华美辞章、壮烈记忆和宝贵精神。近年来,围绕奥运和抗震救灾与灾后重建,我国文坛掀起报告文学的创作热潮,有多部精品佳作问世。新近出版的长篇报告文学《特殊使命》对于当前的社会建设与文化建设,对于报告文学的文体建设和审美想象的拓展,都具有启迪和镜鉴的意义。

《特殊使命》以宁波援建青川纪实为主线,是个悲喜剧。作品摆脱了报告文学惯常在新闻、政治和文学之间的游移徘徊,高扬文学的自觉性和主动性,把重点倾注于写人、写人的精神性格上。

作者在广泛采集素材、吃透素材、提炼素材的基础上,把宏大叙事与人物特写相结合,把全景式的援建热潮与性格刻画相结合,成功地塑造了史济权、王梁慧等鲜明的形象。史济权、王梁慧这一班人,党性强,觉悟高,作风硬,使命感和责任感强烈,牢记重托,不辱使命。除此以外,作品着力表现了他们的重建思路、文化修养、行政水平和先进理念,从而凸显了作品的艺术品位和价值亮点,体现了作者深邃的文化旨趣。

肩负宁波人民的重托,史济权、王梁慧等一班人首先明确援建其实是

细节激活历史

两种观念碰撞磨合的过程，它更是一种心理模式与社会模式的转换，是先进的社会体系的构建。援建指挥部没有生硬地把宁波经验套用到灾区重建上。根据这个指导思想，他们爱护灾区人民的积极性，呵护他们的心灵，尊重当地的传统，体察当地的风俗，了解当地的优势，因地制宜，以创新思维在物质和精神两方面展开援建工作。

枣树村，因原来山坡上长满枣树得名。枣树，是村民的集体记忆与心灵符号，是家乡观念的标识，可是现在没有了。王梁慧随即发动村民、扶持村民在房前屋后都种上了枣树。枣树村实至名归，村民的心灵得到抚慰。在村道多个石碑的设计上，王梁慧没有采纳使用花岗岩或大理石的方案，而是就地取材，找来河滩上的大石头做石碑，这样既省钱又古雅和谐。再比如，青川有着悠久的种茶历史，特别是七佛贡茶源远流长，很早就有"女皇平生饮最爱，惟有七佛贡茶来"、"女皇未尝七佛茶，百草不敢先开花"的传说。青川茶叶生产的条件得天独厚，指挥部据此投入资金，传授新理念、新技术，使茶叶产业得到提升，农民不但收入得到增加，心情也安稳舒畅。

总之，指挥部对灾区的援建过程中，始终把宁波的先进经验同灾区人民的积极性实行对接，推广宁波的先进理念并实现创新；始终以灾区的传统、条件、特点和向往为依托。所以，整个援建工作高效顺畅，实现了物质和精神双重建的预期，圆满地完成了援建的任务。

好的文学是人生的教科书，这句话不仅仅是说给百姓或青少年的。当年，马克思和恩格斯都高度赞誉过巴尔扎克，并且说从他作品中学到的东西，比从当时的历史学家、经济学家和统计学家学到的全部东西都要多。我国杰出科学家钱学森，生前也多次倡导要读文学。有鉴于此，为了更好地做好旧城改建、百姓搬迁、移民安置、对口支援等工作，有关同志拨冗读一读报告文学《特殊使命》，那肯定是有裨益的。我也想到，热衷于建设形象工程，疲于奔命搞"申遗"，拼争"夜郎古国"，求证坟墓真伪的相关人士，若能读一读《特殊使命》这类文学作品，或许有利于调适一下自己的思维。

以民为本和民生优先，尊重历史和尊重文化，尊重百姓的诉求和感受,践行科学发展观,以先进创新的姿态,又好又快地推进各项建设,正是《特殊使命》的主题和精魂。

(原载《文艺报》2010 年 10 月 27 日)

国家形象和生命观念的艺术展示

报告文学集《玉树大营救》，再一次让世界看到了一个真实的中国。作品全景式地展现了玉树地震灾难大救援的生动场景和感人事例，是中国国家形象、国家品质、国人心灵和社会生命观念的深度展示，是英雄主义、集体主义和民族团结的热情颂歌。同时，也是中国作家责任、良知和才情的具体展现。这部报告文学集编入的37篇作品，篇篇铿然动人，字字掷地有声，中心意旨就是珍惜生命，抢救生命，珍爱美好，护卫美好，爱戴人民，保卫人民。对于这几乎发生在同一时日的写照，又根据内容上的差异分成七章，各章有各章关注上的侧重，总体上又汇成生命交响和壮美悲歌。

悲壮的叙述从坍塌开始。第一章的两篇作品《亲历"4·14"大地震》和《"4·14"那一天》，作者以亲身经历和感受，按时空顺序，几乎是逐分逐秒地真切再现了大地震的惨烈。叙述中作者没有说到自己流泪，但把泪水渗溢在字里行间，把泪水留给了读者："不久，他们挖出了一个女学生。她死了，永远地带走了她的青春气息，带走了她善待孩子们时露出的微笑，但带不走留给人们的美好印象：她的歌声是那么甜美，歌唱好山川，歌唱好家乡，歌唱自己美好的爱情。可是，她就这么走了，被尘土遮挡了五官，被包裹在被子里去了另一个世界。"

第二章的五部作品表现了党和国家领导人及青海省负责同志在危难时刻同人民站在一起，快速应对，恪尽职守，有效指挥的感人事迹。令人信服地向世人昭示中国共产党人在人民遭遇危难的关头,所表现的自信果敢,坚定从容和高超智慧,也再一次证明社会主义制度所独具的优越性。领导人率先垂范,发出号召,一方有难,八方支援。作品的第三章到第六章,以生动例证表现了全国各级干部、各族群众、各省各市,各行各业都雷厉风行,克服困难,不怕牺牲,立体地开凿生命的通道,使生命财产的损失减少到最低,使正常生活和工作尽早得到恢复的壮观景象。"从你的心灵到我的心灵,经过她的心灵,温暖,感动,万众一心,民族大义凝聚人民新希望;从你的心灵到我的心灵,又经过她的心灵,又是一次全社会共同参与的爱心接力,又是一次全国人民万众一心的团结协作。正是有这样的人间大爱,我们才凝聚起全社会的力量。"这些话,如诗,如歌,这些话道出了全国驰援玉树,进行生命大营救的真实情景。第七章则表现了玉树人民不屈不挠、不折不弯,在废墟上自强不息重建家园的顽强意志和坚定信念。

  人民是世界的创造者和主人,作家有责任赞美世间美好的事物,也有义务对生命的苦难负责。《玉树大营救》的作者们,体现了中国作家的睿智、敏锐、才情和赤子之心。他们捕捉到的许多细节,生动表现了这场灾难的深重和激发大营救的道义力量。如《哭吧,战友》中描写的:"一位母亲抱着自己年幼的孩子呆呆地坐在地上,怀里的孩子睁大眼睛望着天空。薛树喜(部队司务长)心头一疼,带着一瓶水上前,当他把瓶子放在孩子的唇边时,才发现孩子已经没有了呼吸,但是眼睛却死死地盯着天空",还有:"一位母亲死死地抱着自己两个孩子的双臂,怎么掰都掰不开,我们哭着强行掰开,然后取出已经冰凉的孩子",等等。诗人说"国家不幸诗家幸",谁都明白这里绝不是说国家有难诗人会有啥益处。国家蒙难,自古以来中国诗人都是最心痛、最悲哀、最伤怀的。正确地解读当然是"赋到沧桑句便工"。在国难当头时诗人和作家总会适时精当地书写好灾难与困苦,并把此时迸发的忧愤与诗情发扬开来,得到蔓延和发扬。新时期以来,以《哥德巴赫猜想》和《命运》为代表,体现了我国报告文学创作的繁荣和发展,也标志着作为一种文学体裁正臻于艺术上的成熟和品格上的独立,报告文学集《玉树大营救》,除了体现"新闻性"、"政论性"和"文学性"等传统特点外,在思想的深化,人文的张扬,艺术的创新等各方面都体现着报告文学的拓进,同时也更突出地显示了作家与时代,作家与人民,作家与社会的文明进步是永远紧密相连、命运攸关的。

同样,史家说"多难兴邦",也不意味着兴邦必须多难。而是警示人们要长久地记取苦难的教训和战胜苦难的伟大精神与宝贵经验,从而催生出更远大的目标。例如《玉树大营救》中所记录的英雄气概、奉献精神、互助精神、忘我精神、职业操守和快速高效等生动事例,应该永远成为大家工作和自律的激发点。如果,我们能像玉树大营救那样立体地冲荡围剿我们社会中还或隐或显存在的消极阴暗现象,我们的社会肌体会更强健,国家品质会更纯良,国家形象会更美好,国家也就会发展得更好更快更强盛。这也正是《玉树大营救》所隐含的时代内容和人民呼声。

(原载《文艺报》2010年7月5日)

值得珍惜和倡扬的精神遗产

　　长篇小说《送瘟神》是一部现实主义文学的当代佳作，作品以平实自然的情节，鲜活生动的人物，深层的忧思与探索，尖锐的反省与批判，热切的追问与呼唤，让历史在新时代再生，艺术地讴歌和倡扬了送瘟神精神。

　　"绿水青山枉自多，华佗无奈小虫何。"这两句诗形象地表现了20世纪50年代，新中国各族人民对于血吸虫病肆虐的焦虑之情。这个自然毒瘤，伤害人畜，糟蹋山水，阻滞建设，流年经代，危害久远。按惯常的想法和做法，根除这个自然顽症，需假以漫长的时日。但在中国共产党领导下，经过一批理想信念坚定，思想品德纯正，责任感、使命感强烈，意志作风顽强的干部与科研医护人艰苦卓绝地奋斗，用很短时间就消灭了血吸虫，创造了人间奇迹。《送瘟神》正是全景式地展现了这个时代性的战斗历程和辉煌胜利。并通过成功塑造程怀远、赵白驹、时习章、李宋唐、吴忝绮和来金沙等人物形象，缅怀那一批优秀干部，歌颂那一种圣洁精神和永恒功德，寄寓了新时代的期望和理想。

　　程怀远是刚从朝鲜战场归国的英雄战士，矢志报国歼敌心切。对于突然奉调回国，起初他感到困惑和茫然，甚至还没有从战争心态中摆脱出来。此际，颇有方略、用人得当的老首长赵白驹，任用程怀远站到送瘟神的最前线。眼见从传达员到轿夫等民众，从牛到羊等牲畜，到处是无奈等死的病人患者,"新鬼烦冤旧鬼哭",千村薜荔、万户萧疏的凄惨景象,程怀远对那些推诿、空谈、摆谱和拖沓的官僚作风既厌恶又愤恨。在再三说服不奏效的情况下,他凭借战场上抓俘虏的经验,利落地把漠视现状、按常规悠悠然搞研究的归国专家时习章"绑架"到了防治瘟疫的第一线。这对于50年代那个特定时期和程怀远这个人物来说,是生活的真实,而在今天看来更加显现的则是艺术的真实。因为,历史在程怀远"这一个"身上得到再生,因为当今时代人们强烈呼唤的某种精神特质,鲜明地体现在程怀远这个性格中。

辞断意属,给读者想象空间,令读者回味深思,是文学佳作的显著特征,也是《送瘟神》的一大特色。作品分三卷,卷一是"纸船",卷二是"明烛",卷三则是省略号。这样的构思加上作品中有的人物遭遇和他们的追问,不能不让人萌生悠长的联想。

新中国成立初期,我国人民保持和发扬了战争年代形成的好品格好作风,以英雄主义的气概战胜了"远强于过去打过我们的任何一个或几个帝国主义"的血吸虫。而今,日益走向富强的中国,还会遭遇和面对各种意想不到的灾难和危害,甚而滋生出危害更甚,送起来更难的瘟神。如何应对,《送瘟神》中的程怀远和赵白驹会给人一定的启示和力量。

正是由于很多干部和群众,具有程怀远那样的爱心、责任心和雷厉风行的作风,我们在汶川大地震、南方冰雪、"非典"以及"甲流"等天灾面前,才能如此万众一心,众志成城。如果各相关部门能像赵白驹那样知人善任,用人所长,对一些消极现象不默认,不纵容,监管到位,处治有力,黑恶势力就难以猖獗,矿难和刑讯逼供等就不会发生或少发生。如果每个干部能像程怀远、赵白驹那样信念坚定,清廉淡泊,务真求实,爱护百姓,腐败分子就可能不出或少出,党的领导权威和政府公信力就不会受到挑战,社会主义制度的形象也就不会受到歪曲和玷污,从而促进社会主义核心价值体系的顺利建设。

阅读一部文学作品,每个人都有不同的兴奋点和取向,作为读者,以上便是我的突出感受。细节是真实的生命,《送瘟神》中的某些细节描写还是值得再推敲的。例如，在20世纪50年代穿西装打领带不是普遍风尚，时习章如此装束是符合这个人物身份的，但在晚饭后休闲散步时他仍西装革履就显得不太自然了。

(原载《文艺报》2009年12月3日)

居之无倦　行之以忠

人生不满百，常怀千岁忧。国之兴衰，匹夫有责，关注现实，关注民生，以天下为己任，是中国知识分子的优良传统。刘继明的长篇新著《江河湖》，以传统为背景，以现实为依托，真切地刻画了甄垠年、沈福天和沈如月等中国当代人文科技知识分子的心灵状貌和奋斗业绩。以同情和厚道提示了他们的弱点，以深情和赞佩讴歌了他们的功业与贡献，表现了作者深邃的时代眼光，张扬了崇高的人文精神。

作品在拓展情节、刻画人物时的突出特点是没有规避历史维度，而是紧贴时代生活，再就是以时空的跳跃和对比的艺术手法，使得人物形象有血有肉，声情并举格外鲜明。由于家庭教育背景等因素的影响，沈福天本来就是一个谦慎朴实型的人物，加之"反右"扩大化和"文革"阴雨的摧打窒闷，使他为人处事更加小心翼翼。然而他本质上并未扭曲或异化，始终是"居之无倦，行之以忠"。

三峡工程是举世瞩目、百年大计的宏伟工程。它有防洪、发电和航运的巨大功能。在这个工程的建设中，牵涉到生态环境、地质结构、文物保护和移民安置等一系列复杂的问题。作为参与这项工程的重要工程师，沈福天始终秉持为国为民的负责精神和严谨缜密的科学态度。即使一时不被理解，甚至和领导有了歧见，他也锲而不舍，以温婉的态度、艰辛的努力去坚持正确的主张，争取最好的效果。

而甄垠年则是别一种风范。他从生活习性到衣着打扮上都完全是另一码事，处处显露出那种在大都会熏陶下长大的时尚做派。这是怎么造成的呢？作品中另一人物沈如月的分析和议论很是精当，也颇有意味："这跟二舅（甄垠年）受大舅甄士年和那个时代风起云涌的革命浪潮的影响，少年义气，以叛逆和追求思想新潮为荣耀，就像20世纪60年代的西方青年热爱爵士乐，中国青年热衷于造反，以及现在的青年迷恋上网交友、视频聊天和MP3那样，充其量只是一种时尚。当时风卷过，阅历增长，一切都尘埃落定，人的真实性情也就暴露无遗了。"对于甄垠年来说，时尚是浮表，真才实学和有所作为才是内涵。他"理必求真，事必求是"。他留学美国，可对中国国内的状况却不甚了然。对此他始终保持积极清醒的姿态，他回国效力并决心在国内找一个技术部门，以便填补这个空白，也好为将来的建设做一些知识上的准备。具体实际工作做久了，他就会又想到在国内及国外继续充电的问题。在甄垠年身上，焕发着中国知识分子的现代性品格，是个有典型意义的人物形象。

钱学森先生在世时曾一再强调，搞科技的人一定要学点文学，学点艺术，钱老本人在这方面就有很深的修养。因为这文学不仅能激发人的想象力和创造力，也有利于保持人性的美好与人格的健全。对于这个问题，《江河湖》也体现了类似的想法。如甄垠年从少年时就酷爱文学、政治和哲学方面的书籍，除了国外的一些名著，"他最感兴趣的还是那些最新出版的国内书刊，如《新青年》、《创造》和《小说月报》，尤其对胡适之、陈独秀的政论文以及鲁迅、茅盾、郁达夫和巴金的作品情有独钟"。

《江河湖》在正面书写历史经验和我国发展前进的问题时，表现出艺术的勇气，紧密联系时代的律动，紧扣世情和人心，呈现出一种宽广的视野和恢宏的气势，是一部有独特品质和追求的好作品。

[原载《文艺报》2011年3月30日（题目有改动）]

环保的忧患与文学的情怀

郝斌生的长篇报告文学《漳河告急》，以 2012 年岁尾漳河上游发生的苯胺泄漏，下游两岸由于河水严重污染而造成的生态灾难为典型事例，戏剧般地再现了各级政府和广大群众积极应对的真实历程和感人事迹。作品把报告文学特有的时政性、新闻性和文学性结合得格外完美，文学性尤为突出，艺术感染力很强。因而使得作品不仅体现了相当的思想深度和鲜活的时代内容，也更使得作品在环保方面的忧患意识显得鲜明强烈，迸发出痛切而明朗的警示与启迪。

作品分引子和 8 个章节，在故事的架构，事件的引出，人物的出场，都显示着作者文学手法上的卓越；同时，焕发出强烈的思想魅力，唱响了时代的旋律。在第 4 章里有一节是"到哪里去寻找天脊的春天？"在这一节里作者怀着礼敬的感情，深情描写和讴歌了"来自四面八方，操着不同口音的建设者"，以及出租司机、家庭主妇、晨练长者和读书的孩子们。他"寻来找去，倏然回首，天脊的希望原来还在人民群众中"。并且进一步领悟，不必要再去挖空心思地期望高层，反而"天脊的高层，应该向职工问计，顺应民心"。这就是朴素而深刻的历史唯物主义思想。这种思想，体现在第 5 章"市场经济条件下的红旗渠何去何从"，体现在第 7 章"旧事重提，一幕幕都是惊涛骇浪"，贯穿在作品的全篇。这些，突破了一般性的事实报道，深入到时代生活的深处，把作品的思想品位推升到人民性和当代性的高度。当前，我们的改革已经进入深水区，怎么改？往哪改？靠谁改？为谁改？对于这些问题的正确解答，看看《漳河告急》是大有裨益的。这就是要从小人物去看大时代。

看起来作品描写的地域时空是漳河两岸，但是，作者思接千载，心游万仞，视通广远。他从历史到现实、从域内到域外、从科技到文学、从方志到典籍、从环保到民生，纵横捭阖，随心切入有路标意义的人、事、道理和艺术等方面的细节。这既体现着作者对生活的熟悉和丰富的知识，也表现了我们时代的丰富和多元。在第1章"你说或者不说，世界都会知道"一节里，有则《山西日报》的消息说"副省长第一时间赶到现场……，经检测，浊漳河水质正在好转"。作品对这则消息的文风进行鞭辟入里的剖析与批评："用词收敛，措辞严谨，好像是第二个贾岛。一字一句推敲、打磨，然后再放进太上老君的八卦炉里冶炼出来。""它比1912年5月20日戴季陶发表在《民权报》上的短文只多了9个字，堪称经典。"应该"悉心收藏，立此存照作品中有好多这样的例证，为了把一个事情说明白透彻，都伴有古今中外事理的参佐。特别是对于形式主义、官僚主义、教条八股、敷衍推诿、奢侈浪费、破坏环境的种种行为，作者怀着满腔义愤，进行了多维度地有力挞伐，体现着不可抗拒的感染力与冲击力。

文学是语言的艺术，报告文学更当如是观。《漳河告急》把当下流行的话语、传统上的主流话语与民间的话语巧妙地融合，结合人和事又进行精细地打磨，使得作品无论在整体文本上看，还是具体地叙事、状物和抒情，都呈现着完美灵动的语感，体现出优雅的诗性品格。"古时候的林县山区人传说一辈子只洗三次脸，生下来洗一次，结婚时洗一次，死了再洗最后一次。""因水而发生在林县大地上的悲惨故事俯拾即是，不胜枚举。"这简略的几句话，就形象化地道明了水之于林县山区的匮乏，水之珍贵。"渠道涌山头，清水遍地流，旱地稻花香，荒山果树沟"，是"人民群众生生世世的想，年年岁岁的盼哟！"

多少事，从来急；天地转，光阴迫。时下我们面临着诸多紧迫问题，如改革的深化问题，环境生态的危机问题，社会的公平正义问题，这些问题的解决，需要理想，需要责任，需要奉献，需要协力，需要大智大勇。而在作品中读者看到某厅长在紧急关头，向他下属面授的四句秘诀："真着急，假生气；敢碰硬，不硬碰；走直道，转活弯；热问题，冷处理。"作者借用并引申的这四句话，相当典型地概括了当下某些人的生存技巧与为官之道，是不能直面真理、明哲保身却又习以为常的不良风气。对此，作品以审美、担当和强壮的批判态度，弘扬了现实主义的文学精神，倡扬了党中央转学风、改文风和正作风的时代精神。在作品第一章的开头抒发描写了作者对漳河的童年记忆："漳河在我心中流，喜怒哀怨都是歌。"在作品的结尾处，作者又用优美的笔调，尽抒对漳河的美好畅想："太行山的春天是诗人的诗笺，是画家的调色盘。蒲公英舒展着黄色的花瓣和绿色的叶子……山涧桃花杏花像争芳斗艳的一对姐妹，两个姑娘的瞳孔总是炯炯发光。""白云悠悠，青山幢幢；河水澄清，波光粼粼。"这些美好的文字，寄寓着作者的理想情怀和浪漫乐观。

新时期以来，以《哥德巴赫猜想》、《地质之光》和《生命之树常绿》为标识，证明报告文学是我国文坛的生力军。而长篇报告文学《漳河告急》则表明我国报告文学创作，在拓展，在前进，在创新。

（原载《漳河告急》，黄河出版社2013年版）

张扬文学经典的艺术魅力

知我者,谓我心忧;不知我者,谓我何求。字字读来都是血,十年辛苦不寻常。从《诗经》到《西游记》、《水浒传》、《三国演义》和《红楼梦》,数千年来,中国文学经典的艺术魅力历久弥新,对中华文明的兴盛延续,对国民潜在人格的塑造和价值取向的认同,对于增强民族的亲和力与凝聚力,意义重大而不可或缺。试想没有这些文学经典,人们的精神心灵,将是怎样的苍白荒芜啊!雨果说过:"试将莎士比亚从英国取走,请看这个国家的光辉一下子就会削弱多少!莎士比亚使英国的容貌变美。"同样,正因为有屈原、李白、杜甫、陆游、李清照、曹雪芹和鲁迅、曹禺、冰心等经典作家,我们的历史文化、国家风貌才显得如此富有魅力。中外文明史证明,文学使世界增辉,使心灵灿烂,使社会和谐,使人类进步。而经典作家就是一个民族、一个国家文学的标识,甚而是民族精神的象征。没有好的文学,那是没有希望的。

生活告诉我们,不论国王和平民,还是商人和民工,人们对精神家园和心灵港湾都有种神秘而本能的向往与渴望,区别只是取向不同而已,拿破仑特别喜爱歌德的《少年维特的烦恼》,他不但读过七遍,而且在金戈铁马的征程上,也要携带着这本书。人们注意到,萨达姆·侯赛因在被美国兵从地窖里揪出的时候,身边放有陀思妥耶夫斯基的《罪与罚》。当然,与此不可同日而语的是卡尔·马克思对文学的酷爱、认知和运用,他每年都要读一读埃斯库罗斯的原著,精读歌德等作家的作品,而对莎士比亚戏

细节激活历史

剧中很不打眼的人物，他都很熟悉。他说巴尔扎克的《人间喜剧》"用诗情画意的镜子反映了整整一个时代"。而恩格斯则认为，从巴尔扎克作品中学到的东西，要比从当时所有专业的历史学家、经济学家和统计学家那里学到的全部东西还要多。与此有关，恩格斯在评价19世纪以普希金为代表的俄国文学时说：俄国文学方面的那个历史的和批判的学派，比德国和法国官方历史科学在这方面所创建的一切都要高明得多。

文明的积累是社会发展进步的推动力。文学也是在积累中发展的。两千多年来，在孔子文学观的影响下，从《诗经》直到新中国成立后的文学，形成了一个以重道德、重信念、重人格为主调的文学传统，这是中国文学薪火相传的血脉。新时期以来，我国文学得到空前的繁荣，创作出版了一些优秀的作品。从第一届到第六届"茅盾文学奖"获奖作品，从《冬天里的春天》、《芙蓉镇》到《长恨歌》、《张居正》，可以说集中体现了新时期小说创作的风貌、水平和成果。这些作品发扬了中国文学的优秀传统，开掘文学的本土资源，学习经典文学，弘扬民族文化，反映时代风貌，体现出相当程度的文学价值和人文情怀。

同时，应该看到一些很好的作品，并没有很广泛地进入广大读者的审美视野，远未达到像当年《阿Q正传》、《雷雨》、《红岩》等作品那样的艺术反响。这除了作品本身还缺乏更大的艺术震撼力和思想穿透力以外，当然和时下的文化环境有关系，而我觉得最重要的是如何培育起健康的阅读风气。19世纪美国女作家斯托夫人所写的小说《汤姆叔叔的小屋》出版以后，"所有的人手里都有这本书，人们贪婪地读着它，并用眼泪浸湿了它"。林肯总统还接见和夸赞了作者。2005年，墨西哥城近郊城市的市长，下令警察必须读名著，否则不予升职。这一着还果然见效，警察素养得到提高，犯罪率下降，老百姓欢迎。前一个例子说明吸引读者还得靠作品的艺术魅力，靠读者自觉自愿；后一个例子说明若措施得力也还奏效。近来，电视广播推出各种"讲坛"，也不失为一个推广普及经典名著的办法。但可能产生的负面作用是影响认真读原著。电视往往使听众被动地接受讲话和图像。而阅读经典是需要好奇心、求知欲、想象力和再创造精神的。长此下去，"没有人再关心文学的自身品质、它的意味、修辞"，"丢失了感应，它似乎已激发不起人们情感的波澜，拨动不了人们的心弦，引发不起人们对它的韵致、艺术匠心的悠长品味"[1]。

　　再一方面的问题是如何进一步提升社会的文学意识与人文情怀。高科技需要高情感，经济、科学的发展必须伴之以精神文化的和谐发展。在这个问题上，有些杰出科学家是十分清醒的。钱学森多次谈到教育要把科学技术和文学艺术结合起来。爱因斯坦在《悼念玛丽·居里》一文中说"我们不应仅仅满足于回顾她的工作成就为人类做出的贡献。杰出人物的道德品质可能比纯粹理智的成果对一个时代以及整个历史进程所具有的意义还要大。"这些话，值得人们深长思之。

　　人类社会每一次跃进，人类文明每一次升华，无不带着文化进步的烙印。文化的力量，深深熔铸在民族的生命力、凝聚力、创造力之中。作为文学工作者，应该不辱使命，按照时代的要求，为文学精神的弘扬，为社会主义精神文明的建设，艰苦努力，做出贡献。

（原载《文艺报》2007 年 10 月 9 日）

---

[1] 参见杨胜刚、黄毓《批评怎样对文学负责》，《南方文坛》2004 年第 3 期。

龙江评论谱系与学术创新的标举

《龙江当代文学大系·理论与批评卷》共编入 66 篇文学评论文章和学术论文。此外，还列出 300 篇论文和 50 部专著的存目。风风雨雨 60 年，仁仁智智数千篇，最终凝结为这样一卷书，一卷展现黑龙江文学发展脉络、理论批评谱系与学术创新的书，可以想见其工作劳动之繁难，专业智识之通达，治学姿态之严谨。所以，这是可喜可贺而又可敬的。这是一本珍贵的文论资料和思想资料。

龙江畔晓声，云海里广识，激荡中鉴奥，碰撞间创新。这是我通读《龙江当代文学大系·理论与批评卷》后感到的激奋。本书所选的文章，第一篇是老一代文学家关沫南 1946 年 6 月 9 日刊于《东北日报》的文章《关于东北新文艺运动》；最后一篇是周兴华教授刊于《文学评论》2005 年第 4 期的文章《"我"与"我们"：茅盾作家论的意义标志》，基本是一年选有一篇，可谓一花一世界，一叶一春秋。

这部书精选的文章，站在时代的高度，整体性地标识着黑龙江省文学理论批评的发展概貌，体现着黑龙江省各个年代理论批评的水平，代表着黑龙江省理论批评队伍的文学品位和学理追求。

读者会明显地感到，这部书的编选真是站在了时代高度，倾力吸纳了近年文学创作和理论批评的积极成果，充分发挥了文学主体的自觉性，因而使得这部书焕发着透朗的文学气息，充溢着浓厚深邃的学术理趣。无论是评论作家作品的，还是总结地方经验的，无论是讨论文学思潮的，还是进行学术研究的，都紧扣文学文本，文学主体，文学规律和文学思潮，最大限度地剔除了碍手碍脚的附加物，读起来颇感清纯流畅。

我很认同徐志伟在《本卷导言》中，对黑龙江文论的突出成果和闪光亮点所做的梳理和归纳。那就是，在西方文论方面，曹俊峰和张政文的康德美学研究，受到了学术界的注目；在现代文学研究领域，袁国兴的现代话剧研究和罗振亚的现代主义诗歌研究形成了全国性的影响；在当代文学研究领域，张景超的当代小说批评尤具特色。此外，20世纪80年代兴起的文艺学方法论热潮，在90年代的黑龙江文艺理论界也多有讨论，其中的代表性学者是冯毓云。而亮点之一是杨春时的"文学主体性"研究，亮点之二是吴黛英的"女性文学"研究，亮点之三是"东北作家群"研究和"地域文学"研究。

除此，冯毓云、罗振亚、杨春时、傅道彬和于元秀等优秀学者的文章，均体现出强劲有力的学理冲击力与思想锋芒。杨春时的《论文艺的充分主体性和超越性》对马克思主义的认识论和文艺主体的自觉性进行了雄辩的阐释，张扬了马克思主义的原创精神和无限活力。他的文章告诉读者，文学活动是最自由的精神活动，是最有独立品格和自由意志的。任何外部因素和关联，会对文学产生这样那样的影响，但都不能取消或取代文艺的本质和内部规律。正因为文艺主体是以全面发展的人的身份来对待人类世界，因而文艺才充满了人道主义思想感情。也正因为理想人格和现实人格的冲突，才产生托尔斯泰这样的作家、《复活》这样的作品、聂赫留朵夫这样的形象。

"文学人类学"，这是个模糊的命题，至今仍有讨论。但在十多年前，傅道彬在他的文章《文学人类学：一门学科，还是一种方法？》中已说讲得够清楚了。

再有，"现代性"问题在当今已具有"知识时尚化"倾向。于文秀在《现代性研究中存在问题的反思》一文中指出，"现代性"这一概念似乎正成为可随时对接的流行话语，不管有价值与否，不管有无重要或直接关涉，言必称"现代性"的现象几乎随处可见。最后她提出，对于"现代性"，我们不是只能被动地接受既有，我们完全有创造自己的"现代性"

的自由。在对中国复杂文化结构进行全面思改与整合的基础上,建构一个适合中国文化现实的"现代性",显然是中国一代甚至几代学人的大势所趋的责任和使命。

以上所引述的几篇文章的观点,不一定很精要和准确,而且也不能说这些问题都不再有继续讨论的空间。值得肯定与赞佩的是这些作者能够站在时代的前沿,对文学有着深度的理解和自信,对民族地域文学与世界各国文学互补互促、交流互动关系有着清醒而自觉的认知,还有对各种文艺思潮的倾力关注和积极姿态。

总的来说,《龙江当代文学大系·理论与批评卷》给人以诸多的启悟和裨益,或者把对一些问题的讨论提升到新的起点。特别是在民族文学经验与世界视野关系方面,在文学的本质、特征和规律等问题上显现得尤为突出。"全球化"无论怎样推进和演化,都不意味着文学民族个性的淡化或消解。积极倡导"走向世界"是发展中国文学的推动力和作家的追求,是当今时代的潮流。然而,任何具有"普适性"的知识建构和文学想象,都需要通过民族性和地方性的知识介质与文学依托。广开视阈,积极学习是为了丰富发展自己,同时也影响他人,促进共同进步。有了自己的根脉,有了自己的经验,有了自己的话语,才谈得上激活、创新和超越。再者,文学主体自觉性和文学本质特征的彰显,才会更有效抑制某些商业性、传媒性浓烈文学元素和人文精神缺失,随波逐流的"三俗"之类的东西,假乎文学之名以行。同时,我们还可以增加一分自信,那就是真正的文学不会走到边缘,永远存在于人们心中。

(原载《文艺报》2010年10月18日)

对话灵魂　提升境界[①]

美学上有"浅审美"与"深度审美"这一组相对概念。文学阅读和审美活动实质上是相通的,所以相对于"浅阅读"(shallow reading)有"深阅读"(deep in readmg)一说。对于特定的经典作品,阅读的深浅只是读者个人的爱好和水平问题,不仅不矛盾,而且还是相互依存的关系。

而"深度阅读",应该是近年才提出的概念,它和浅俗化阅读形成对立,不仅阅读对象不同,而且使用的终端也不尽相同。

任何问题的提出,都有其时代、社会和文化背景。阅读本如听歌、看画一样,怎样做是个人的自由。但在拥抱数字媒体,浅俗化阅读、碎片化阅读和快餐式阅读渐趋弥漫的当下,"深度阅读"不再是一个简单的词汇,还关系到重大的社会问题,也就是说,深度阅读的提倡,阅读习惯的培育和阅读体验的重建,不仅关乎个人的命运,还直接影响到社会风气、民族前途和国家未来,值得我们深入探讨。

深度阅读深下去

浅阅读指一种浅层次的、以简单轻松甚至娱乐性为目的的阅读形式,

[①] 与张稚丹合作。

细节激活历史

是流于文本浮表、感受愉悦的过程；深度阅读以提升学识修养和理论思维、工作能力为目的，是对文本蕴含的思想、知识、智慧、情感及其艺术韵致乃至语言品位进行体悟和摄取的审美进程，是读者与作者心与心之间的深入沟通，是对社会与人生意义的探寻和追问，是激发想象和创造活力的情感活动。

生活节奏变快，时间碎片化，使很多年轻人觉得捧读一本厚厚的书成为困难的事情；而科学技术的发展，使手机阅读、网络阅读、电子书阅读越来越多地走进人们的生活。在中国各地的火车、公交车、地铁、快餐店，对着手机、iPad、平板电脑"埋头苦读"的人们成为相同的景致。2013年中国新闻出版研究院发布的《第十次国民阅读调查》表明，数字阅读方式的接触率为40%，比2011年上升了1.7个百分点。手机阅读的接触时长呈增长趋势，电脑上网时长和电子阅读器接触时长均有所下降，这意味着阅读更为碎片化。

毋庸置疑，目前绝大多数的电子阅读仍停留在浅阅读水平。迅速浏览碎片信息及内容夸张的视频，看社会新闻和娱乐界八卦，追求的是刺激和快感。这些貌似有趣、满足个人猎奇心理和物质生活的浅阅读，不仅大面积侵袭认知能力尚不足的青少年群体，更以"便利"和"海量"的优势渗透到都市人业余生活的每个角落，大量浅薄的文字填充着贫乏的大脑，网络语言变成了通用语。

目前，深度阅读通常意味着对书籍、期刊等纸阅读，所包含的内容是几千年来人类文明的菁华——宇宙的奥秘、星河的灿烂、历史的反复、世界各地文化差异的比较、宗教的起源和发展、对生命意义的哲学思考乃至小说诗歌等表现人性的文字……这种种大幅提升精神视野的内容，多是由纸质媒介和经典文本提供的。复旦大学中文系教授骆玉明说，现在很多大学生"关于文化的、关于修养的、关于哲学思考的阅读明显是少了，你从学生的谈吐中、他们所关心的内容中、他们的提问中就可以感受到这一点。"

阅读应成精神之旅

在严肃作家和学者眼中,上述这种数字化阅读危害极大。

在今年的上海书展上,作家贾平凹表示,多读书特别是多读文化经典,是从国家和民族的发展前途考虑的,"现在,人们为了生计,整天忙忙碌碌,读书成了一种奢侈。如果人人都不爱读书,国家的发展就没后劲了。"

我国古代有"多而不求于心,则为俗学","读书不向自家身心做功夫,虽读尽天下书无益也"之说,就是在说,浅俗化的阅读不能滋养身心,经世致用,往往会造成有知识没文化,有文化没教养的状况,同时窒闷想象力和创造力的焕发。"凿壁偷光"、"悬梁刺股"等刻苦读书的优良传统,也警策人们努力抵御各种诱惑,用顽强的意志养成静心阅读的习惯。"读书当读全书,节抄者不可读"(冯班《钝吟杂录·家戒下》),"读书无源委,有如断港流,濡润洿蹄间,不能溉田畴"(吴履泰《读书一章示诸童子》),是在告诫人们,断章取义、掐头去尾的读书,肢解扭曲的名著就像把河水截断,用牛蹄窟里装的水灌溉庄稼,怎么能滋润心田呢?

复旦大学社会科学高等研究院院长邓正来说,认字不是正的阅读,"当你在看书时,感觉自己在走过一段精神之旅,感觉书本在完善自己一个残缺的灵魂时,才称之为阅读。"

有深度的、优质的文章,虽然读起来可能吃力,却使大脑处于一种安静的、思维高度集中的活跃状态,不仅可以丰富头脑、增强智慧,还能安宁地和自己相处,与灵魂对话,进行终身学习,为个人的精神成长和人生境界提升提供充分的养料。

深度阅读春潮喜涨

或者是长期浅阅读、碎片化阅读形成的饱和状态和逆反心理,很多读

细节激活历史

者渐渐认识到八卦、段子、社会新闻无法填补精神空洞，不能够提升自我，反而无谓地浪费时间和精力，慢慢地趋向于读一些有系统知识、有深度的文章和书籍，比较经典的著作回到了人们的视野中。《第十次国民阅读调查》指出，相比2011年，2013年国民的图书阅读率有了增长，74.4%的18至70周岁国民更倾向于"拿一本纸质图书阅读"，9.4%的数字阅读接触者在读完电子书后还会选择购买该书的纸质版。

在今年举办的上海书展上，我们也看到了深度阅读复苏的迹象。最有影响力的10本新书中，《十万个为什么》（第六版）、《邓小平时代》、《朱镕基上海讲话实录》等都有不错的市场表现，"有价值"和"畅销"之间出现了令人欣慰的部分重叠。

由社会科学文献出版社出版、元史专家蔡美彪撰写的《中华史纲》30万字写尽五千年历史，按说是一本比较偏重学术的著作，不想发行量却达到5万册，很受青年学生和党政干部的欢迎。

谁能想到《民族文学》的藏文版发行8000份，而且其中四千多份是固定订阅的？少数民族地区有非常好的崇尚文化的传统，文学成为他们很重要的精神寄托。走进蒙古包，一提诗人阿尔泰的大名，几乎无人不知；提起《尘埃落定》的作家阿来，藏族百姓也表现出很高的敬意。

《人民日报》旗下《人民论坛》所属《学术前沿》是2012年3月创办的一本半月刊，经常介绍俄罗斯、印度、美国等国的政治、经济、文化，深究其崛起或衰败的原因，同时也从学术学理的角度讨论中国的政治体制改革问题，并进行中国老龄化问题和中国公众竞争心态的调查，真的是很学术、很前沿，却意外获得很多好评，市场占有率快速提升。

近年来，国内外众多报纸纷纷转型创办网络版和手机版，而书籍的数字化趋势，也有助于在电子终端上拓展深度、冷静和理性的阅读。

席勒在《审美教育书简》中写道："在一个民族里，审美修养的高度发展和普及是与政治的自由和公民的美德、美的习俗与美的真实、举止的文雅与举止的真实携手并进的。"文化产业不仅承载着经济目标，而且承担着政治、社会文化和生态的多重责任。一个国家，需要的是有远大理想、有创造激情、有头脑且精神高扬的国民，而不是拾人牙慧、思想浅薄、斤斤于物质生活和低级趣味的民众。推进全民阅读，倡导深度阅读的好风气，是当前我们社会建设、国家发展所迫切需。

［原载《人民日报》（海外版）2013年9月27日］

大元王朝历史的艺术言说

　　冯苓植先生是我所尊重的一位当代著名作家,是我长久的文学诤友。
　　他在文学创作中颇具神思悟性,成果丰硕,但他在生活中却很低调淡泊。有人曾通知他参加内蒙古自治区"杰出人士"的评选,并告诉他说奖金是二十万元,而他却不解地回答:"我上午一碗面,下午一个馒头,要二十万元干嘛呀?"据我所知,他还遇诬不辩、与世无争,总想避开矛盾是非,实在不行了便过起云游山川或深入草原的"游牧生活",走一个地方写一篇文章,"以文养游",以至于文友们常常不知他的行踪。苏叔阳曾说他的动物小说是"杰克伦敦式的",林炎也曾称他的动物小说为"形象化的哲理,哲理化的形象"。其实,这些评价都是很精当的,但他平素所展示的是大智若愚、大隐于市的姿态,绝少听到他议及自己的作品。即使有,也大多是反思性的叹惋。
　　他退休后停止游牧了,搬出了作家宿舍楼,住进一处偏远的六楼顶层,每天只下来一次散散步,交往戏耍的范围也只限于小孩儿和宠物犬。他退得比较彻底,多年来几乎再未踏进机关的大门。他不愿给别人添一点儿麻烦,好似在内蒙古作家群里蒸发了。直到有一天,我接到远方出版社社长陈莎莎同志打来的电话和随后寄来的书稿,我才知道这位老兄已改行扎入了历史的故纸堆中,而这叠厚厚的书稿,则正是他退休后多年来读史留下的随笔和札记。
　　翻阅着这部书稿,我被深深感动了,竟然夜不能寐,仿佛又被他那梦

大元王朝历史的艺术言说

幻似的笔触带回到了七百多年前那金戈铁马的草原往事之中。翔实的史料，精辟的考证，独到的见解，客观的叙述，无不体现着这位老作家学识渊博、功力深厚、求真务实、探索不止的种种特点。须知，在长期的文学创作中，冯兄的小说便是以不趋时、不媚俗、不追求时尚而深受同行敬重的。当然，这部退休"隐居"后的读史随笔和札记就更凸显他的一贯文风和品格了。或许是因为已经在内蒙古工作和生活超过半个世纪了，茫茫的大草原已和他结下难解的情缘。故在退休后的蜗居生活中，他远离喧闹一直在钻研和破译着这段历史。不求闻达，只恐对不住在内蒙古生活这大半辈子。后来多亏陈莎莎同志看到了他这批雪泥鸿爪的读史随笔和札记，并发现他的这种求索或许也正是广大读者所急需了解的。比如：成吉思汗身后蒙古民族的走向？第一位入继华夏大统的蒙古族帝王又是如何治理天下的？尤其值得提到的是，这个由马背民族所缔造的大元王朝，又曾对我们这个多民族组成的伟大祖国做出过何等历史性的贡献？而这一切又恰恰在冯兄的读史随笔和札记中均有所展现。随之，在出版社的动员和支持下，又历经两年的努力，这部大作终于完成了。

《大话元王朝》对我国各民族间互动交融的历史进行了艺术的言说。

大元王朝的缔造者当属成吉思汗的嫡孙忽必烈，故冯兄的笔触大多都集中在这位中国历史上一统华夏的少数民族第一帝身上。通过他那充满传奇而又命运多舛的经历，不仅回顾了成吉思汗之后历任大汗的功过得失，而且也展现了他如何继承祖父"海纳百川、与时俱进"的宏伟气魄。是他第一个在草原上"纳儒习儒"，主动去汲取农耕文明相对先进的治国理念；是他率先使用各民族的能臣名将，合力结束了自残唐以来的藩镇割据战乱局面从而实现了祖国山河的大一统；是他建年号"中统"以示马背民族入继中华大统，成功地将一个游牧汗国转型为建都北京的大元王朝；是他广施雄才大略平云南、抚西藏，自秦、汉、晋、隋、唐、宋以来，首先奠定了我国各民族共有的疆域版图……故《大话元王朝》也可视之为大话忽必烈。通过他颇为复杂的一生，追溯我国各民族互动交融的源与流。因为，忽必烈的历史地位是值得彰显的，而大元王朝对华夏历史的贡献更值得称颂。当代元史专家李治安先生对忽必烈就有过很高的评价，称他为"少数

细节激活历史

民族君主统一和治理南北的第一人"与"多民族统一国家发展的推动者"。法国著名的蒙古史学者格鲁塞也这样评价他说:"在中国,他企图成为十九个王朝(原文如此)的忠实延续者。其他的任何一位天子都没有像他那样严肃地扮演着自己的角色。他恢复的行政机构治愈了(中国)一个世纪之久的战争创伤。"再看书中所提及的察芯皇后,也绝非是一个文学中的杜撰形象。有大量的史料可为佐证,她的确是辅佐忽必烈"入继中华大统"的杰出蒙古族女政治家。中外多种史籍都有她"光彩照人,聪慧绝顶"的相关记述。《后妃传》中更称她"受命于天,佐夫终成帝业"。而她的孙子元成宗铁穆耳更进而在对她的追谥册文中详述道:"曩事潜龙之邸,及乘虎变之秋,鄂渚班师,洞识时机之会;上都践祚,居多辅佐之谋。"他们都是草原汗国传统思维的改革派和创新者,已不满足于半原始的扩张攻掠方式。即在为臣下时,便于王府之内广纳儒生士人。他们大胆地汲取以儒家思想为基础的汉法汉典,为缔造大元王朝预先做好了思想准备和人才储备。故《大话元王朝》这样的书名绝非是可以借此"信口开河",反而是为了更真实地再现历史。

但对这段历史却鲜为人知,仍似一部未被打开的史书,未被探掘的宝藏。就连长期生活在内蒙古草原的人们,除熟知成吉思汗以外也对大元王朝不甚了然。究其缘由,或许有三:其一,大元王朝存在历史相对短暂,取而代之的大明王朝却绵延了近三百年。除内修的《元史》相对客观外,无论是官方或民间大多是对前朝的诋毁和贬损;其二,民族性、民族文化、民族语言的差异,导致了蒙汉史籍的混乱,仅以人名为例就有不同版本的译称,既混乱又难记,甚至还有意进行污名化,所以大元王朝的风云人物便大多被尘封于历史之中了;其三,那便是长期形成的以汉文化为本位的思想观念的影响。只有在新中国成立后,毛泽东同志才适时而超拔地提出"国家的统一,人民的团结,国内各民族的团结这是我们的事业必定要胜利的根本保证"[①]的历史性论断。他将成吉思汗与秦皇、汉武、唐宗、宋祖并列,将其称为"一代天骄"。尤其是在改革开放之后,使这段尘封

---

① 《毛泽东文集》第7卷,人民出版社1999年版,第204页。

的历史重新展现变为可能。成吉思汗的"武功"在影视屏幕上频频得到展现,现也有人已在为其孙忽必烈的"文治"进行艺术表现了。这是建设统一国家与和谐社会、加强民族团结、构建强盛中华文化的时代需要。

但冯兄却一再自谦没有那么"度量弘远",他的所作所为只不过是在了却多年来的一桩夙愿:身为内蒙古人,当知蒙元史!但我们纵观他这些读史随笔和札记,方知冯兄在退休后仍在"自讨苦吃"啊!须知,要弄通梳理这段历史,所涉及古今中外史料之浩繁,涉及蒙汉各民族历史人物之众多,涉及地理、宗教、建制、风俗等诸多门类学问之庞杂,非潜心研读诸史是难以下笔自如的。这就揭示出冯兄"躲进小楼成一统"似乎销声匿迹的真相,原来他潜心苦研已快成为元史专家了。在旁观者看来,他原本可以再稍加努力,便可将这些随笔和札记进而汇总为一部具有学术价值的史学著作,但他却始终声称《大话元王朝》顶多不过是一部"通俗史话"。他在电话中坦诚地告诉我说,一方面是因为他的"功力"不够,另一方面是他所追求的也正是通俗易懂。

虽然我也深知冯兄所追求的"通俗易懂"之良苦用心,但在通读全篇后我仍为冯兄那种严谨的治学精神所折服了。绝少主观的臆断,竟做到了每个历史人物均有籍可查,每个历史事件均有史可考。甚至就连书中引用的一些重要话语,均严格地注明了出处。更难能可贵的还在于,在这部"通俗史话"中他仍延续了他那"不趋时、不媚俗"的一贯文风,绝少见为迎合时尚去拔高某个历史人物。而是严格地忠实于历史,客观地进行叙述。比如对待忽必烈,他就没有简单地将他写成一个别具雄才大略的"少数民族第一帝",而是严格依据史实将他放置于二元文化激烈的矛盾冲突之中,真实地展现了他复杂而又矛盾的心路历程。不仅记录了他对中华民族诸多的杰出贡献,而且也绝不回避他的失误、反复,甚至倒退。没有简单地直奔主题,而是强调了经过磨砺后的交融。这或许正是中国民族问题最鲜明的特色:各民族的大团结是久经历史考验的。

功不可没的大元王朝,是值得后人书写、认知、铭记、传承和借鉴的。

总之,中国蒙古族精神文化的演进发展,鲜明地体现着兼容开放的视野，渗透着我国其他民族文化的因子，特别是受汉民族影响最深。远古的神话、祭词、祝词、赞词、英雄史诗与民间故事，都蕴含着突厥、匈奴和鲜卑等北方少数民族文化的影响。忽必烈的尊儒重儒，上可以追溯到父兄时期，下则流传到现当代。尹湛纳希是近代蒙汉文化交流融通的杰出代表。"一种意义只有当它与另外的意义相遇或相接触的时候，才显示其深度，它们加入了一种对话，这就超越了这些特殊意义和特定文化的封闭性与单一性"（米·巴赫金）。尹湛纳希当年也开明通达地慨叹黄教室闷下的精神文化缺失，毫不褊狭地推崇引介汉民族诸子百家的文化成果。

中华民族是由56个民族构成的，中华文化是多元一体的文化。精神文化的联系与互动，是中华民族增强民族凝聚力、国家团结统一的重要纽带与标识。美国的莫里斯·罗沙比撰写了《忽必烈和他的世界帝国》，2008年在我国翻译出版。正如李治安先生所说，"与一般微观论著相比，罗沙比能够把忽必烈放在'蒙古世界帝国'和多元文化秩序等广阔视野内，娴熟地展开宏观思考与探讨"。如果说该著作是"西方人视野下的忽必烈大汗"，那么《大话元王朝》则是中国汉族同胞眼中的忽必烈大帝和他的帝国。一个是西方学者的论著，一个是中国作家的写史，二者可谓是相映成趣。这样的类比，我只是想再从一个侧面强调说明冯苓植的这部大作充溢着非同寻常的文化意义和时代意义。著作出版，着实可喜可贺。

（原载《大话元王朝》，远方出版社 2010 年版）

论历史剧《蔡文姬》的主题

读罢《鸿雁》所刊发的何乃强等同志讨论历史剧《蔡文姬》的发言，不胜感奋。这种有益的讨论，将进一步活跃我区文艺批评界的气氛，有助于促进百花齐放，百家争鸣在我区实至名归。感奋之余，产生一点粗糙意见，不揣浅陋，在此谈出，以期同志们指正。

何乃强同志在发言中说："写曹操也好，写蔡文姬也好"；"都不是历史剧《蔡文姬》这个戏的主题。"什么是这个戏的主题呢？何乃强同志没有直说，但从其论述中不难看出，认为民族分裂是《蔡文姬》的主题。对此，我不能苟同。从郭沫若同志的创作意图，从剧作的情节、场景、人物关系的艺术处理，再将剧作同作者整个创作道路相联系，我认为写曹操，为曹操翻案，这是郭沫若创作的历史剧《蔡文姬》的主题。

大家知道，主题思想是文艺作品的灵魂，是寓于题材之中的思想倾向。它产生在作者生活经验中，是作者生活和艺术实践的结晶。如高尔基所说："主题是从作者的经验中产生、由生活暗示给他的一种思想，……当它要求要用表象来体现时，它会在作者心中唤起一种欲望——赋予它一个形式。"作为杰出的历史学家，郭沫若同志在阅读研究浩如烟海的史料基础上，发现曹操"这是个了不起的人"，是个有贡献的人。"但一千多年以来，一直被人看成乱臣贼子。特别是《三国演义》的歪曲程度真大得惊人，但它在社会上影响很深，根据《三国演义》改编的戏也最多，使三岁小孩都知道曹操是坏蛋。"对此，郭老深感不平，遂唤起一种欲望——

"应当为他翻案"。从对曹操的歪曲中,他看到"艺术力量的可怕",就决定利用文学艺术的形式,用形象去体现这种思想。"应当有个故事",于是乎"选了文姬归汉",这也就铸就了历史剧《蔡文姬》及其为曹操翻案的主题。作者也再三申明,为曹操翻案是写《蔡文姬》的"动机"与"主要目的","是剧本的主题"。这应当是我们分析《蔡文姬》思想的着力点,把握其成功或失败的主轴。

这个主题思想产生以后,郭沫若同志继续对史料进行思索、提炼、开掘,使之深化,这表现在剧作《蔡文姬》戏剧情节、人物性格及其关系的艺术处理上。剧作中,无论对曹操的正面描绘,还是其他人物活动的映衬,无论情节的发展,还是场景的考虑,都没偏离这个主题。在作者来看,蔡文姬是"一个典型",从她的"一生可以看出曹操的业绩",加之她正好是"才女",着意描绘这个人物的性格与命运,正便于表现曹操"文治武功"特别是"专修文治"的业绩。这样"文姬归汉"就成了剧作的主要线索。蔡文姬的多才多艺,她的饱受颠沛流离的痛苦,她的归心似箭,同曹操爱惜人才、"力修文治"的性格特征相辅相成。例如,文姬归汉后,与董祀八年没有见面。而见面时,又安排在左贤王死去三年之后。这种颇费心思的安排作者是为了不糟蹋文姬的形象,使之"免受非难",又可表现曹操赎回文姬不是专为"拆散一家",而是为了爱惜人才。再如结尾处,文姬儿子回汉,却让她女儿和赵四娘死掉了,这是考虑回来人多,说话重复。总之,没有哪个细节是着意表现"民族分裂"的。

基于上述理由,我认为《蔡文姬》为曹操翻案的主题是明确的,曹操也迥异于往常的艺术形象而立起来了。基本上说,《蔡文姬》这部历史剧作的创作是成功的。它拨正了《三国演义》及旧戏舞台对曹操的丑化、歪曲,改变了人们心目中曹操的形象,在一定程度上恢复了历史上曹操的本来面目。

由于是"文姬归汉"这一历史题材成了剧作的主线,必然涉及民族关系,一些人就力图从中开掘出"民族分裂"或"民族团结"的主题,这是不科学的。《红楼梦》、《红与黑》等小说有关爱情关系的描写贯穿全篇,但爱情不是这些作品的主题。日本芥川龙之介有篇小说《鼻子》(鲁迅译），描写一个人鼻子本来很大，大家习以为常，后来鼻子变小了，反倒引起哗然称奇；最后鼻子又变大了，人们也恢复了常态。显然，这篇小说的主题是嘲讽习惯势力的可鄙，谁也不会说它是专论鼻子的大小变化的。这种类比不一定确当，但也可说明些问题。

再联系郭沫若同志《王昭君》、《孔雀胆》等涉及民族关系的剧作，似乎可以看出他每每注意的是人物的性格刻画，而不大注重民族关系的处理问题。例如，他在《王昭君》后记中说，"我写这篇剧本的主要动机，也可以说我主要的假想，是王昭君反抗元帝的意旨"，"这点是我对于她表示绝对同情的地方。我从她这种倔强的性格，幻想出她倔强地反抗元帝一幕来"。历史剧《孔雀胆》，郭老虽清楚作品会"惊动微妙的民族感情"，但写作的当初动机也完全是出于对阿盖的"同情"，还是初步上演后"徐飞先生"替他"点醒了主题"。我想，这也有助于我们认识《蔡文姬》的主题思想是写曹操，是为曹操翻案。

总之，历史剧《蔡文姬》所着力表现的不是"民族分裂"，不是"民主分裂的悲剧"。

当然，我也赞同何乃强等同志的一种意见，即"民族团结"也不是"蔡文姬"的主题。由于郭老执着于"翻案"这一主题，并把自己一段别妇离雏的经历掀起的感情波澜注进蔡文姬性格和命运的描绘中，对于曹操、蔡文姬等人物感情上的过分钟爱而顾此失彼，显现出不足。这表现在作者以赞赏的笔调描绘了曹操对少数民族的态度。我们看到在剧本中，曹操完全以大汉族主义和民族利己主义，以封建地主阶级政治家的手腕，去对待少数民族。比如，他把尚有民族气节和独立见地，不大顺从的匈奴王呼厨泉单于，利用"朝驾"之机，留置于邺，褫夺实权，而将丧失民族气节，只知奉迎谄媚的右贤王去卑，遣回匈奴操政，"分其众为五部，各立其贵人为帅"，仍不放心，又"选汉人为司马以监督之"。这种制服与被制服，主与从的关系，正是曹操"遐迩一体"的本质含义。这样提出问题，不在于想去苛求古人曹操和今人郭老。这样的艺术处理，在一定意义上说，并不违反历史的实际。因为人物的思想行动不能超越一定社会历史的条件。无产阶级以前，历史上任何统治阶级由于历史和阶级的局限，在对待民族关系问题时,可以有策略和方式的不同变换,但万变不离其宗,不可能有事实上的平等和团结,友谊和真诚,"只有觉醒的无产阶级才能够建立各民族的兄弟友爱"(恩格斯语)。问题是我们应站在今天的高度,以正确的思想观点给予科学的鉴别。对名人的作品也不应一味盲目地推崇。以致在缺点和不足之处去挖掘"珍宝",去歌颂。《蔡文姬》中汉族和少数民族的关系状况没有体现今天理解的"兄弟关系",郭老也未运用什么"新的观点"。曹操那种对待少数民族的动机、策略更不是今天意义上的"民族团结思想",更谈不上推行了什么"民族团结"的路线。在这一点上,说郭沫若同志未摆脱传统民族观的束缚,并不为过分。在这里,一定程度上损伤了《蔡文姬》为曹操翻案的主题。说"《蔡文姬》歌颂了民族团结",是"民族团结思想的佳作",凡此种种说法显然是站不住脚的。

诚然,评价文艺作品,"不能只从创作意图和动机上去评论褒贬",还要关心作品在人民群众中产生的效果,"社会实践及其效果是检验主观愿望及其动机的标准"。我们说历史剧《蔡文姬》基本是成功的作品时,并没有忘掉这一点。在人们心目中翻了千年旧案,帮助人们正确地认识历史,评价历史人物,理解今天的生活,这就是很好的社会效果。既然有缺点和不足,自然也对社会生活会有消极影响,这可能也是郭老所始料不及的。这种动机和效果、思想和形象不完全统一的情况在文学现象中是屡见不鲜的,问题是掌握分寸。在评论时,要顾及全篇和全人,实事求是,不能从主观出发,停留在个人感情和趣味上。要振奋新时代公民的气魄和胸怀。不能因"文姬归汉"而感"不安和忧虑",更不应偏执地"加深对曹操的成见"。

顺便提及一笔,《蔡文姬》的艺术性被某些评论捧得很高,甚至可和莎士比亚戏剧的生动性相媲美。我觉得未必。由于"作者过分欣赏自己的主人公",曹操、蔡文姬等人被过于理想化了。如果说曹操这个形象有一定的个性化的话,而蔡文姬的个性则是"更多地消融到原则里去了"。

(原载《淘沥集》,军事谊文出版社 1993 年版)

在传统和现代的幽径中探寻

  《蒙古秘史》，是13世纪流传下来的珍贵典籍，列蒙古三大史书和三大文学名著之首。自19世纪中叶起，《蒙古秘史》就引起全世界专家学者的注意。中国的，俄国的，法国的，日本的；注释者，校勘者，研究者，评论者，纷至沓来，乃至逐渐形成一门国际性的学科"《蒙古秘史》学"。

  现在，蒙古族画家思沁，又把画笔触进了这部"事关秘禁，非可令外人传写"的宫廷实录，这实为有胆有识的创举。

  《蒙古秘史》人物画展，塑造了成吉思汗及其母亲、四个儿子、四大臣、四骁将、四皇后等形象的壁画、丙烯岩画、水墨画和白描六十幅。"一花一世界，一叶一如来"，这六十幅图画中个性鲜明、情态毕现的人物，一动一静，韵在其中；一幽一怨，含蕴无穷；都形象生动地再现了这些人物的性格特征，表现了这群叱咤风云人物当年的际遇，作为及其相互关系。反映了12世纪至13世纪蒙古草原的政治、经济、军事形态及风土人情。这样专题性的史诗性的美术展览，无疑为人物画的发展繁荣拓出了新的路径。

  成吉思汗是画家着力表现的主要人物。这位曾经震动世界、为中华民族的发展做出杰出贡献的人物，表现在画面上是"出类拔萃，眼神如火，容颜生光"。画家在历史真实性的基础上，站在现代意识的高度，以民族的眼光，阅读研究了大量的史料和传说，鉴别汲取了古今中外对于成吉思

细节激活历史

汗的评说,充分调动艺术想象力,取精宏,寄远意,在成吉思汗的形象中注进丰富的内涵。在成吉思汗如火光般犀利的眼神中,闪现着智慧、镇静、深邃的光芒;在生光的容颜上,凝集着祥和、通达、坚毅的乐谱;在人和马的统一风格中,所映现出的成吉思汗形象,不仅有武功,而且有文略,不但是能征善战的军事家,而且是能治国安邦的政治家,这都挥洒了扶偏匡俗的艺术效果。特别是,画家把对成吉思汗的刻画,是放在长城南北、塞内疆外、科技、文化、物资和货币等方面交流的背景下进行的,这突出地表现了成吉思汗是历史的骄子,他代表了新的生产关系和社会制度。正是由于顺应了历史的趋势,成吉思汗的雄才大略才得以发挥,才取得了成功,从而反映出画作鲜明的社会性和现实性。

成吉思汗的四个儿子术赤、察合台、窝阔台和拖雷,是成吉思汗的左右军将领,为他奠定大业、攻打天下立有功勋。在画面上这"四王子"情态各异的形象蕴含着丰富的内涵。长子术赤的格外高大醒目的武器,意在突出他能征善战,功高勋重。术赤忠于职守,披肝沥胆,既善战,也能苦战,他征伐于贝加尔湖畔立下殊勋。然而画面上他那奇特的眼神,却显示了他那非凡的际遇。就长子的地位和建树而论,术赤是汗位的当然继承人,但汗位却落到三儿子窝阔台身上。其根由在于术赤实际上不是正宗血统。他是母亲孛儿帖被蔑尔乞惕抢走而受孕归来后所生。这正是《蒙古秘史》的秘密之一。对于术赤的素养、作为私生子而产生的复杂心志,在画布上得到淋漓的表现。他那奇特的眼神,显示出他居功而不自傲,他同众兄弟有着情感上的间隔,又不甘心被排斥在皇族之外,同时又能识大体、顾大局,从人到马都表现了谦和大度的情怀。这种艺术处理是在忠实于原作的基础上,渗融进强烈的主观色彩。至于次子察合台的性如烈火,三弟窝阔台的城府在胸,四子拖雷的稚嫩软弱的性格特征,也都得到活脱的表现,对比得十分清晰。

被誉为"四匹骏马"的四大开国功臣孛斡儿出、赤剌温、木华黎和孛罗忽勒,是成吉思汗创业立国的台柱。成吉思汗可没有"飞鸟尽,良弓藏",而是对他们委以重任,始终信赖。成吉思汗曾对他们说:"当今国内平定,多亏尔等出力。我同你们的关系,犹如车有辕轴,体有臂膀"。可见这"四杰"对于成吉思汗的分量。人物画展中,这"四大臣"好像四座铜的雕塑,充分显示了他们在成吉思汗功业中的坚实地位和力度。

在成吉思汗幼年时期父亲死于塔塔尔人之手以后,孤儿寡母相依为命,在荒野过着贫困苦难的生活。成吉思汗顽强不屈的性格和这段生活是有关系的,特别是母亲诃额仑的贤明、智慧和善良对成吉思汗影响很大,母亲是成吉思汗的启蒙者。在这方面,《蒙古秘史》中有很多生动具体的描述。所以,"成母教子"便成了《蒙古秘史》人物画的重要部分,反映了母亲对成吉思汗的谆谆教诲和儿子对母亲的尊重和顺从。诃额仑是典型的蒙古族母亲的形象,在她身上体现着蒙古族妇女的传统美德。成吉思汗也以孝顺著称,一生未曾违抗过母亲的旨意。

此外,画展对于成吉思汗四个骁将(四狗)、四位皇后及其他有关人物,都抓住其典型特征,粗线条地勾勒出他们的性格面貌和地位作用,显得栩栩如生,毫不雷同。

当前,是我国美术事业最繁荣的时期,风格流派纷呈,画坛多彩多姿。思沁的《蒙古秘史》人物画展,不仅帮助人们进一步认识了《蒙古秘史》,了解了成吉思汗群体和集团的业绩,同时也拓展出人物画的新领域,在传统与现代的幽径里,寻觅到一个新奇的角度。思沁刻苦自励,孜孜以求。他在尊重传统的同时,也敏于创新,善于吸收中外有益的现代美术手法。《蒙古秘史》人物画展不仅表现了丰富的历史内容和思想价值,在绘画的形式和技巧方面也有新的探索和突破。

作为生命隐秘的启示,任何民族都有自己的宗教理念、有独特的心理建构和文化传统。《蒙古秘史》人物画展,尽管因不同人物和场景以及不同角度,采用了不同的技法,但是在总体上体现着鲜明的民族特色和地方特色。传说中蒙古民族是光、电产生的民族,还有苍狼、白鹿的说法。蒙古民族在历史上逐草木而生,打起仗来是天高地阔,任意驰骋。所以,蒙古民族一向有敬天祭地的习俗和佛教文化的神秘色彩,而在哲学理趣上则无边无际。这样,中国传统绘画的手法,很适宜表现蒙古民族的历史人物、民族精神和意境。作为蒙古族画家,思沁在运用中国传统画法的同时,渗透融进蒙古民族的观念和精神,因而使得整个绘画挥洒着开阔而神秘浪漫的色调。

内蒙古是岩画的故乡，丰富多彩的岩画表现了游牧民族的生产、物质文明、生活方式、心理特征、宗教习俗的生动景象，岩画这种形式自然正适宜于《蒙古秘史》这类题材的表现。人物画展的主线，所采用的正是岩画的形式，有五幅丙烯岩画、祖先、畜牧、狩猎、宗教战争等画面表现古代蒙古人的特有的文化现象。所以从内容到形式，和谐统一，别有情致。另有二十一个人物的表现，采用的是水墨画形式，作者刻意追求的是立意和意境，用笔坚韧、敦实、浑厚，人和马的雄姿和力度都得到充分的展现。还有十九幅表现"千夫长"和反对派人物的画，运用的是白描手法，观赏起来简单明了。

《蒙古秘史》人物画展，在内蒙古文艺界和学术界，引起广泛热情的反响。相信思沁在传统和现代的探索中会建树更新的业绩。

（原载《中国美术》1988年第5期）

草原文坛溢新彩

在第二届全国少数民族文学创作评奖中，内蒙古自治区有十四位作家获奖。这其中有七位作家的九部小说（包括荣誉奖）。他们是：鄂温克族作家乌热尔图的短篇小说《一个猎人的恳求》、《七岔犄角的公鹿》、《琥珀色的篝火》，蒙古族作家白雪林的短篇小说《蓝幽幽的峡谷》，蒙古族作家扎拉嘎胡的长篇小说《草原雾》，满族作家江浩的中篇小说《冷酷的额伦索克雪谷》，蒙古族作家哈斯乌拉的短篇小说《虔诚者的遗嘱》，蒙古族作家力格登的短篇小说《生活的逻辑》，鄂伦春作家敖长福的短篇小说《猎人之路》。这些小说同其他各类获奖作品一样，代表了我区各少数民族文学创作的水平，也体现着全国少数民族文学创作总的水平，为草原文坛增添了光彩，带来了喜气。我们谨向获奖者表示热烈的祝贺。

这些得奖小说，都是在1981年到1984年之间创作发表的。从这些作品中我们明显地感到，随着时代的前进和生活的发展，"伤痕文学"和"反思文学"的高潮已经过去；描绘新时代的画卷，探索新时代的人生，反映和歌颂新的斗争业绩，已开始成为文学创作的主调，这些作品在民族特点、地区特点和时代特点的结合上，迈出了新的步伐，取得了可喜的成果。《草原雾》描写的是蒙古族第一代钢铁工人和知识分子，在建设现代化钢铁企业过程中的斗争和生活。《一个猎人的恳求》、《七岔犄角的公鹿》、《琥珀色的篝火》等作品，宛若一曲曲鄂温克人心灵美的颂歌，读来使人心醉，启人深思，促人向上。乌热尔图和他的创作闪烁着鄂温克民族精神的火花。江浩的中篇小说《冷酷的额伦索克雪谷》，以社会和自然为真实的氛围，通过索德纳木和"江苏人"作为和命运的描写，展现了新生活中色彩独具的纠葛和矛盾。敖长福的《猎人之路》，则是反映了居住在我区的另一个少数民族鄂伦春人，在时代大潮的冲击下，对变革中生活的思索，对美好未来的憧憬。

当前，有人提出文学是"心学"，也有人说文学就是"表现自我"，等等。这些提法，倘是对极"左"的否定，强调文学的多样性和丰富性，强调现实主义文学之路应该拓宽的话，那也不是没有道理的。但如果是否定"文学是人学"这个命题，否定马克思主义的典型学说，那就失之偏谬了。人，不光有心，还有血有肉有骨头的。人，没有孤立的，也没有超然物外的。这次获奖的作家，取得成功的一个重要原因，是他们步履坚实，在现实主义大道上进行执着的追求，顽强的探索。他们既学习借鉴古今中外优秀文学中有益的思想和艺术营养，但不怀古和复旧，展示历史的陈迹，也不为某些"西方模式"所左右，束缚自己的手脚。他们不去在"性心理"和无限的走向自我中去寻求人的价值，不把人的意识和行为，看作是与社会、与他人无任何联系的孤立现象。而是把人放在发展的生活中，放在具体的人群里来描写的。所以，在他们得奖的作品中，形象无苍白干瘪之感，也没有无病呻吟者。因而，这些作品在表现丰富生活内容和鲜明时代精神的同时，在审美眼光、结构方式和语言技巧等方面，都体现着传统文化的素养和特色。《草原雾》中众多的人物形象，都是血肉丰满实实在在的人。在他们身上都刻着时代的印记，体现着现实的本质。他们是各自独立的，却又是互相依赖的，他们的性格，是在他们相互纠结制约中表现出来的。《虔诚者的遗嘱》中的老葛根，是个虔诚善良的形象。他生前笃行各种善事，直到弥留之际，还关心着草原上那棵象征着幸福祥和的老榆树，祈望着牧业的兴旺。这位虔诚者，尽管带有宗教色彩，但比之某种嘴上挂着革命和科学，却有很多卑行劣迹的人，不是可贵得多吗？这里体现着作者对于一个生活层次的思索和发现。《生活的逻辑》中的吉尔格拉巴图，是个现代感、立体感很强的人物。20世纪30年代《二月》中的艺术形象肖涧秋，是个衣履尚整，徘徊海滨，稍有沾湿就狼狈起来的人物。吉尔格拉巴图是80年代衣着入时，灵魂空虚，略加碰撞就会破碎的玻璃。他感受不了生活中任何美好的事物，不相信有什么理想和信念，藐视一切纪律、规范、义务和责任。他把他人救死扶伤、助人为乐的行动，看作是"出风头"，贬为"疯疯癫癫"；甚至在脑际翻滚着"干吗要救病人，死一个不就少一个"这样的恶念。他志大才疏，不学无术，无胆无识，别说助人，连基本的自助能力都没有。结果，被一群恶狼搞得血肉模糊，险些丧命，还是得救于平素他不屑一顾的人们。生活，理应对吉尔格拉巴图这种人，给予必要的惩罚。不学无术，难以助自己，何以助人助社会！《琥珀色的篝火》，一字一句有深意，一举一动见真情，在质朴的叙述和细致的描绘中，刻画了猎人尼库的鲜明形象，歌颂了鄂温克人勤劳智慧、舍己助人的崇高品格。

"足未满足，处于高处寻高处；步不停步，行已远行还远行"。衷心祝愿获奖的作家们，在新的征程上，同时代保持同步，面向生活，面向草原，并同我国其他兄弟民族乃至世界文化的发展，保持密切的横向联系，再攀新的艺术高峰。

（原载《淘沥集》，军事谊文出版社1993年版）

艺术的折射与哲理的回观

内蒙古的作家队伍，是个多民族、梯队形、多层次的队伍。中青年作家，作为这支队伍的重要成分，代表着内蒙古文学创作的未来。这些文坛新秀，大多四十岁左右，上过山，下过乡，都在"文研班"或其他高等院校深造学习过，是敏锐多思，躁动活跃，追踪时代，勇于创新的一代。他们的创作，题材新，立意新，手法新，不拘谨，不落套。就总体来说，他们的创作较之兄弟民族的同龄人，不但并不逊色，而且有特殊的光亮之点。

近年中，内蒙古的中青年作家都在区内外的各种报刊上发表过质量较高的中、短篇作品，如《七岔犄角的公鹿》、《瞧啊！那片绿叶》、《琥珀色的篝火》、《虔诚者的遗嘱》、《生活的逻辑》、《蓝幽幽的峡谷》、《马蹄耕耘的土地》、《猎火》、《北方的囚徒》、《冷酷的额伦索克雪谷》、《斗二闲话》、《墙》等，大部分在全国各类评奖中获过奖，有的改编为电影，有的在《新华文摘》、《小说选刊》上选登过。这些优秀作品，在题材、主题或立意上都是多层次、多棱角的，概括起来有两方面的突出特点。

第一，探寻、发掘和反思民族文化心理的潜流，艺术地折射新时代新生活的异彩。内蒙古的文学创作，近年出现一种新的审美倾向，既从过去对生活单纯的赞美讴歌，到开始看到一些负担、包袱，出现了"忧患意识"、"自省意识"这主要体现在青年作家的创作中。但在这方面的描写和表现上，他们能够抓住各个民族突出的优点和珍贵的特点，而不着眼于缺

艺术的折射与哲理的回观

点和弱点。因而在他们的创作中，不赞美远古的荒凉，不欣赏初始的拙朴，不渲染病态的陈迹。他们敬重和理解先辈的业绩和传统，但不沉迷怀旧，总能用今天或明天的眼光去鉴别和融会。

鄂温克族青年作家乌热尔图在这方面是很有代表性的。他的《一个猎人的恳求》、《七岔犄角的公鹿》和《琥珀色的篝火》，夺得全国短篇小说创作奖。乌热尔图认识到，鄂温克这个山林中的民族，是跨越几个历史阶段直接进入社会主义的，所以至今仍保留着自己的经济文化类型，拥有独特的民族文化积累和艺术传统，而且这将有很长的历史延伸性。在此基础上产生的观念、意识等，表现着浓重的心理延伸性。乌热尔图矢志于发掘并通过文学创作，形象地提供鄂温克民族生活的整体特征。同时，他通过深入猎乡，认真准确地观察把握现实生活中鄂温克猎民的心理素质、审美观念、风俗习惯和自我意识的差异性。另外，乌热尔图的审美意识绝不是封闭的，他十分注意从横向和宏观上感受理解整个中国的经济、政治和文化形势，感受理解最先进的思想潮流，并用这方面的感悟来鉴别和评价民族文化意识的历史和现状。因而他的创作既现实，又富于理想；既科学，又开阔。乌热尔图创作态度严谨，没有轻薄气，不求多而务精，不图快而求准，整个创作充溢着鲜明的民族特色和地区特色，挥洒着深沉的现实感。他的中篇小说《雪》，采用第一人称的独白形式，通过古老与现代，神秘的哲理与美妙的诗情，回顾与憧憬，静与动的交叉多变呼吁今天的人们，要科学地调节人和自然的关系，要用科学的自然观规范自己的行为，珍爱生态环境，维护生态平衡。启示人们省悟到，从历史的眼光出发，用时间的尺度衡量，在森林快速减毁，野生动物濒临绝迹的今天，那种从猎人先辈那里承袭下来的勇敢和顽强的精神，再施于今天的动植物身上，已是不值得赞许的愚蛮了。这是多么深邃的"内省"。

蒙古族作家哈斯乌拉的短篇小说《虔诚者的遗嘱》（获第二届全国少数民族文学创作奖），掀开生活的一角，以一个老喇嘛的眼光来透视生活，从一个新颖的角度展现草原的枯荣，生活的沧桑，歌颂了改革开放给牧民带来的富裕和喜悦。作品中的老葛根，是个感人至深的善良者。生前他笃行各种有益的规范和善事，直到弥留之际还念念不忘那棵象征着幸福和吉祥的老榆树。"任何民族都有自己的神话,自己心理建构的原型,作为生命隐秘的启示,以点石生辉"。这老葛根的形象,尽管带有一层宗教色彩,缺乏科学家的逻辑,也没有先哲的训导,但他在辽阔草原的风风雨雨中悟出的神秘哲理,他心灵深处的珍贵特质,如,要爱惜自然,爱惜生命,要行善做好事等,同科学中有价值的东西,同大千世界美好的信念和素养,总是相通相连的。对于善良的蒙古族老牧民来说,老葛根形象的典型性是很强的。"在人的天国里,善良总会是神圣的主宰"。这种思想意义在哈斯乌拉的另一部短篇小说《乌珠尔河的呼唤》里,也有鲜明的体现。

蒙古族青年作家鲍尔吉·原野的短篇小说《白色不算色彩》、《别喝那碗白酥酒》、《带点儿棕色的黑眼睛》等作品,通过对民族传统心理深入的开掘,高层次的思考,寄托了对美好未来的向往和追求,体现着浓郁的浪漫色彩。

此外,阿尔岱、蒙根高勒等人的诗作,也鲜明地体现出这样的思索意向。

第二,从外在的民族生活转向内宇宙的探索,用哲理的眼光审视过去的生活,剖析五光十色的新生活,表现人们精神世界的丰富性和复杂性,揭示新的历史条件下新型的人际关系和人们心灵的拓展和丰富化。

蒙古族青年作家白雪林的短篇小说《蓝幽幽的峡谷》(获全国短篇小说创作奖)中的人物扎拉嘎,是个立体感、现代感很强的人物。过去有些作品常常给人一种印象,似乎善良的人、老实的人、正直的人总是一种弱者的形象,好像诸多美德同强有力是对立的。这篇作品中的人物扎拉嘎却不同,他是一个具有丰富感情的人,是个正直善良的人,又是一个强者的形象。扎拉嘎的形象,是个既有民族特征的人,又是具有我们这个时代特征的人。作品写出了这个时代人的感情、性格和命运。

满族青年作家江浩近年创作发表的中短篇小说,如《北方的囚徒》、《冷酷的额伦索克雪谷》、《雪狼和他的恋人》等,都重在写人,写人的道德观、复杂心态和哲学理念,探索心灵的奥秘。《冷酷的额伦索克雪谷》通过一位"江苏人"在草原的经历,揭示"误解有时比恶意还要误事"这一生活哲理,感人肺腑地呼吁人与人之间要相互理解和友爱。理解和同情,是生活中一股清流,是维系人与人正常关系的一根筋。在《冷酷的额伦索克雪谷》中,读者会看到"理解"撞击的火花,看到"理解"融化了冷酷的冰雪,拯救了一个人的肉体和心灵。

汉族青年作家邢原平的短篇小说《街头印象》、《墙》等,通过一些生活小事,反映了现代人的内心世界,揭示新时期我国政治生活、家庭生活的变化和趋势,赞扬了生活的美和人情的美,表现了人们心灵的拓展。

值得注意的是,内蒙古一些青年作家,像乌热尔图、阿尔泰、邓九刚、白雪林、肖亦农等,开始摆脱文学的困惑期,在题材和美学追求方面开始有了明确、稳定的方向,不会轻易随雨逐风地左右摇摆。

阳光灿烂,草原宽阔,土肥水美。随着时代生活的发展,内蒙古的青年作家会更快成长、成熟起来的。

(原载《淘沥集》,军事谊文出版社 1993 年版)

比篝火更红的诗情

——读《琥珀色的篝火》

鄂温克族青年作家乌热尔图，是我国北疆文坛上的一位新秀。他步履坚实，从不左顾右盼，在革命现实主义大道上诚笃思索，顽强奋进。他责任感强烈，创作态度严肃，不求多而务精，特别注重作品思想和艺术的质量。他创作发表的作品，产生了积极而强烈的社会影响，有多部作品在全国和内蒙古自治区评比中获奖，如《瞧啊，那片绿叶》、《一个猎人的恳求》、《七岔犄角的公鹿》等。新近发表的短篇小说《琥珀色的篝火》（原载《民族文学》1983年第10期，《小说选刊》同年第12期转载），是乌热尔图的又一篇佳作。这篇作品宛如一曲鄂温克人心灵美的颂歌，读来使人心醉，启人深思。

《琥珀色的篝火》着力刻画的人物是猎人尼库。他经验丰富，意志坚韧，具有崇高的责任感和舍己为人的可贵品质。然而，作品之所以焕发出那样醉人的美，是和作者刺绣般的艺术功力分不开的。恩格曾经说过："一个人物的性格不仅表现在他做什么，而且表现在他怎样做。"作品一字一句有深意，一举一动见真情，把尼库的性格在质朴的叙述和场景描绘中，真切鲜明地表现了出来。

尼库带着儿子用驯鹿驮着病危的妻子，走在又高又密的松林里，准备到城里去求医。正在他焦虑不安之际，发现有人迷了路，面临着冻饿而死的危险。这是个很大的矛盾，怎么办？在其妻子的理解和支持下，尼库毅然离开妻子,以山林主人翁的责任感和智慧,把三个迷路的人从死亡线上拉了回来。直到儿子跑来,告诉他妈妈已处于弥留之际,正等着见他最后一面的时刻,他还是挂念着那三个人,关注地"回头望了望","知道那些迷路人很快就会找到自己的帐篷",才觉得踏实了。在正常情况下救人于危难,这已经是可歌可敬的。而尼库的救人,是在自己面临危难,是在自己重病垂危的亲人需要他守候在身边的特殊条件下。这就使尼库高尚的心灵和可贵的精神得到进一层的升华,从而加重了作品的思想深度。

尼库的行为完全称得上英雄壮举。然而他又很平凡,同大家一样是有血有肉的普通劳动者。他很爱自己的妻子,"他和她一起过了这么多年,从来也没觉得她难看。可现在,谁都感到自己老了,到了更加难离难舍的年纪了"。"他把目光投向妻子","轻轻地抚摸着她那变得粗糙和松弛的脸,心里的血变得热乎乎的"。可见他对妻子的爱是温柔的,是深沉的,是执着的。因而,当他发现有人迷路的时候,陷入了极度的矛盾之中。但他的感情世界是丰富多彩而又层次分明的,轻重缓急的意识是清醒的:迷路的"是三个人呀",而且这"三个穿着野外作业服的陌生人","也许为干件大事儿,甘心来冒这么大风险"的。所以,他决定牺牲一个——自己的妻子,去救助三个——远方的陌生人。这是简单的算术,又是复杂的"心理"微积分;这是容易掌握的逻辑,又是难于企及的精神高度。这是具体实在的光芒四射的思想火花。如果没有深厚的生活基础,缺乏对现实生活的正确理解,只会躲在屋里闭门造车,或者无限制地"走向自我",是写不出这样美的文学的。

美的文学是时代的镜子,是生活的窗口。居住在我国东北兴安岭林区的一万三千余名鄂温克兄弟生活风貌是怎样的,具有什么样的精神和智慧、追求和向往,乌热尔图的作品做了真实形象的展示,可资读者去了解和认识。猎人尼库是凭着"一条野鹿走过的小径,当成小路"的同时,他凭着"他们的一滩屎",知道他们已经断水断粮了。他又凭着"足迹","揣想出那几个可怜的迷路人准是在绕一个山包转圈","处境很危险"。总之,尼库熟悉山林的一草一木、一土一石,并从其细微的变化中,感知大的风云,就像城里人熟谙饭馆、商店、红绿灯、救护车一样。他是高山的骄子,森林的精灵。无论是燃篝火、搭帐篷,还是烤饼、炖肉,他都是出奇的干练、利落。《琥珀色的篝火》就是一幅绝妙的鄂温克人生活的风俗画和风景画。

末了,想顺便替猎人尼库鸣一鸣心中的不平。山里人进城来,看着他们"穿着渍满血污的猎装",请不要用另"一种眼光盯着",或者躲起来,要耐心地给他们指路。他们"走进招待所",不要像某些服务员那样,扭歪了"小鼻子",捂住了"大嘴"。心诚意挚地尊重劳动人民,热爱劳动人民,讴歌劳动人民吧!

(原载《淘沥集》,军事谊文出版社 1993 年版)

呼唤正直透明的灵魂

蒙古族作家力格登的短篇小说《生活的逻辑》（原载《花的原野》，汉译稿刊于《民族文学》）。以"春秋的笔法"，热烈的激情和生动的语言，塑造了吉尔格拉巴图等一系列鲜明活脱的人物形象，体现了作者对现实生活的深刻思索，令人回味，启人深思。此作品在民族特点、地区特点和时代特点的结合上，向前迈进了一大步。

小说中的吉尔格拉巴图，是80年代衣着入时，灵魂空虚，略加撞击就要破碎的玻璃球。他恰似一面镜子，折射着我们这个对外开放、对内搞活时期某些青年人的精神面貌。吉尔格拉巴图有"高高的个子，宽宽的肩膀，发达的肌肉"，留着"男不男，女不女的长发"，戴着"宽边墨镜"，穿着"大喇叭裤"和"鸭绒短大衣"。他不学无术，不受任何约束，但不是流氓；他不务正业，不伦不类，但不是小偷。他的人生观迷离，精神力量贫弱，认为生活的全过程不过是吃喝玩乐而已。他虽然不是流氓和小偷，但对于生活中美好和崇高的东西，却是绝缘的，难以感受和领略，自然也不会去追求。"他的心情，总是冷冰冰的"，只知憎厌，不知热爱。对朋友，对同事，甚至对自己的父母，都是不亲不热；对学习，对事业，对工作，更是淡然处之。他藐视一切秩序、纪律、规范、责任和义务。对那飘逸多彩的行云，坚实美丽的榆树，排成纵队的山羊，他都要感到一种莫名的厌恶，甚而在脑际翻滚着"干吗要救病人，死一个不就少一个"这样的恶念。他自鸣得意，志大才疏，仅凭自己沙塔般的哲学和虚幻的清高感游荡在生活中。支离破碎的灵魂,徒有其表的肉体,使得吉尔格拉巴图非但无以助人助社会,连起码的自助能力都没有。结果被一群恶狼搞得血肉模糊,狼狈不堪,险些丧命,最后还是得救于他平素所不屑一顾的人们。生活啊,生活,理应对这号人给予必要的惩戒!

培根说得好:"似是而非的谬误有时令人愉快。假如一旦把人们心中那种种自以为是、自以为美的幻觉,虚妄的估计,武断的揣想都清除掉,就将使许多人的内心显露出原来的是多么地渺小、空虚、丑陋;甚至连自己都要感到厌恶。"(《培根论人生》),而吉尔格拉巴图就属于这一类人。幸运的是,他经历一番劫难之后,没有沉沦下去,而是开始感到了悲伤、羞愧,树立起强烈的自新意识。他经过痛苦地思索,特别是通过心灵美好高尚的查森莲花的感化,他开始领悟到"人的美好不在于相貌,而在于心灵"这句话的分量。他决心脱掉自身无用的表皮,重新学步,为尽快成为生活中积极自觉的一员而奋发。

文学形象的重要价值在于认识,通过真实的鲜明的形象认识人,认识自己,认识社会,认识时代,从而为生活提供必要的启迪。经过思想理论的拨乱反正,通过批判蒙昧主义和文化专制主义,通过对外开放和对内搞活,我们的生活呈现空前生动多彩的局面。千百万青年摆脱了精神上的压力和束缚,焕发出无穷的才智,在各行各业中,脚踏实地,刻苦磨砺,奋发有为。但同时也有极少部分青年,理想和信念很淡薄,虚无主义情绪浓重。这些人只知道向社会、向他人索取,不懂得人生的价值在于贡献;只追求绝对的自由,不承认社会应该有必要的规范和纪律,有的青年整日耽于幻想和玩乐,不知道生活和创业的艰难,忘掉了丰富自己的精神,充实自己的才干。这种人往往夜郎自大,善于躲在一己的小天地,不是自吹自擂,就是怨天尤人,感受不到生活中积极向上的人和事,所以人生观往往是低调和灰淡的。吉尔格拉巴图的典型性正在于此。这从反面警醒人们,中国当代青年需要有文化,有知识,有才干,更需要有理想,有道德,有情操,这就是短篇小说《生活的逻辑》之立意所在。

(原载《淘沥集》,军事谊文出版社 1993 年版)

愿天下猎枪都颤抖

乌热尔图的中篇新作《雪》(刊于《钟山》1986年第4期),写的是捕鹿的故事。同他以前的作品相比,《雪》在艺术表现和审美追求上又有新的变化。

作品中的老猎人申肯,对森林猎场的草木山石、飞禽走兽、风云雷电,既熟悉又富于深厚感情,既尊重又怀有惧怕心理。他使用过水连珠、三八、七九,也知晓上辈儿人用过的别力弹克、双手攥火枪、扎枪、地箭,更精通各种打鹿的门道。构成老猎人申肯性格特征的,是旧有和谐的裂变,是剧烈碰撞中闪耀的火花。当他目睹青年猎手伦布列、多新戈对野鹿穷追猛打时,他以近乎忏悔的语调,尽力赞美野鹿的机灵、良善和美丽,颂扬公鹿的倔强和顽强,可怜母鹿怀胎和生育的艰辛。他还反复吟诵着《母鹿的歌》:"我的孩子,记住吧,两条腿的人呐,让我的眼睛流泪。两条腿的人呐,让我的心淌血。"这刺绣般的描绘,这悲惋的歌吟,表现了野鹿的可爱和可怜。森林的快速减毁,猎物的濒临绝迹,野鹿之美对人间的点缀,还有申肯独特的心态和话语,构成一种特定的氛围。在这样的氛围中,伦布列、多新戈等青年猎人,从父辈那里承袭下来的勇敢和顽强,那就不再是值得称赞的了。猎人出身的作家乌热尔图,矢志于探寻鄂温克狩猎文化的根,却绝不赞美远古的荒凉,不欣赏初始的拙朴,不渲染病态的陈迹。他尊重和理解先辈的业绩和传统,却不沉迷怀旧,总能用今天的眼光去鉴别和发掘那些有美的价值的潜流。作品《雪》中通过老猎人

细节激活历史

申肯，对鄂温克传统文化中美的开掘和再现，同现代科学的自然观和生态理论是交叉的，同时代的强烈呼声紧扣节拍。

申肯头脑中装着无数古老的梦想、传说和神话。其内核就是对自然的敬畏，就是要"遵守该遵守的，信奉该信奉的，爱护该爱护的"，否则就要倒霉遭殃。例如，有一家的孩子被火堆烧伤了手，他母亲性急火起，操起猎刀在火堆里乱戳乱捣。第二天清早升火时，大家"围着火堆又是吹，又是扇，又是哄，又是敬，可火堆真象死过去一样，一点儿火星也不冒，黄烟里发出一阵揪动人心的哭声，结果，横七竖八地冻死一堆人"，这是伤害和惹怒了火神。猎手西勒格，在不该打鹿的时节打死三条母鹿，因而瞎了一双眼。猎手沁木热打死三头不该打死的小鹿崽儿，落得个猎枪走火自毙。再例如，"太阳升上山顶，晒干了风婆的头发，风婆甩甩头发，刮起大风，雨婆送来大雨，草绿了，鹿吃了绿草，游过小河，沾湿磨石，磨石磨快斧头，斧头砍倒松树，松树架成堆，傻瓜总算升起一堆火。"等等。"任何民族都有自己的神话，自己心理建构的原型，作为生命隐秘的启示，以点石生辉……"申肯的这些充满神秘色彩的故事里，的确隐含着独特的美学价值和科学成分。

珍爱动物，保护自然，愿天下的猎枪都颤抖，这就是《雪》中的真谛。

（原载《淘沥集》，军事谊文出版社1993年版）

略论短篇小说《莹莹》中的莹莹

正如"阿Q精神"还没死一样，现实生活中还会有于连·索黑尔的影子。所以说是影子，是因为莹莹和于连虽有相似的性格特征，但他们各自所处的时代、社会乃至人际关系都不同了，他们的遭际和命运的性质有着本质的区别，他们是不能完全加以等同的。莹莹是钉鞋匠的女儿。不管是什么"匠"，从政治、法律和道义诸方面来说，在我们的社会都应该是平等的。只要不是自己盲目自卑，绝不是低人一等的。然而莹莹却没有这个基本觉悟和气节，认为自己的出身是"丢人"的。父亲为她的"全优成绩喜不自禁"，但由于强烈的虚荣心驱使，莹莹死命劝阻，不让跛脚的钉鞋匠父亲去开家长会，更不敢和父亲一同走回家。她虽有较为聪颖才智和"上进"的欲望，但"在她本来应该让人称道的执着的追求后面，有一种让人忧虑和不安的东西"。这个"东西"是什么呢？

可以说就是"于连精神"。她的一切努力，完全是为了自己得到个"幸福之神"，为了"光宗耀祖"。她的心灵空虚阴暗，信奉的偶像是于连，"为着某个目的，可以不择手段"。她对不正之风虽有一定看法，却是从自我出发的，不是站在大众人民的立场，不是出于正确的信念。她对不正之风不加任何抵制，而是穷思竭虑地钻空子、借点光，希图顺着不正之风达到个人目的。她待价而沽，什么都可以出卖，特别是善于利用自己是女人"这个本钱"。为了考上大学，可以让人吻；为了分配到好工作，可以和人同居。为了达到出国的目的，可以和"某一位外国留学生非法姘居！并且不顾组织的再三劝阻,执意要和那个人结婚。而为了钱,她甚至尝试出卖某些她可以搞到手的国内情报"!因而必然地受到了应有的惩罚。

《莹莹》这部小说,不是悲剧,可以说是一部讽刺喜剧。它将莹莹这个无价值的灵魂撕破给人看,警醒某些人扔掉某些陈旧观念和逻辑,用新的眼光看待今天的新生活。"盛世无遗才",以莹莹的条件而论,如果走得正,行得直,自然也会有光明的前途,但她却怀着阴暗心理走向了邪路,这完全是咎由自取,辜负了时代。她从反面警策人们,在我们的时代,在我们的社会,靠不正当手段去谋取个人目的,只能为时代所抛弃,为人民群众所厌恶。

莹莹灵魂之丑、之污,与作品另一个形象文文的对比中,显得更其分明。文文虽是个司令员的儿子,但他认为"司令员"和"司令员的儿子"是两个概念,他们之间是绝不能等同起来的。只有使自己充实起来,才是赢得社会永久承认的最可靠的做法。他刻苦学习,勤于上进,有丰富的精神追求和清醒的理智。别人引介的姑娘,尽管门当户对却把"契诃夫"引申为"妻克夫"来胡诌,要么把"白昼之恋"或"别的什么录像片挂在嘴头,分泌完全部唾液"。这种文化方面的残缺和精神上的丑陋,使文文极其反感。他坚定地履行自己选择伴侣的誓言:"志同道合"。正因为如此,当莹莹闯入他生活的当初,曾为她所折服,并暗下决心,如果和她"会建立那种恋爱关系的话",他不会屈服于任何压力。虽然莹莹是他考研究生的直接"竞争的对手",他还是无私地把珍贵的参考书让给她先看。在录取时,文文"不希望自己成为某种恩惠的受益者,一种不光彩的角色",抵制不正之风,放弃自己录取的机会,使莹莹考上了研究生。而莹莹呢?她以前曾有过的殷勤和热情,都不过是一种手段,她成为研究生,"历史任务"就算"很好地完成了",就再也不来文文家了。这是对高尚纯洁感情的多么可恶的愚弄和践踏。这不是聪明,这是鬼精。所以,虽"有效",却极其有限,而且十分危险。莹莹就是这样鬼来精去,一步步滑入了时代的垃圾坑。文文和莹莹,一个光明,一个阴暗;一个高尚,一个卑污;一个美,一个丑;一个可爱,一个可恶。这在作品中表现得十分鲜明,这是形象本身的意义,它超出了作者的倾向范围。

莹莹之所以在学业上取得一定成绩，这和时代社会，和师长亲友是紧密相关的。在莹莹复习功课时，是"王老师"辛勤地天天帮她解题，疏导鼓励，说她"水平还可以"。莹莹虽然没有什么"门路"，但她投出去的稿子还是有了着落，编辑来信说"拟用"。同学和老师们都为她高兴，系墙报上还热烈地评论她的处女作，赞誉她是"小荷才露尖尖角"。她的同学萍萍不以卖冰棍是丢面子的事，而且"卖完冰棍儿就学习"（这是个很可爱的形象）。正是这位萍萍抢先告诉莹莹，大学招生制度改革了，要择优录取，还夸奖莹莹有先见之明。并且邀她一起复习功课，鼓励她争取考上大学。这么好的时机，这么明的路，这么多的光，这么多的热，都遭到莹莹冰冷的漠视。她把一切都归结为"个人奋斗"，都看作是个人努力的结果。招生制度改革了，她已经考上大学了，却依然笃守"学好数理化，不如有个好爸爸"这个过时了的、崩溃着的逻辑。莹莹的确是个令人厌恶的80年代中国新生活的丑角。

作为青年作家，尚静波同许多青年一样，有着丰富曲折的经历。他下过乡，当过教师，上过大学。他有严肃的生活态度和敏锐的艺术眼光。近年来，他勤于耕耘，写出很多作品，活跃于文坛，如《斗二闲话》、《篮球市长》、《"大兵厂长"布尔固德》等。他的作品的突出特点是紧密联系现实生活，紧扣时代脉搏，从不同侧面反映了他对新生活的关注、寻找、思考和开掘，寄寓他的生活理想和情怀，充溢着对新人的礼赞，思想倾向是健康深沉的，格调是积极向上的。在创作方法上，他既坚持现实主义的传统，又在艺术表现上刻意求新。他遵从现实主义的创作规律，力图按生活的样式真实地描写生活、塑造形象。在他的作品中，看不到那种完全"走向内心"表现自我的东西，也没有那些排斥形象，追求抽象和幻觉、潜意识等东西。他把自己对生活的评价，把自己的思想和感情，全部倾注于他所描写的生活和塑造的形象上。正因为如此，他的作品显示出积极明朗的思想和格调。

（原载《淘沥集》，军事谊文出版社1993年版）

从大山里走来的作家

在 20 世纪 90 年代，我国文坛上涌起现实主义文学创作的热浪，出现了大批优秀的思索时代、关注现实、直面人生的作家与作品。贵州省青年作家赵剑平和他创作的小说《白羊》、《梯子街》、《两个贩牛人》、《第一匹骡子》、《太阳雨》、《竹女》、《白果》、《鼠患》等（见《赵剑平小说选》，作家出版社 1995 年版），就鲜明地体现着这所谓"新现实主义小说"的艺术追求和魅力。

我们处在一个高速旋转的世界，改革和发展是我们时代的首要课题，改革才能发展，才能前进。古今文学发展的重要经验与特征是，在构成真正作家与诗人的许多必要条件中，当代性是首要的。诗人与作家比任何人都更应该是自己时代的产儿，应该是时代精神的开掘与推出者。赵剑平生长在古老的山区，长时期在大山里劳动和工作。"他的祖母是贵州'古老户'仡佬族人。这位善良智慧的老人也是仡佬族人的歌手。她的那些关于土地与民族，生活与向往的歌谣，给作家小时候营造了一种美丽神奇的氛围，梦一样伴随着作家的成长，直到这梦成为现实。难能可贵的是，赵剑平的小说为我们展示的，不仅仅是至今仍肩负着贫困的山民们普普通通却震撼人心的命运，他更给我们展示了黔北山区当代生活的画卷，展现了沉寂千年万载的群山，在 20 世纪末的历史大潮中不可抑制的骚动。在他的笔下，那些愚昧、封闭的山区现实，与当代生活的文明、开放产生了激烈的碰撞"。王扶同志在《大山的呼唤》里，对赵剑平生活与创作轨迹所做的这个评说是较为准确精当的。

　　赵剑平小说创作的突出特点就是把时代发展与社会前进的韵律和信息作为参悟和坐标，珍惜与开掘大山的本土资源，歌颂山民的传统美德，体现具有鲜明时代特征的价值取向。有一回，赵剑平正在山路行走，见一老人赶着一大群清一色的黑羊，触动了他的灵感，创作出短篇小说《白羊》。故事说的是牧人雨山爷整整齐齐的黑羊群里，有一天钻出一头白羊来，但却少了一头黑羊。黑羊不归，白羊无主，扰乱了雨山爷思绪的平衡，每天他如醉如疯地漫山打问搜寻，以便黑羊、白羊各归其主。而且总是先问谁家丢了一头白羊，再问可见到黑羊。其实，那只白羊是另一山民腰子伯的，黑羊也在腰子伯那里藏着。腰子伯劝说雨山爷不必找寻了，一头羊换一头羊，谁也不亏谁。腰子伯的隐秘是，拾到的那头黑羊给他带来吉利，就是他失踪的姑娘在广东当了工人，就不愿再换回了。雨山爷察言观色，"心里感到一种莫名的兴奋。即使像河边的水碾那样一刻不停地转下去吧，也要把事情弄清楚。从那黑羊失踪那白羊出现来，他还没有像现在这样信心十足。老人似乎已经感到，那白羊那黑羊既不是精怪，也不是梦幻，而是像两块实实在在的石头一样，就在前面不远的地方等待着。"这个故事蕴含着大山上神圣的法则，清洌的山风。雨山爷的执着与坚毅，不禁使人想到《老人与海》。对海明威的《老人与海》曾有过这样的评语："在出海捕鱼的故事框架中，一场人的命运之戏曲上场了。这篇小说，是对于即使在物质上收获归于乌有时，仍然要坚持下去的战斗精神之赞歌；是在失败中获得道德上的胜利的赞词。"[①] 小说《白羊》就显示了与此相通的旨趣。赵剑平喜爱鲁迅、海明威、杰克·伦敦、卡夫卡、契诃夫和屠格涅夫等作家，读过他们很多作品。读者也能感到赵剑平小说创作上，所受到的这些作家的影响。像鲁迅的深刻，海明威的精神，杰克·伦敦的智慧，卡夫卡的哲理，契诃夫的简约，屠格涅夫的正义，都能在赵剑平的作品中捕捉到痕迹。赵剑平根植大山，但思想敏锐，关切人生，艺术视野开阔。同时，赵剑平创作态度严谨，作风扎实，对文学怀有一种崇高感和郑重感。他虽

---

① 卢惠龙：《守望书城》，贵州人民出版社1998年版，第67页。

细节激活历史

然具有鲜明的当代锐敏，但在艺术追求上，对于包括先锋派、实验派等现代主义创作倾向在内的各种思潮流派，他保持着应有的分寸与界限，坚持着自己的艺术追求。赵剑平很注重主观感受，但他的创作没有沉迷于个人化的经验。总之，赵剑平的创作是现实主义的。

赵剑平酷爱动物，从小就喜爱猫狗之类，目前还养着两条狗。他的作品有很多以动物为主角或涉及动物，发出珍爱动物的呼唤。在《白羊》中写有一段雨山爷梦境："一头羊被夹在胯下，一只手捏死羊的腮帮，并且高高地抬起来，把一块脖子肉紧紧地绷着，一直咬在嘴上的牛耳尖刀抓在手上，往羊跳动的颈窝扎进去，扎烂棉絮一样的，直到血从牛耳尖刀的血槽里流出来染红牛耳尖刀的刀柄，那血淋淋的尖刀才退出来，而强劲的腿胯松开，羊便喷着一股浓血霍霍地冲出去，流尽最后的血，便倒在阶沿上，只鼓着两只充血的眼睛瞪着天空。"这段描写，意在表现雨山爷善良的心灵。同时，也警策世人珍爱生灵，祈望天下的猎枪、猎刀都颤抖起来吧！此外，赵剑平的作品对于山村中存在的贫穷、愚昧、狭隘、偏见、迷信和冷漠的生活环境和精神状态，也做了精确的揭示与忧思，体现了现实主义文学的责任与力度。

新松恨石高千尺。希望赵剑平珍爱自己的选择，更坚实地走下去，走向新的灿烂。

（原载《文艺报》2001年5月15日）

诗家禀赋与卫国情怀

读罢喻林祥的《戍楼诗草》，我很受感动，也很感叹；很受教育，也很受启迪。从诗集名字上来看，《戍楼诗草》这个戍楼本身就有很深的典故。陆游的《关山月》："戍楼刁斗催落月，笛里谁知壮士心？"这两句诗可以概括喻林祥苦心孤诣的艺术构思，就是知我者谓我心忧，不知我者谓我何求。借用这两句诗概括了全书的艺术追求，使情志得到抒发，使读者获得启示和共鸣。

《雪天过四平》："一夜风雪过四平，斜阳残照映小屯。号寒飞龙寻归处，萧索垂杨盼早春。路断行人冻三尺，玉挂柴门酒数巡。此雪来时堪润墒，但求粟米有现银。"这首七律押的是平声韵，平、屯、春、巡、银。韵律上和谐平缓，但意趣和寓意上跌宕起伏，激浪拍岸，情怀悠长。第一句是总括，是对征程的总括。时间是晚上，历时是一夜，地点是四平的小屯，环境是风雪，为下四句展示了大背景。然后通过下面四句情景交融，有声有色地展现了雪天的荒疏、空旷、寂寥、清冷和期待。而最后两句笔锋一转，有了出乎意料的效果和精神光芒。"此雪来时堪润墒，但求粟米有现银"，这表现了雪的转化实现了它的价值，表达了对百姓民生的关怀。除此之外，这个"银"字一下子点化了全诗，其中渗透和映射的情怀照亮了整个诗作，令人感叹。

全书有很多佳作，如《游博斯腾湖》、《隆冬慰问南疆官兵》、《咏青城古镇》等。读完整部《戍楼诗草》，我很赞成张同吾先生在序言中的概括：

细节激活历史

蒲阳有丰富的人生阅历和开阔的精神视野，有深邃的哲学理念和深厚的语言功底，使他的诗作题材丰富，内涵丰盈，他以诚挚的感情讴歌戍边战士的崇高境界和爱国情愫，他以优美的意境描绘了祖国山川和名胜古迹，他以舒放的笔致赞美了边疆风情和民族团结，他以深刻的思考表现了历史感悟和哲学精髓。喻林祥的诗家禀赋，戍边卫国的情怀，已注入了生命的年轮，不管碰到什么，就会在心中涌动，展现于笔端。

喻林祥的诗作总体上体现了将军诗人乃至整个军旅作家的总体水平。军旅群体作为中国当代文坛的一个方面军，一个风光独特的纵队，对中国当代文学的状貌和走势有着不可忽视的启示和影响。改革开放以来，文学界强调文学的主体性，但是也有论者偏颇地把文学的主体性解读为摆脱政治的束缚，而像喻林祥这样的诗作，既摆脱了政治工具论的束缚，也不受市场和时尚左右，是真性情的流露，是积累修炼的家国情怀和文学功力，所以才打动人，给人以美的享受和精神的启迪。在构成真正诗人的许多必要条件中，当代性占首位。诗人比任何人都更应该是自己时代的产儿。喻林祥将军南征北战，冷热苦寒，有着现实生活的基础，所以才创作出如此的佳作。

（原载《戍楼诗草集》，中国书籍出版社 2014 年版）

燕赵多浩气　人间要好诗

邢台有个臧修臣，他浑身充溢燕赵的浩气，满肚子是吐不尽的诗情。

他创作的《中华史诗》，二〇〇五年十月由花山文艺出版社出版。这部长达五百余页、一万五千余行的作品，满怀赤子情怀，以七言排律的形式，深刻地思索，艺术地讲述了中华民族发展的历史，展现了每一个朝代的荣辱兴衰。其内容涉及政治、经济、军事、思想、文化、艺术和宗教等重大历史事实。

二〇〇六年三月，由中央文献出版社出版发行的《邓小平史诗》，是臧修臣同志以相同艺术形式创作的第二部诗作。这部作品以现代英雄史诗的气蕴，叙述了中华民族二十世纪的历史、中共党史、邓小平的生平思想与丰功伟绩，在逻辑、思想、时空及艺术理念诸多方面，与《中华史诗》一脉相承。

即将由中央文献出版社付梓问世的《中国文学史诗》，是臧修臣同志大胆创新之作。这部近百万字的文学史诗，采用三言、四言、五言、六言、七言及骚体的传统形式，诗意地再现了中国文学的发展历程。作品有气象，有激情，有文采，有学理，情理结合，丝丝入扣，以独特的视角，对中国古典文学进行了新的把脉、梳理和阐释。

通观臧修臣同志的史诗作品，能使读者鲜明地感触到英雄主义的精神和浓烈的生命意识、生命热情，能体察到渗透于其作品的进取奋发的精神。这都在相当程度上体现了史诗的艺术特征。

细节激活历史

余冠英先生等论及曾仲珊诗作时说"律、绝、小词并皆清新可喜","反复捧诵,击节不已"。① 华钟彦评论道:"先生之作,类多即物感事而发,属意遣词,尽有本源,意到笔随,不避现代名物口语,从容自然。"② 阅读臧修臣的诗作,会有同样的艺术感受。他采用的艺术形式,虽说旧体居多,但读起来舒畅自由,呈现出很解放、很壮阔的意境,具有宏大叙事与细节描绘的均衡。而诗在不尽意时,又都有精准的注释。这都会给予读者文学性和知识性的莫大受益,从而走进广大读者期待的视野。

述往事、思来者、诗以言志。"诗能寿世无古今,文不匡时岂典型。"臧修臣之所以有如此热烈的创作激情,他的创作所以能焕发感人的艺术魅力,是因为他有思想,有情怀,有追求,有生活,有阅历,敢担当。他当过二十四年的军人,一九九八年以某师上校副参谋长的职级转业,曾任邢台市中级人民法院副院长、邢台市人民检察院副检察长,现任邢台市委政治委副书记。他干一行,爱一行,钻一行,无论干什么,都立信于心,尽职尽善。他曾多次被评为优秀党员、优秀干部,荣立过二等功。他人在政坛而心仪文学。这是因为他体会到文学是建设先进文化的重镇,担当着重要的责任,承载着价值的取向。

我分别参加了在北京人民大会堂和邢台举办的臧修臣诗歌作品研讨会,和他有过长时间的沟通交流。我们有一个共同的理念,那就是我们这物质财富快速增长,人们自由活动空间加大的时代,更需要正确地生活导向与文化修养。可持续发展的经济,必须靠坚实的文化基础来支撑。在外来文化大量涌入、多元文化冲撞的大背景下,不仅需要文化坚守,更需要积极地继承和传播我国自己的优秀文化。在我们这沟通对话的时代,我们要把准自己的根脉,凸显自己的身份,历练、更新和构筑自己的话语体系。故而,臧修臣同志怀着强烈的爱国主义情怀,崇高的民族责任感和时代使命感,以执着的精神,致力于开掘、继承和弘扬中华民族的优秀传统文化,矢志于再壮民族魂魄,打造民族文化品牌。

---

① 曾仲珊:《仲珊诗词存稿续编》,株洲市冶金印刷厂,2002年,第33页。
② 同上书,第34页。

臧修臣在这些方面，付出了辛勤的劳动和潜心探索，他取得了可喜可贺的成绩。

燕赵多浩气，人间要好诗。邢台臧修臣的追求与奉献，业绩与成功，不仅是业余作家学习的榜样，也是值得专业作家借鉴的。

（原载《中国文学史诗》，中央文献出版社 2007 年版）

欲知大道　必先为史

在当前文学创作多样化的景观中，历史题材的文学创作达到了相当的热度。

历史是由人民书写的，是国家和人类的传记。历史是正义战胜邪恶，进步战胜反动，光明战胜黑暗，是战胜非的运行轨迹。"历史者，记载已往社会之现象，以垂示将来者也。吾人读历史而得古人之知识，据以为基本，而益加研究，此人类知识之所以进步也；吾人读历史而知古人之行为，辨其是非，研其成败，法是与成者，而戒其非与败者，此人类道德与事业之所以进步也；是历史之益也。"[①]。古今中外进步的思想家和学者都深知历史的含义与历史的作用。而在后现代主义、历史虚无主义与新历史主义影响下，当下某些文艺创作，任意戏说，第一，把历史搞混乱甚而颠倒了，使得我们民族与国家的传记成了糊涂账，为历史教科书埋下很多误读的小刺，要使老师费尽心力地去清理与拔除。第二，使文学创作与文学欣赏粗鄙化。第三，由于这类作品对历史事件与历史人物不能按着唯物史观是其所是，非其所非，因而在现实的价值取向上，进而在时代精神的构筑上起到消解的作用。

中国历史是中国各族人民用血与火书写的，中华文明是在五千年历史发展中积淀起来的，中华民族精神是中国人民在怀着追求真理，实现理想

---

① 蔡元培：《蔡元培美学文选》，北京大学出版社1983年版，第56页。

的征途上，同外来侵略凌辱，同国内权奸腐恶，同艰险的自然环境斗争中培育起来的，是立国之本，是发展之根，是不能亵渎；是不可或缺的。在内忧外患的清朝末期，孙中山代表社会的诉求，民众的愿望，献身于求独立、求进步、求民主、求发展、求自由的伟大事业。他在斗争中所表现的爱国精神和伟岸人格，作为后人的楷模，永远是激励的力量，是容不得矮化和弱化的。艺术真实是有确切意义的，是与生活真实，与历史真实统一的，随意地胡编滥造、标新立异是不会出好作品的。已成形于人们心中的"阿庆嫂"，之所以为人们所认同、接受和崇仰，是因为这个形象所体现的美丽、智慧、胆识、追求与情操，充溢着中国妇女从历史到现实的美德与向往，她是理想的，又是真实的。正像"女娲补天"、"精卫填海"，像江姐、秋瑾一样，她们既是理想的，又是现实的。利用"三陪"之类的手法来达到个人目的的现象，在历史和现实中也确乎存在，但这不代表中国妇女的追求，不代表健康文明生活的主流，是人们厌恶鄙弃的，不是这类女性所心甘情愿的。为了警示生活，塑造一个"三陪女"也是作家创作的自由，但非要冠以"阿庆嫂"的称谓，就使人感到一种对历史、对生活、对审美的嘲弄。

"历史上都写着中国的灵魂，指示着将来的命运。"（鲁迅）"欲知大道，必先为史。"（龚自珍）中国历史，是中国人奋斗、追求与拼搏的精神动力，是永远前进的坐标。开掘、弘扬中华民族精神，是时代的主题，是建设先进文化的需要。有责任、有作为、有眼光的作家，首先必须尊重历史，才能科学地审视历史，审美地表现历史，使历史在现实中活起来，美起来，从而使人们的精神得到裨益。

（原载《文艺报》2003年11月25日）

国际反腐的文学之光

　　由朱恩涛、杨子合著的长篇小说《红色天网》(上海文艺出版社 2004 年版)，以独特的魅力，艺术地展示了红色通缉令激发的硝烟，深情地讴歌了神勇智慧的中国国际刑警，活脱地再现了跨国逃犯的丑恶行径与可耻下场，闪烁着反恶反腐正义之剑的艺术光芒。

　　影响恶劣、危害深重的贪官外逃现象，已经成为国人关注的焦点。据相关资料显示，我国目前在逃的经济犯罪分子还有 500 余人，涉案金额多达 700 多亿元，这明显地关乎全体中国人的利益。因而，我国正在不断加强国际合作，已相继和 40 多个国家签订了 50 多个相关的协约，逐步撒开擒拿外逃罪犯的天网。通过国际刑警组织向逃犯发出红色通缉令，就是抓捕国际逃犯的有效途径和强力手段。《红色天网》正是在这个背景下产生的适时之作。

　　这部作品以正反对举、峰回路转、交替推演的艺术手法，展开扣人心弦的故事情节，表现各种人物的灵魂、作为与命运。故事以侦破一起跨国绑架案作为铺陈，从东海市发展银行副行长董浩离奇"自杀"向纵深引发。受理该命案的国际刑警联络处的警官李鑫，凭着高度的责任感、精专的业务能力和丰富的工作经验，经过艰险卓绝的侦查，在上级的指导关怀下，与战友们破获了这个错综复杂的案件。首犯周飞作为志飞贸易公司的老总，趁国企改制之机，利用港商采取卑劣的手法非法集资洗钱，将 7 千万美元转移到境外后，携情人王倩倩出逃到塞维利亚。他还为了灭口，雇用职业杀手"马蜂"将发展银行副行长董浩杀害,并制造自杀的假象。根据确凿的证据、完整的案卷以及严密的手续,国际刑警总部向周飞下达了红色通缉令。

从签发红色通缉令,直至引渡罪犯,必须跨越有关国家纷繁杂多的法律障碍,冲破诸多政治的、经济的、司法上的樊篱。塞维利亚是南美一个城市,该地司法部门没有像某些西方国家那样对中国有政治歧视,而是积极支持配合,努力承担国际刑警组织成员的责任。尽管如此,李鑫率领的专案组在工作中,还是遭遇到各种阴谋、凶险、阻挠与干扰。当地的黑社会盯住了这笔钱款,他们操纵唐律师以种种手段把周飞拿捏在掌心,妄想通过投资移民、政治避难或保护人权等途径逃避法律制裁,进而把这笔赃款洗成合法收入加以侵吞。李鑫与同事们在异国他乡,背靠祖国,紧密联系配合佩蕾斯等当地同行,并求得华侨社团的协助,经过不计其数的调查取证,历经种种磨难和痛苦,处理了各种复杂的关系和矛盾,通过三次法庭斗争,最终取得了胜利,把周飞押解回国。

斗争胜利了,胜利来之不易,胜利中凝结着以李鑫为代表的刑警们的辛劳与智慧,凝结着他们的敬业精神与崇高责任感,甚而凝结着他们及亲人的血与泪。为了干扰破坏案件的侦破,李鑫的妻子被黑恶势力暗害,美丽年轻的女警官郭璐遥也被害他乡。作品倾力打造的李鑫这个形象,集中地体现了中国国际刑警的英姿风采。他高大英俊,警察学院毕业,精通几国语言;他有深深的警察情结,对所从事的事业痴心不改;他有丰富的侦破经验,有敏锐的感悟力与洞察力;他爱国、爱家、爱同事,具有崇高的情怀与百折不挠的意志品格;他视指令如山,尽忠职守,有极高的工作效率。"在湛蓝湛蓝的天空上,镶嵌着一张无形的天网,它过滤着太阳的黑子,守卫着人民的安康。这张神秘莫测的天网,笼罩着地球上的五大洲四大洋,国际刑警是它的哨兵,到处都有他们神圣的目光。利剑出鞘,警徽闪亮,犯罪分子休想逃脱那红色天网"。在作品篇末,李鑫回应佩蕾斯的这首诗,正是红色天网的诗意写照,是国际刑警的英雄颂歌。

同时,这部作品也拉响了跨国逃犯的警笛。"中国银行广东开平支行原行长余振东诈骗4.8亿美元,在出逃过程中就一再被黑社会敲诈,终日

细节激活历史

惶恐,年仅41岁就已满头白发。当被中国警方押解后,他心里反而踏实了。贵州省交通厅前厅长卢万里,贪污受贿索贿5500多万元,案发后用假名仓皇出逃太平洋岛国斐济。3个月后被押解回国时,卢万里的头发也是白了大半。他说'真的回来了,也就踏实了、死心了'。"[1] 可见,捞了就跑的贪官并没有过上天堂般的生活。相反,他们有国难投,有家难归,有苦无知己可诉,有冤又不敢报警,整日在焦虑、惶恐、压抑、孤独中度日。作品《红色天网》对这个现实艺术地给予了真切的展示。"周飞一听'报警'二字,有点儿慌了,赶忙离开。他毫无目的地在大街上徘徊着,目光呆滞迷茫"。终日惶然的周飞不仅忍受从唐律师直到夜总会保镖的种种轻慢屈辱,就连自己情人被卖到妓院,也没有勇气去报警。盲从者王倩倩就更惨了,她怀着美梦随周飞外逃,结果自己被卖到妓院,母亲悲愤而死。作品对王倩倩数十次心理活动和话语情态的描写几乎没有重复的语言,十分熨帖、真切、传神。例如"标致的瓜子脸上却布着一层淡淡的忧郁","情绪又开始低落","懒洋洋地伸开双臂","忧心忡忡地说","一脸茫然地看着他","眼里闪着惊愕的光一下跪倒在父亲的面前"等。所有这些,体现着作者对生活的熟悉,对人物把握得准确,表现了作者深厚的文学修养,也寄寓着作者对某种盲从行为的透辟警示。

作品结尾处,李鑫调到国际刑警总部工作,他将在新的平台上把红色天网撒向更远的地方。同时,人们也期待着作家创作出国际反腐反恶题材的文学新作。

(原载《文艺报》2005年4月7日)

---

[1] 《中国红色通辑令名单》,《环球时报》2005年3月11日第14版。

呼唤壮美与真纯

电视散文《九寨磨坊》与《哑巴渡》，虽说仅是两篇优秀的电视散文，却蕴寓着史诗般的艺术震撼力与精神文化价值。如果说《九寨磨坊》呼唤的是真纯，而《哑巴渡》充溢的则是壮美。

雪飞幡舞，"我"心飞翔，伴随虔诚悠远的歌声，"我"展开记忆怀念的翅膀。记忆与怀念，这个神奇、灵动的箩筛，把没价值的丢弃后，给"我"牢牢留在心底的是那个磨坊。因为这磨坊，标志着"我"生命的历程，镌刻"我"心灵的轨迹，驻留着一片清澈与真纯；因为这磨坊，衔接着过去和现在，又开启着现在和未来。十六岁的少女"我"，远离绚丽，远离繁华，远离亲人，终日是孤寂，无边的孤寂与惶恐。在文中反复出现的"吱吱嘎嘎"，隐喻着"我"的难熬与难耐，倾诉"我"对关爱的祈盼与精神的饥渴。而这一切，正是衬托了储的温馨、伟岸、真纯与高尚。当柔弱的"我"，"支撑不住背上一百多斤的重量"而绝望时，是储张起有力的臂膀来扶助。当时，"储忙完一天的活儿，听说我是一个人在磨坊就来了。可走到门前又迟疑了下来，到尤里大叔那儿借了床毛毡子，关了水闸，在磨坊外守了整整一夜"。这一段细腻而层次清晰的文字，准确地映现出储的人格。"储，为什么你要来呢？"为的是怜爱，为的是同情，为的是男子汉的责任与义务；不为什么呢？不为私欲，不为邪念，不为商业的交换与投机。

"今天，我好吗？"作者的这一问，是生神化境之笔。这一问，有对当年窘境的自嘲，有归根复命的自豪，也有再拓前路的自励。正是这一问点拨出了"我"多层次、多侧面的性格特征与精神风貌。"我乘着飞机横过太平洋"，"我大步走出悉尼歌剧院"，"我站在澳洲的海岸线上眺望远方"，这都说明"我"是事业的成功者。然而，"我"即使逍遥在天上，仰慕的还是人间，留恋的是生长美感、梦幻与诗情的磨坊。这里永远是生命的兴奋点，是感情的坐标，是真与假的参悟。科技的发展，竞争的纷扰，信息的爆炸，文化的多元，可以冲撞、挤压、扭曲很多东西，但心灵的芳草与精神的绿洲值得永远捍卫和珍惜，真情是永恒的。这或许是《九寨磨坊》所要给予人们的警示。

老子在《道德经》第二十五章说："大曰逝，逝曰远，远曰返。"他这意思是讲，天地自然是不断流动的，是会演变出很多事情的。但无论怎样扩展，最后还是返回原点。就是说自然和人生是圆形的运行规则。这个精神与思维的法则沉淀在中华民族群体意识中，体现在多个领域，也渗透到文学艺术创作上。除《九寨磨坊》外，电视散文《哑巴渡》也寓有这样的艺术理念。《哑巴渡》是英雄主义的壮美赞歌。在红军长征的一次战斗中，为了拦截追击的敌人，红军班长冒死炸桥，身负重伤成了跛子。他请求留下来后，找了条渡船，说："桥是我炸的，让我来摆渡吧！"这一段小故事，那一句平实的话语，凝聚着伟大的精神和崇高的品格，蕴含着战争与和平，破坏与建设，恨与爱的深刻哲理。为了战斗的胜利，他冒险犯难，义无反顾；为了和平的生活，他又怀着深深的忏悔，默默地用奉献去赎"罪"，直到走向生命的终点。

"河水忘记了流动，鸟儿忘记了飞翔。乡亲们哑了，渡河哑了，天和地都哑了。"天地有大美而无言，哑巴渡的浩气将永留天地间。

在《九寨磨坊》中，从想念磨坊，到储买下磨坊，磨坊已成为一个符号，一种象征。《哑巴渡》开篇是渡口，结尾处是一群少先队员在桥头渡口，听老将军讲述哑巴老人的故事。一切都是川流不息，生生不已。然而，诗情与生命，理想与现实，壮美与真纯，都不是简单的轮回，"我"会在这原点再起步，走向新的升华与升腾，那少先队员们将踏着哑巴老人的足迹，谱写更加壮美的人生。

笔者反复观赏了一组电视散文，有《九寨磨坊》、《哑巴渡》、《天堂之水》、《油灯》、《世纪之恋》和《会考》。这些优美的作品有着相通相近的艺术理趣，总体上体现了创作者的美学追求与价值取向。本文仅就《九寨磨坊》与《哑巴渡》的文本进行了粗略地解读，这不足以立体地展示作为电视散文的成就与魅力。对于电视艺术的特殊品格，对于这组电视散文在摄像、音乐、构图等方面的艺术成就，追求与创新，另有专文讨论。

文学、音乐与摄像，都是相对独立的艺术系统，而这些电视散文，把几种艺术契合地纳入同一个结构当中，并使其相得益彰，着实显示了导演的艺术功力与修养。《九寨磨坊》的音乐特别优美和贴切。《哑巴渡》与《世纪之恋》的摄像，不仅恰切地展现了作品的文学内涵，而且是艺术的再创造与升华，体现着摄像师的独特艺术感悟。如《世纪之恋》中的白桦和蓝天，欣赏之后会让人有何似在人间的净化之感，使人产生不甘寂寞，奋跃于晴空的冲动，又有厌恨污浊，而升入清冽的向往。

（原载《中国电视》2001 年第 6 期）

对莫言获诺奖的浮想

　　法国伟大作家维克多·雨果逝世前留下的遗言是："我要求用穷人的柩车把我送进墓地。"今天，作家莫言以中国传统最朴素的方式，为获诺奖举办了庆典。他一家人吃了顿饺子，他向媒体讲述了挨饿时期抢姐姐地瓜片的细节，展示了高密农村低矮破烂的土房，把长篇小说《蛙》中的主人公原型管贻兰姑姑亮给广大读者。还有那平安村房舍里玩耍的小外甥女，好像期待着舅舅去温暖她那一双娇嫩的光脚。这一切有声有色，层层渗透，宛若一篇优美的散文，鲜明地体现了莫言的人生观、文学观、乡土气息和百姓情怀。这怎能不让人想象到高密东北乡的红太阳、红高粱、红萝卜、红棉袄、红辣椒和红苹果。这当然有助于进一步解读和认知莫言的《红高粱家族》、《丰乳肥臀》、《生死疲劳》和《透明的红萝卜》等小说。他的作品，正如雨果对巴尔扎克作品的评价："既是观察，又是想象。这里有大量真实、亲切、世俗、琐碎、具体的内容，有时候却又突然撕破表面，让人看到现实深处最悲壮的理想。"莫言经历过贫穷、饥饿、压抑和浑浊，感受过老人、妇女、孩童和弱者的酸楚、无奈和叹息。所以，他同情人、理解人、尊重人。他创作中最关注的是人，人的命运，人间苦乐，人心善恶和社会的进步。在创作方法他张扬无限丰富的艺术想象力，始终追求自己鲜明的特色与风格，他学习借鉴福克纳、马尔克斯等外国作家的创作方法，但又保持美学上的清醒和自觉，警示自己不能像冰块靠近火炉一样被融化和蒸发。他的作品有浓厚的魔幻色彩，这除受到拉美文学的影响之外，重要的方面还是蒲松龄等中国古典作家的熏陶。

　　莫言获诺奖后我在第一时间想到的是，去年这个时节我和他的交往。2011年8月，莫言以高票获得我国文学的最高奖"茅盾文学奖"，9月在国家大剧院发的奖。这之间我感受到了中国文学与诺贝尔文学奖的交会以及对它的超越。同年11月在全国第八次作代会上莫言被推举为中国作协副主席。我作为"茅盾文学奖"的评委参与了评奖发奖的过程。颁奖会上我们俩挨着坐，我留意到莫言做人的低调、淡定与智慧。例如，在颁奖会现场有几个陌生人递给他合同书之类的材料，他都默然收下，等到散会时他把这些东西都留在了座位上，感到他拒绝他人的方式是悄然无痕的。在作代会上我和他同为中直代表团的召集人，他总是找借口让我主持讨论。在向铁凝、李冰等人汇报时，我坚持由他来做，他把本团讨论情况讲得言简意赅、详略得当，准确到位。

　　在莫言获诺奖的这几天我突出地感受到文学热在升温，感受到股包容舒缓的暖流。11月15日下午，我应邀在朝阳公园和美国朋友艾纳尔先生交流了三个小时，主要就是谈莫言获诺奖，谈中国文学和美国文学。我问他，莫言先生有的作品，如《酒国》和《天堂蒜薹之歌》等，表现了对中国社会问题的焦虑、不满乃至批评，你认为这会不会误导美国读者？他哈哈地笑起来，好像我的问题很天真，说莫言作品揭示的问题，在你们中国有，在我们美国更多，在全世界都有，有些问题是人类社会普遍性的问题。美国作家马克·吐温的《竞选州长》揭露美国社会的虚伪和弊端，这也不光是美国社会的问题，美国人照样喜爱马克·吐温。他还以美国导演伍迪·艾伦的电影《安妮·霍尔》中的细节为例，说明有的读者只看标题，不看内容，或者只相信自己预想的结果，只想看到自己预想的东西，没有认真阅读就想当然地加以判断，自己给自己预设欣赏障碍。这之间在座的我女儿包蕾插话说《丰乳肥臀》的原名是《母亲与大地》。我以前向她推荐过这本书，她感到书名不美而没在意。其实，以圣洁的文化心理来看，肥臀是孕育婴儿的丰腴土地，丰乳就是婴儿的奶瓶和粮仓。当然《母亲与大地》显得和作品的内容更熨帖，也更符合中国广大读者的审美心理。这说明文艺创作不能过分地被市场绑架，被时尚裹挟。

细节激活历史

我的包容舒缓感还来自诺贝尔文学奖本身。以诺贝尔冠名的奖项，"科学奖"最受推崇，体现着各个领域的最高成就。"和平奖"最受诟病，很令人困惑。诺贝尔文学奖的情况虽然复杂一些，但是与"科学奖"接近，总体上还是体现了全世界文学的最高成就，罗曼·罗兰、泰戈尔、海明威和马尔克斯等作家可以说明这一点。然而，诺贝尔文学奖也带有明显的西方中心主义色彩。例如，1913年泰戈尔的得奖评语就直露地写道，"使他那充满诗意的思想业已成为西方文学的一部分"。对于诺贝尔文学奖这种定式我想应该历史地看，辩证地看。在近现代一段时间里，以欧洲文化标准评断文学有其生成的原因和合理的元素。同时应该看到，肇始于文艺复兴和启蒙运动的文学精神、人类良知和人道情怀始终引领着欧洲文学的潮流。从百余位诺贝尔文学奖的得奖评语来看主导着诺奖评委之判断力的还是文学精神，所评选出的作家绝大多数是世界最杰出和优秀的。这次莫言获奖，本身也体现着诺奖评委们和国外文学界，对日益发展强盛的中国的承认和尊重，对中国文化和中国文学的正视与重视，认识到伟大的中华文明对世界文明的不可或缺。

（原载《东城》2012年11月号总第35期）

走进北元历史深处的作家

蒙古民族的历史源远流长。

早在盛唐时期的诸多汉文史籍中就出现过,只不过因汉字音译的不同使人模糊不清。比如说,各种不同的历史典籍中所记述的诸如蒙兀室韦、蒙瓦室韦、梅古悉、谟葛失、蒙古斯、萌古子、萌古、朦骨等。这说明蒙古民族早在数千年前就已融入华夏各民族的历史长河,并曾惊涛拍岸般卷起过"千堆雪"!是历史造就了蒙古民族的辉煌,也是蒙古民族造就了华夏历史璀璨的一页!

从成吉思汗的震惊世界,到忽必烈大帝的一统天下。

但由于语言文字的隔阂、古民俗民风的差异,以及汉文史籍的记述混乱或存有偏见,故有关大元王朝的历史知之甚少,即使内蒙古居民也大都不知元朝历史历经了几代帝王。而现实需要的是,大元王朝是中国历史链条上重要的一环,为奠定祖国现有的疆域和开通古代海上和陆上的丝绸之路等均有其重大的贡献。为了国家的统一、民族的团结,除了专家学者深入地研究探讨之外,似乎还需要利用通俗的笔法尽快将这段历史有根有据地普及开来。然而要做到有根有据,就必须面对中外古今浩如烟海的文献资料。有哪位作家甘愿抛弃信手拈来的写作方式而经年累月地钻进故纸堆里?确实有,我们的冯苓植老先生就较起了这份真。

冯先生在同行里有个绰号:游牧作家!这不仅是指他中壮年时曾"以文养游"遍历名山大川,而且似乎在写作上也颇具"游牧"的特点:时而

细节激活历史

写动物小说，时而写市井小说，时而写荒野小说，时而写前卫小说。土的、洋的、现实主义的、现代派的什么都涉及，却绝少尝试大题材，所写人物也大多为小人物。20世纪最后一年他退休了，我几次返回内蒙古顺道去看他，发现他确实多了几分沧桑感，似已不适合其昔日那种"游牧"生活方式。居住在一座老旧宿舍没有电梯的六楼顶层，据说一年也难得下来几次。但这位老先生却能安贫乐道，生活得颇为悠然自在。当时我曾问过他退休后的打算，他却回答我说：继续游牧！腿脚不行了，就改为神游！我不明白他的意思，他进而解释说：身为内蒙古人，当知蒙古史！为回报草原，我将神游古代之大元王朝。你我情同手足，还盼包先生相助大力扶持！

这就是我们共同学习元史的发端。

但也必须指出，这是一项复杂而又艰巨的"神游"工程。作者需彻底摆脱现代物欲及名利的诱惑，长时期甘于寂寞方能真心实意地"回报草原"。而冯先生却似乎做到了，从六十岁开始远离文坛是是非非，一头扎进相关元史的浩繁史籍中就是十六七年。而且他自称是"仍生活在上个世纪的老人"，不懂电脑更不会用电脑写作，甚至连手机也不会用。为此，哪怕是摘取某条史料也全凭手抄笔写，实在是太"原始"也太笨拙了。但他却对"神游"古代的草原乐此不疲，十六年来始终在顶楼的蜗居里兢兢业业地摘录或写作着。他的创作态度总是一丝不苟的，难怪著名作家冯骥才曾说他的手稿可称为"工艺品"。埋首耕耘，必有所获！到古稀之年他竟先后完成了有关元史的长篇历史小说或读史随笔：《忽必烈大帝与察苾皇后》（上海文艺出版社出版）、《大话元王朝》（远方出版社出版）、《鹿图腾》（天津人民出版社出版）。从元太祖一直写到元朝的末代皇帝，约一百多万字，真把这位老先生累得够呛。出于对少数民族历史的高度重视和尊重，出于对文学的爱与知，他在写前或完稿后均要找我商酌或征求意见，长途电话每次一打就是一两小时，每每都要请我写序，故三十多年的民族情谊与文学知音早使我们变得无话不说。冯先生在完成这三部作品之后似松了一口气，似大有就此封笔之意。而我却总觉得尚缺失些什么，作为"元史演绎系列"仍感到留有某种遗憾。

我们又想到一起了：似应该补上回归草原后的北元史。

须知，北元史的确是元史的一个重要分支！如果仅写到元顺帝的北归了结，那就等于掐断了蒙古民族的源与流，就连其后之明、清、民国，以至新中国成立后的内蒙古自治区也无从通透地得到解释。正如南开大学著名学者、中国元史研究会会长李治安教授所言："蒙古人成功北归和继续栖息于大漠．虽给长城以南的明帝国造成长期的军事骚扰和威胁，但其本身又遏制着该地蒙古族以外的其他部族的兴起和强盛。于是，14世纪至今的大漠南北，始终是蒙古人的世界。这段近百年的光荣经历，非常重要，既有征服和反抗的腥风血雨，又有各民族之间的水乳交融。它给蒙古民族留下的心理印记难以磨灭。它让蒙古人视汉地为停云落月的第二故乡，一直和汉地保持着向心和内聚联系。清代以后特别是20世纪以来，蒙古族一直被公认为中华民族的基本成员之一。应该承认，蒙古族融入中华民族大家庭的进程，是从元王朝统治中国和元末蒙古人成功北归发轫的。"（见李治安《忽必烈传》第791页）我完全同意李治安先生的看法，并感谢他对蒙古民族的理解和尊重。而史实也证明确实如此，即以北元史最具代表性的历史人物——草原传奇皇后满都海来说，她就从不承认大元王朝的消失，而只是把北归看作游牧民族的一次历史性大迁徙。为此，她为年仅七岁的丈夫所起的名号就叫达延汗——达延即音译大元！并高举这个旗号，一直在驱除异族军阀，终结了近百年的部落纷争，为中华民族的重新融合做出了历史性的贡献。

听人说，从2013年开始，冯先生就又"躲进顶楼成一统，管他春夏与秋冬"了。昼眠夜作，又一头扎进与北元史相关的中外史籍中去了。历时两年有余，终于完成了这部名为《重振北元——草原传奇皇后满都海》的长篇小说。在拜读其一丝不苟犹如"工艺品"的手稿之后，感慨颇多，并深深为这位老作家甘于寂寞辛勤的付出而打动。宝刀不老！在反复阅读手稿之后，便对这部长篇小说有了如下印象——

其一，尊重历史，尊重少数民族，深入地体验，专注地凝视。从这部长篇小说中可以看出，冯先生是详细研读过北元史著的，如《蒙古源流》、《蒙古黄金史》、《斡亦剌黄史》、《阿拉坦汗传》等。即使如救出劫后余生

细节激活历史

之小达延汗的老妇人巴柴、助满都海抚育小达延汗的赛柴夫妇等小人物，均是有史可查的。就连个别虚构的人物，也大都是见诸史籍而未被点名的，绝对符合历史真实和具体历史环境的。而更重要的还在于，小说中主要的正反面的历史人物和历史事件均详见于中外史籍，绝非固"演绎"就去胡编乱造历史。尤其值得称道的是，作者在小说中所出现的对少数民族特有的尊重。比如说，对内地民众不理解的一些古代草原上的遗风遗俗，诸如继婚制等，他均不以此作为情节大肆渲染，而是以理解的态度耐心地加以言说，从而说明古代游牧民族面对严酷的自然环境和战争产生继婚制等的原因。据我了解，为此他还专门请了内蒙古美术家协会的前秘书长托娅做他的民俗顾问。托娅，我很熟悉。她是个学问精、人品正、作风良的好人。

其二，独具匠心的构思，精确的刻画与描绘。早有评论家称，冯先生乃中国作家中善编故事的高手之一。果不其然，这部小说手稿一捧在手，便令人不忍卒读，欲罢不能，我是直到凌晨一口气读完的。但掩卷之后，又陷入了久久的沉思。似乎仅用"善编故事"来论冯先生的创作功力是远远不够的，而他所追求的仿佛是更高层次的文学境界。就拿小说中第一主人公满都海来说，她的一生从始至终充满了传奇，在蒙古史上开创了许多个"第一"。比如说，她是蒙古史上第一个在老可汗死后传奇式地由小王妃转化为大哈敦（即皇后）的；她是蒙古史上第一个把小可汗装进箱子里传奇式地统率金戈铁马去征战的；她是蒙古史上第一个把七岁的小丈夫传奇式地培养成为一代英武大汗的……多了，多了，真可谓是传奇的一生！但冯先生却在电话讨论中对我说："传奇绝不等于猎奇！如果仅仅把一个传奇故事串起来构成一部小说，那就失去写这段北元史的意义了！"果然，在创作这部长篇小说时，他采用了忠实于历史的进程并人性化地来塑造这位草原上的巾帼皇后。故而在通读手稿之后，我认为在人物塑造上是栩栩如生的，但又绝不偏离历史的轨迹。尤其是满都海的形象更给人留下极其深刻的印象：可信、可亲、可敬！既突显了她的雄才大略，又突显了她那女性特有的美丽和魅力。为此，冯先生还专门特请了《传承》杂志的负责人阿拉腾巴根做他的史学顾问。冯先生的创作给人们提供了宝贵的启示。

汉民族的作家创作少数民族题材的作品，有利于中国多民族文学的当代想象和表达，有利于促进我国各民族文学乃至文化的交流互动。无论哪个民族题材的作品，不论哪个民族的作家去写，都应克服千篇一律的扁平化倾向和浅表化倾向，而要特别注重作品的内在性、精神性、文学性与超越性。

至此，冯苓植先生终于完成了他"回报草原"的诺言。他的回报就是用通俗易懂的文学手法普及元史和相关的蒙古史，让更多的人了解大元王朝和蒙古民族曾在历史上为我们伟大的祖国做出过的卓越贡献！将近耄耋之年，现冯先生终于完成了"元史演绎系列"之最后一部。继《震撼崛起——成吉思汗及其英武儿孙》（读史随笔）、《一统华夏——忽必烈大帝之文韬武略》（长篇历史小说）、《宫闱秘史——蒙元帝国的后妃轶事》（读史随笔）完成之后，专写北元史的长篇历史小说《重振北元——草原传奇皇后满都海》也即将付印了。我遥祝他了却了一桩心愿，谁料他竟在电话中回复我说："我只不过捋了捋，顺了顺，白话了白话！北元本来就是蒙古民族创造的，我正好借此到古代茫茫的大草原上神游了一次！"

多么令人敬佩的一位老作家！

（原载《重振北元——草原传奇皇后满都海》，远方出版社2016年版）

个体记忆与时代情怀的交替演绎

——读丹增散文集《小沙弥》

  作为在新中国成长起来的藏族作家,丹增的精神开拓与写作历程伴随着社会主义中国的发展而成长,可以说他的作品体现了马克思主义中国化过程中在少数民族文学创作上的深刻影响,新著《小沙弥》[①]便是这个过程的生动展示。《小沙弥》带有自传色彩,共收入《江贡》、《童年的梦》、《生日与哈达》等十七篇散文,陶写性情,语约词婉,余味悠远,颇有诗歌的意蕴。而从作品叙述事物、描写环境以及人物形象等维度上看,又很像小说,它们都独立成篇,各有所悟,各领其旨,同时又词断意属,形散神不散。整体联系起来看,这部作品集中个体记忆与时代情怀的交替演绎,艺术地再现了小沙弥的成长历程,呈现了西藏神秘、圣洁的历史文化,以及这种文化如何一步一步进入到中国文化的现代性进程之中。

一

  《小沙弥》中的《江贡》、《生日与哈达》、《劫难中的秘密》、《第二佛陀》和《我的高僧表哥》等作品,结合亲身经历、个体感受,通过佛法故

[①] 丹增:《小沙弥》,重庆出版社 2013 年版。以下所引作品原文均出自此版本,不再另注。

事和民间传说等形式，阐释了佛教的神圣原型和核心意涵。作品以虔诚神圣的表达方式，赞颂了千年之前的葛举派创始人玛尔巴、密宗上师米拉日巴，六百多年前的格鲁派创始人宗喀巴大师，以及现世的高僧大德江贡活佛和贡觉表哥，赞颂了他们刻苦的修炼，也赞颂了广大信众的虔诚、纯净与牺牲。"在顿珠仁钦大师的教授、督促、开导下，他起早贪黑，手不释卷，学习了显教经纶、密法仪轨，初步明白了佛不是俯瞰众生的救世主，佛是时常清扫心灵垃圾的觉悟者，只有悟得佛性，才能成佛；佛是爱人如爱己，慈悲宽容的根本。"(《第二佛陀》)"表哥在这神圣而神秘的修行洞中，以米拉日巴的修行方式开始了两年多禅舍修行。他身边除了青稞炒面外，没有任何吃的，在洞中像似床的石板上，铺上一张羊皮……一会儿自在专注，自然入定，从心念中通过七窍排除嗔怒之气，贪欲之气，愚痴之气，观想前世今生所有罪障被佛祖智慧的火焰所燃烧，在这两年中，表哥以清泉水拌一碗青稞炒面填肚，有时还到附近林中，抓几把野菜来吃。"(《我的高僧表哥》)"多少世纪以来，那些不远千里，走一步磕一个长头的善男信女前来甘丹寺，不就是为了朝觐一次这座灵塔吗？"(《劫难中的秘密》)在《小沙弥》的散文作品中，几乎每一篇都有这样精致、精彩和精到的描述和刻画，甚至比上述列举还要感人的章句，那字里行间都蕴含着藏地民众对藏传佛教的虔诚信仰。

　　人类从古至今重视礼仪，我国藏族更是崇尚仪式和珍视礼节的民族。作为世俗进取的现实主义作家，丹增写佛家的礼仪规法，是为开自身之生面。把生命、经历和成长审美化，让这一切都化为诗篇。作品映现着积极的生活姿态、信念姿态与创作姿态，体现着一位藏族作家特有的民族气质、人文良知和文学感悟。在《生日与哈达》中读者可以看到，他三岁时就被削发剃度，送入佛门。因此，他五岁的生日在那时就显得不同凡响。因为这意味着一个佛门弟子从这一天起，奠定了寻求人生真义的旅程的起点，他在此际所经历的宗教仪轨是培养敬畏感的重要程式，是一种熏陶和训练，是让他在进入佛门的第一步台阶，即便不能即刻产生皈依之情，也会把人引导到既定的模式和轨道。这个难忘的洗礼，臻为他一生规约的提醒与道德的警策。

细节激活历史

　　在这繁琐冗长的过程中,他有过困惑,有过挣扎,甚至有过泪,有过痛。正因为如此,才使那种敬畏感,在心灵中时隐时现,持续恒久。同时,他虽然经历佛家洗礼,但在他内心深处,一直保持着世俗的自由与奋斗精神,对任何新生事物都保持着好奇心,面对不断变化的时代怀有求知的渴望和上进的雄心。所以,当解放军来到西藏时,不仅带来了很多新奇的东西,还带来了农奴翻身解放、社会进步发展的全新观念。"年少的我更向往一种新的生活方式,向往到山外的世界去开阔自己的视野。"(《童年的梦》)就这样,当一位和蔼可亲的解放军营长问他愿不愿意到汉地去念书,去学习很多新的知识时,他几乎没有多加考虑就跟随解放军去了汉地。

　　从此,他到内地学习各种知识,上了大学,以后又当了干部,成为优秀作家,在各个方面都做出卓越贡献,取得丰硕成果。梦想总是会在心怀敬畏与追求的人身上实现,凭借的是永不放弃的奋斗精神与仁爱情怀。

　　《小沙弥》是一部民族特色鲜明的文学作品。特殊的地域,特殊的经历,特殊的体验与特殊的积累,使得作家丹增抓住了民族性格中最突出最深刻之处,写出了族群记忆与民族审美心理的关键之点,展示出西藏丰富绚烂的自然、历史、社会、风俗与风景的画卷。民族审美心理和文学艺术的民族性等问题,是文艺创作与理论批评的百年话题。早在1890年6月5日,恩格斯在《致保尔·恩斯特》的信中就曾说:"在这个世界里,人们还有自己的性格以及首创精神。"[1] 他还提醒人们把这个问题"彻底了解清楚"。[2] 他以当时德国与挪威的社会状况和易卜生的《娜拉》为例,强调了民族特性的重要,阐释了民族性与历史文化传统,与生产生活方式的紧密关联。

　　另一方面,文学的民族性不是凝固的抽象物,不是静态的符号,也不是孤芳自赏的藩篱,而是继续前行的依托和起点。民族审美内涵的创新性、丰富性与深刻性,离不开日新月异的社会生活,离不开外界信息和语

---

[1] 《马克思恩格斯文集》第10卷,人民出版社2009年版,第585页。
[2] 同上。

义的碰撞与影响。包括丹增在内的我国少数民族作家的优秀创作都说明一个道理：那就是必须扩大文学视野，只有放开眼界审视自己的民族与文化，才能开辟出更加广阔的天地。只有超越自己，才能提高发展自己。他们积极关注国家与时代思想文化的全局和走势，把对往昔的回忆与现实的思考结合起来，把民族性书写与家国情怀乃至人类意识结合起来，让审美想象在学习和借鉴中升华。因而，使得自己的创作实现从现实到理想的飞跃。

二

历史是人民创造的，人民是历史的主体，人民是推动历史前进的动力，也是历史发展前进的当然获益者。所以，马克思和恩格斯总是牵念人民，他们对一些作家作品的评判，也是从人民的命运和处境出发的。他们的关注与爱心，往往都倾注在被剥削、被压迫、被侮辱和被损伤的劳苦大众身上。恩格斯批评的《城市姑娘》（作者玛·哈克奈斯），所描写的是当年伦敦东头的缝纫女工耐丽被有钱人格兰特勾引玩弄后的悲惨境遇。马克思和恩格斯合著的《神圣家族或对批判的批判所作的批判》，站在时代潮头与人民性的高度，以历史唯物主义的批判精神，对主观的唯心主义者随意阐释和宰割文学的错误倾向进行了鞭辟入里的批判。其中他们所评论的小说《巴黎的秘密》（作者欧仁·苏）中的核心人物，就是生活在屈辱境遇中仍保持人性美好的妓女玛丽花，在他们的评论中充分表达了实践论的人本学思想，这也成为丹增这一代作家写作的方法论。1859年5月18日，恩格斯在致斐·拉萨尔的信中提出的美学观点与历史观点，作为经典话语，成为马克思主义文艺批评的核心理论和标准。2014年10月15日，在北京的文艺座谈会上，习近平同志提出要"运用历史的、人民的、艺术的、美学的观点评判和鉴赏作品"[①]。这个文艺批评标准的范式，在历史精

[①] 《习近平总书记在文艺工作座谈会上的重要讲话学习读本》，学习出版社2015年版，第33页。

细节激活历史

神和人文精神相统一的高度，丰富创新了马克思主义文艺批评的标准，为我们欣赏、审视和批评文艺作品扩展出更广阔的空间。这一认识同样体现在丹增的写作之中。

丹增的作品《小沙弥》思想艺术的感人魅力，不仅体现在鲜明的民族性，更体现在穿透全篇的人民性光芒。在《江贡》中作者描述了一个让人心酸落泪的故事：每天早晨，庙里召唤喇嘛念早经的头通鼓刚刚敲响，星光还没褪尽，露珠还晶莹，村庄还在沉睡，炊烟还没升起，小牧童阿措就得把头人的羊群赶出羊圈，再走很长的路，把羊群赶到高山牧场上。忠厚老实的加央家三代为旺珠头人家族牧羊。不久前，雪豹咬死了哥哥阿西，小阿措是来顶替哥哥牧羊的。阿措太小，抗不住荒原上强劲的雪风，只好把一只大绵羊抱在怀里取暖。酣睡的小阿措被羊羔的哀鸣惊醒时，七八只羊羔已经被苍鹰抓起飞走啦。鹰吃了头人的羊，头人的皮鞭要吃小阿措的肉。牛皮鞭带着尖锐的呼啸，抽在小阿措黑瘦的屁股上。加央父子风雪夜在头人的院子里跪了半夜。第二天，小阿措还得去放羊，委屈悲伤的眼泪冻成根根冰棍，也无暇掰下来，他害怕羊羔再被抓走。

这么清晰的故事，这么的炽烈的感情，这么痛切地爱恨，这表明作者虽然身体在外云游，但他不忘初心，灵魂时刻行走在返回青藏高原的路途上。"他感到了它的辽阔，它的宽厚，它的澄静里深藏的疼痛和隐忍。这一切构成了他的精神背景，也注定了他的情感方式和生命走向，以时间流逝为代价，某种源自大地的直觉和创造，将在磨洗中日益光明和沉着。"[①]

《小沙弥》充溢着理性与良知，作者通过对生活警觉地观察，通过对问题冷静的思考，通过与邪恶的对抗，向人们提供可靠的信息、正直的判断和捍卫正义的勇气。在《生日与哈达》和《劫难中的秘密》等作品中，作者历数了"文化大革命"造成的破坏和伤害。在《生命的意义》中，他热情歌颂了修建川藏公路"金桥"的十一万筑路工人，深切悼念三千名筑路英烈。同时，他还深情缅怀了与优秀干部孔繁森相处共事的岁月，讴歌了孔繁森的功绩和品德。

---

① 庄庄：《有一道光在属于它的黑夜里》，《创作与评论》2016年第5期。

个体记忆与时代情怀的交替演绎

　　丹增常说，作家的责任，要昭示至高无上的人类良知的黎明，对人类怀有责任感和使命感。作家既是现实社会的探索者，又是人民疾苦声音的代言人。相信读者看了《小沙弥》之后，会暗暗感佩作家丹增是恪守信念的，对于认知到的真理，他就要奋力践行。

三

　　丹增是用汉文写作的，他从十三岁开始学习汉语，能熟练地掌握和运用汉语文写作，作品的受众面很广，影响也很大，作品的民族性格也很鲜明。字有百炼之金，篇有百尺之锦。《小沙弥》在艺术上的成就和语言的品质有直接的关系。在语言文字上精心打磨，反复推敲，他把悠远的传说、活生生的现实和经典作品作为语言的源泉，并在现代生活的观照下，综合具体场域与意象加以锤炼、编织和运用。这大大提升了作品的文学品位，使得作品闪烁出耀眼的光彩。

　　在描写情感和心理方面，比如"普通藏民是一盘石磨，转不转由不得自己"；"来世是个美丽的希望，遥远而缥缈，却总是如影随形"；"他看见最后一只羔羊在鹰的利爪下，四脚乱蹬乱踢，好像想要踩着那朵离他很近的白云"；"像是狼的牙齿，一口又一口地在阿措的心尖上滑过"；"树不可能没有节疤，人不可能没有过失"；"用善的洗你的罪好呢，还是用恶的惩罚你好呢？"；"当你原谅不可原谅之事，世界便属于你。"这些隐含着深刻理趣的语言，虽然用的是汉文字，但此话只有藏域才有。再如描绘风景和风俗的文字，也很出彩，这是藏族优秀文学作品的显著特色，"拉那赞巴雪山圣洁庄严，辽阔的草原上翻滚着绿色的、白色的、红色的、彩色的波浪。你只有睁大眼睛细看，才会发现，绿的是青草，白的是羊群，红色的是喇嘛僧侣，而彩色的波浪则是身着节日盛装的牧民们。他们即便再穷，日子再艰难，在这个吉祥的日子里，也会穿出一身能与彩虹的颜色相媲美的漂亮衣裳。还有远道而来的人们搭建的各式帐篷，像降落在草原上的团团白云，让人感到天上人间，浑然一体。"（《江贡》）

— 179 —

细节激活历史

以马克思主义观点看来，每个民族无论大小，都有为此民族所有、彼民族所无的优秀特质。这就是说，再优秀的民族，也有需要向别人学习的地方。从历史到现实，无论人数多少，中国的各个兄弟民族都有自己的优长和贡献。所以，各民族文化的交流互动，不应当理解为是单一、单向和单边的，而是各个兄弟民族平等相待，互相学习，彼此吸纳，交错选择，共同发展的过程。丹增的文集《小沙弥》在艺术形式和思想价值上都有新的开掘和拓展，在突出作品的民族特色的内在性、超越性和文学性方面，体现着我国少数民族文学的发展和进步。

（原载《民族文学研究》2016年第5期）

William H. Hinton
韩丁

For Bao Mao-de
For the Freedom
of all people
and the Shendom
of all natures.
With best wishes
Bill H.

韩丁先生给作者的题词

文艺短评

"我是一个密苏里人"

二〇〇五年是中国人民的老朋友、美国杰出的作家和记者埃德加·斯诺先生诞生一百周年。此际,我回忆起当年与洛伊斯·惠勒·斯诺夫人的交谈,特此写出,以志敬意与追思。

一九八五年七月十九日,是斯诺先生诞辰八十周年纪念日。斯诺先生把内蒙古看成是"一生中的觉醒点"。为缅怀这位伟大的美国友人,探讨他思想发展的历程和文学创作的轨迹,中国"三S"(斯诺、史沫特莱、斯特朗)研究会等单位,在内蒙古自治区联合召开了"纪念斯诺诞辰八十周年学术研讨会"。黄华会长、斯诺夫人、斯诺先生的女婿彼德·恩泰尔,斯诺先生的一些老朋友,如路易·艾黎、爱泼斯坦、魏璐诗、韩丁、柯如思及其他中外专家、学者百余人云集内蒙古草原。邓颖超同志还发来了贺电。我作为"三S"研究会内蒙古分会的秘书长,在黄华会长的指导下,参与了会议的筹备、接待、研讨、报道、编书的全过程。

洛伊斯·惠勒·斯诺夫人开朗、亲和、热情、健谈。由于工作关系,我和她有过多次交谈的机会。

"斯诺先生经常说'我是一个密苏里人',请您帮我解释一下这句话的含义。"在七月二十一日,我们在参观萨拉齐附近的磴口扬水站(斯诺称之为沙道沟灌渠)参观时,我向斯诺夫人请教了这个问题。听完我的问话,她喝彩似地轻声"哇"了一声,同时亲切地注视着我,好像几天来刚刚感到我的存在。显然,这个问题引发了她的兴致,我庆幸自己问到了点上。斯诺夫人回答我,"我是一个密苏里人",这是句美国谚语,意思是"拿出证据,用事实说话"。其实,此前我已知晓这是一句美国谚语,也了解一点这句谚语的意思。"我想知道这句谚语的由来"——我向斯诺夫人追问道。

她异常耐心热情地向我讲解了这句谚语的原本,我大致地弄明白了。由于我和她的交谈是通过翻译进行的,难免有含糊之处。过后,按照斯诺夫人提供的线索,我查阅了相关的资料,才感到弄清了原委,也进一步感悟到斯诺先生的伟大。

一七八三年签署的《巴黎和平条约》,确认了美国的边界。在这前后,美国掀起了"西部大迁移"的风潮。在杰弗逊总统的倡导鼓动下,很多美国人由东北部的丘陵和草原地区,向西部落基山脉乃至太平洋沿岸拓展迁徙。密苏里州位于美国的中部,有相对稳定的地域文明,是很多西迁者的必经之地。西迁的风潮给密苏里人的生活造成很大冲击,特别是西迁的人中不乏投机者、冒险者与说谎者,他们的所作、所为和所言,自然带给本分诚实的密苏里人诸多疑虑和纷扰。一时间本地人和外来者,都愿意称自己是密苏里人,"我是一个密苏里人"就成了诚实、求实的代名词。

"我是一个密苏里人",固然,斯诺先生出生在密苏里州堪萨斯城,但这句令他所喜爱的谚语更重要的意义是,寄寓着斯诺先生的人格品质、精神追求与写作态度。

独立思考,眼见为实,不囿于既有的观念和模糊的框架,要有充分的生活积累和背景资料,是斯诺观察、体验和反映社会生活、现实矛盾的突出特点。一九二八年,二十二岁的斯诺,充溢着好奇心,对世间的一切都感到新鲜。这一年,他远涉重洋来到中国的上海。当初他对中国一无所知,听闻到的都是些极其片面虚饰的宣传。你要了解认识中国吗?"那好,上海就是中国",当时的《密勒氏评论报》主编鲍威尔如是说。当年的交通部部长孙科也百般对斯诺宣扬:"赤色分子已被镇压","革命已经过去,国家已经统一"。如果轻信这些话语,以为表面浮华的上海就能代表中国的全貌,以为黑暗腐败,潜伏着种种危机的旧中国已经统一,已经歌舞升平的话,那就会得出完全错误的判断。如果带着这种偏谬的框架去采访,去收集材料,去进行写作,去把握生活的面貌和时代的趋势,那么,这样写出的作品或报道,无疑就是欺骗世听的虚假文字。斯诺不是这样。他利用一切可能的条件,辗转奔波,从上海出发,坐火车来到内蒙古的包头。沿着铁道,他细心观察,独立思索。他看到了战乱、暴力和普遍的腐败,看到了贫困、饥荒和遍野的饿殍。特别是当他来到内蒙古西部的萨拉齐,目睹成千上万孤独无援的民众死于饥荒的惨景以后,感到极大的震惊,以至于成为他"一生中一个觉醒的起点"。这个觉醒点,改遍了斯诺一生的轨迹,他原打算在中国待六个星期,结果一住就是十三年。在这个觉醒点上,他改变了对中国的看法,改变了对国民党当局的看法,改变了对中国共产党人的看法。在这个觉醒点上,他看到在中国进行革命的必然性与正义性。这个觉醒点促使他冲破种种艰难险阻,走到红色根据地延安,从而和中国革命、中国领导人、中国人民结下不解之缘。他清醒地看到、明确地宣示:"这个国家远未统一,真正的革命未必已经开始。"在这新的思想基点上,他创作发表的《西行漫记》,在相当程度上,澄清了浑浊的舆论和被歪曲的真相,匡正了诸多的偏颇,推动了更多的人看清了历史发展的方向。"子美不遭天宝之乱,何以发思愤之气,成百代之宗"(谢榛《四溟诗话》)。无论科学著述、新闻报道,还是文学艺术,在其中起基本作用的,能够体现思想价值的,是探索精神、忧患情怀,是观察、比较和研究。斯诺及其作品的伟大力量,正是他缜密观察比较,独立思索研究的结果。

总之,我十分缅怀与斯诺夫人相处交谈的那段美好珍贵的时光,每每总要滋生无穷的回味。同时,我相信斯诺先生的人格魅力、求索精神和创作态度,将恒久地启迪着世人。

善人未必不是强者

对于白雪林《蓝幽幽的峡谷》中的人物扎拉嘎,我和一些同志的看法有点不同,我觉得扎拉嘎不完全是忍让型,基本上是一个强者的形象。从我们所读过的中外文学作品中,常常给人一种印象:善良的人、老实的人、正直的人总好像是一个吃亏的形象;人性美、人情美的人,总是一种弱者的形象。就好像这诸多美德与强有力是对立的。这篇作品中,扎拉嘎既是一个具有丰富感情的人,是个善良的人,也是一个强者的形象。其主题也好像很鲜明。我觉得作品的主题像有一句话所表达的:大自然是为善良和美好的人才存在的。它揭示了狡诈、狠毒、冷酷之所以能在生活中得逞,就是因为善良的人、心灵美好的人、老实的人还没有直起腰来,他们的经验、勇敢、智慧准备不足,精神准备不足。就是说这些具有人情人性美的人一旦觉悟起来,有了精神准备,就会起来对抗进而战胜邪恶。作品的内涵是很丰富的,这么简单的概括不一定确当,但是我想作品至少表达了这层意思。所以扎拉嘎这个形象的立体感很强,是人。这不是一个虚无缥缈、扑朔迷离的人,他是一个在特定环境中的活生生的有血有肉的人。文学是人学,我们的文学应该写人,写人心。但是人的感情、人的命运、人的遭际、人的作为总是在人间进行的,总是在一定的带有时代特点的人间,即说是在社会中进行的。目前,人们在各种场合都称道许文强这个形象,所以如此,就是因为许文强是一个真实的人,他是在半殖民地半封建的上海滩中的人,他的性格如此复杂,他的气质、内心世界是那样的丰富，那样具有立体感，始终带有那个旧时代的印记。现在我们倡导、号召写改革文学，深入今天的时代生活。白雪林同志的创作给人一个启示，那就是说强调写改革，不会导致题材的狭窄，和所谓"写中心"也是不同的。要写出真正的具有我们这个时代特征的人，写出这个时代的命运、感情、性格。作者总是应该和这个时代相联系，具有这个时代的印记，否则就会给人一个模糊的感觉。作品的另一点启示在于，在我们现今这个时代，搞改革也好，搞竞争也好，并不意味着像塔拉根这样凶险、狡诈、无情、冷酷的人物要在生活中占上风，而且作品有一种巨大的力量，能唤醒那些善良的正直的老实的人们觉醒和奋进。至少，我个人感觉，有这么一股巨大的力量感染了我们。同时，看了作品，我也想到了人性和人情的问题。"文革"中我曾见过那样的场面，几个戴着"红卫兵"袖章的青少年，把一只瘸了腿的狗扔到池塘里，然后用砖头砸，这狗一冒上头来再砸，孩子们却在那里津津有味地欣赏那凄惨的哀号，和它那痉挛的姿态。我们"文革"中出现的种种侮辱人格、惨绝人寰的事实，我以为不仅仅是"左"的问题，而是一种封建的中世纪的野蛮和愚昧在作怪。我们应该理所当然地、理直气壮地用文学作品来表现人情人性。我们应该扛起这面旗帜，不要把"人道主义"的旗帜给了别人去扛。白雪林同志在关于人和动物的关系上做了一个很成功的尝试。他揭示了一个比狼凶狠的人还在人间，但也揭示了能够战胜像狼一样凶狠的人还在人间。最深切优美的感情，能战胜邪恶的巨大力量都在人间。不能说战胜凶狠邪恶是靠一种超然的力量，假如哪个作品这么表现，应该说是一种失误。人们都是向往幸福美好的，但理想和现实总是有差别，有矛盾的。所以，《蓝幽幽的峡谷》的结尾就写得很真实，符合人物性格的真实，也符合生活的真实。

理解挥洒的光与热

我一口气读完《冷酷的额伦索克雪谷》（作者江浩，原载《现代作家》1984年5月号。作品获第二届全国少数民族文学奖，以下简称《雪谷》）。最初的印象是，宛若观览冰雕，随着冷香冷色，一股暖热的潜流沁人心脾，精神得到滋补。这促使我读了二遍，三遍……

俗话说"天理良心不可违"。少年维特从一件小事上彻悟到"在这世界上，误解和懒惰也许比狡诈和恶意还要误事"。《雪谷》正是从现实生活的深层，形象地表现了这句俗话的真切含义，感人肺腑地呼吁人与人之间要互相理解和友爱。

良心，是社会生活中一股清澈的溪流，是维系人与人正常合理关系的一根筋。通常来说，良心，同理想、信念、法律、道德和纪律相比，层次当然是较低的，特别是在实际功利的窒闷下，它常常难以发出声响。然而在《雪谷》中，我们却能看到良心撞击的火花，看到良心融化了冷酷的冰雪，看到良心拯救了一个人的肉体的心灵。因冻饿和疲乏埋在雪堆里奄奄一息的"江苏人"，棉袄里藏着两万元的钞票。这钱"并不是他流血流汗挣来的，而是用从来不装胶卷的照相机骗来的。他的价钱高得惊人，反正这里的牧民从来没有上城照过相，有的连相机也没见过。按一下快门二元，加洗一张一元。"

"他每走到一个牧村，便挨家挨户地照个遍，然后说二十天后把照片邮寄来，好在蒙古人质朴，也都信了他的鬼话。现在，他要带着这些不义之财，溜出扎鲁特草原"。这是一个曲解"广开财路"的口号，并为之冲昏头脑的人，但还不是一个坏透了的人。他的良知，在一种特殊的环境、特殊的矛盾和际遇中得到了复苏，精神得到了匡正。自从改革开放，草原涌进不少做生意的人，这些人大部分是好的，货真价实地进行民间贸易交换，使牧民的生活增添了活力、色彩和乐趣。"但一百个人干的好货，一个坏人就能毁掉了。"这位"江苏人"开始就是一个坏人。和他一起闯进草原的八个小"手艺"人，是集团性质的"广开财路"的冒险家。他们坑、诈、拐、骗，仅在三个月的时间，每个人都搞到一大提兜的钱。接着，他们就是自相残杀，有的被打死，有的被抢光、偷光。"江苏人"得免于同类的劫难，又目睹了狼与狼之间的撕咬。"他吃惊地感到，他们同伙之间的算计，也和狼一样残忍无情，甚至比狼还阴险卑鄙"。从这里，他认识了同伙的本质，也看清了自己的影子，这使他引起极大的反省，对自己和同伙的恶行产生了厌恶的情绪。所以，当他被索德纳木救活而被弄进木屋时，不由自主地喊了一声："这是罪有应得。"做贼心虚，这一声喊，不是绝望中的哀叹，而是自责和"良心发现"的自然流露，他深感自己欠草原的太沉太重了。

正是基于这样的心理基础，当索德纳木第二次搭救他的性命以后，这位"江苏人"彻底地悔悟了。"他双手高高举起照相机摔在地上，然后双膝一弯，面对着扎鲁特草原跪下来了。他跪得那么虔诚，那样笔直。从他干瘪而瘦小的胸膛里，骤然迸发出一阵撕心裂肺的哭声。"他哭不能赎回的罪过，哭草原对他的宽恕，哭自己在歧途上那些肮脏日子，哭那蒙古人两次拯救他发霉的生命！他悔恨自己愧对了一个热情、豪爽而质朴的民族，悔恨自己玷污了草原的一草一木。这哭声是福音，显示着他冻僵的身体复苏了，他冷酷的灵魂复苏了。他将走上一条洒满阳光和花草的路。

在"江苏人"的衬托下，索德纳木的心灵更显得纯正高洁。他貌似冷峻，心若篝火，粗犷而细腻，豪爽而睿智。当他看到斗败的母狼向着一个凸起的雪堆走去的时候，敏感地意识到将有不幸发生。他疾步抢先跑到雪堆前，抱出冻僵的"江苏人"。尽管被救者的身份很难确定，但他首先想到的这是个遇难的人，救他的命最要紧。他以猎人的经验，从腰间取下二寸宽的皮带，朝着冻僵的"江苏人"猛抽起来。果然灵验，"江苏人"大叫一声醒来了。索德纳木从"江苏人"左眉梢的黑痣上，判断出这就是那个骗过他们一家、骗过整个扎鲁特草原的人。他满腔怒火，把子弹压进了枪膛，准备惩罚这个"丢掉诚实"的恶人。但不欺凌弱小和落难者的英雄气，冲击了他的复仇心理。面对着干瘪、瘦小、可怜巴巴的"江苏人"，他的心软下来了。当他第二次搭救了"江苏人"，而"江苏人"仍想溜之大吉之际，索德纳木复仇的火焰又燃烧起来。这时，他出乎意料地看到了"江苏人"忏悔的身姿，听到了真诚的心声，他那时隐时现的复仇心理，顷刻间土崩瓦解，并产生了一股怜悯之情和恻隐之心。是啊，"江苏人"虽然做过坏事，却也不是落井下石的歹徒。否则，当初何必往他猎枪的扳机槽里撒泡尿冻住枪，一枪打死他不也能办到吗？是啊，"江苏人"为啥不早点向自己忏悔呢，那样的话，说啥也得给他弄点吃的呀！人啊，人，是需要正义感的，但应摒弃机械的报复心理。"报复犹如蔓草，是野性的产物。"（培根）特别是在人民群众之间，应该用体谅和善意取代报复心理和行为。人不仅需要坚强的意志和勇敢的性格，也需要对人和事，有着敏感的体察和理解，需要沉稳和宽厚。人的精神是复合的，自然性中美好的素质和社会性中有价值的东西，总是相通相连的。许多美好朴野的天性，需要以社会理性的标准，去引导，去开发，去丰富，去发展。冷静下来的索德纳木，感到有一种陌生的东西"猛烈地撞击着心房"，这就是极好的征兆。精神的发展是广阔无垠的，勇敢善良的索德纳木的境界在拓展着，修养在提高着，性格在完善着。勇敢的草原之鹰啊，振翅翱翔吧！

　　作恶行骗的"江苏人"，在草原山谷中，遇到的是肆虐的风雪，奔窜的狼群，遇到的是孤独和陌生。这种奇特的氛围，奇特的际遇是可以启人深思的。我们的开放改革，发家致富，绝不同于资本主义的尔虞我诈、你争我夺，而是有着明确的文明规范的。"朋友来了有美酒，豺狼来了有猎枪"，谁想投机取巧，干有损于国家、有损于人民的事，就只能走向死胡同，逃不脱生活的惩罚。愿我们的生活永远充满友情和真诚。

草莽中啼血的杜鹃

"哈都呼都嘎西榆树林里，经常转悠着一个满脸污黑，披散着头发的女人。每天每天，她早早就来到这里，在一排排坟堆旁转呀转，然后，捧一把土，或者摘一朵野花，放在一个坟包上，然后，直直地跪下去，朝坟头磕两个头。嘴里还叽里咕噜地说着谁也听不清的话。""天天，月月，年年。无论天阴天晴，刮风下雨，夏天冬天。从村里到榆树林之间的土地，被踩出了一道亮晶晶毛毛道。每个坟包前，都磨出了两个明显的膝盖印。"这是张志诚的短篇小说《仇恋》（载于《鸿雁》1987年第11期）的结尾处，两段使人酸楚、令人回味的话语。这个转来转去的"女人"就是《仇恋》的悲剧主角阿娜。悲剧，就是将人生中有价值的东西撕破给人看，然后从中汲取些什么。阿娜用血和泪所诉说，所追索的是什么呢？那就是人与人之间要理解友善，民族之间要和睦共处。

任何民族都有自己的心理建构，有自己珍贵的特质，任何文化积淀中都有珍贵的潜流。作者在《仇恋》中对民族的这些瑰宝进行开掘和再现的时候，既有清晰的历史意识，又有开阔的超越眼光；既有现实主义的准确描述，又有浪漫主义的理想色彩，这些都比较集中地体现在对阿娜这个悲剧性格的塑造上。

旧社会，草原上哈都呼都嘎和苏伦文都两个蒙、汉村落，由于历史的积怨，人为的挑唆以及狭隘的意识等原因，结下了世仇，不时地发生残酷的械斗。这一次阿娜倾尽心力欲要避免的血战，在反动警察的镇压下，后果更为凄惨。阿娜心爱的汉族小伙子和挚爱的乡亲悲惨地死去了。美丽智慧、柔情似水、热情如火的蒙古族姑娘阿娜是哈都呼都嘎村落的人。在她的意念中，没有上天的圣条和先哲的遗训，但她在草原风风雨雨中陶冶的心灵，是那样的开阔，那样的纯净，那样的至诚，甚而还有几分贤哲的意蕴，她超越仇恨的偏见，冲破狭隘意识的桎梏，勇敢热烈地爱上汉族青年马大刚，因而她遭到村民的鄙视，连她父亲旺丹也为此在村人面前矮了一截。当阿娜得知哈都呼都嘎人将要对马大刚所在的汉民村落进行报复性攻击的消息后，她惊呆了，吓愣了，先是跪在阿爸跟前劝说，后又走上街，"到村上所有人的家里，下跪，劝说，恳求"。并且于当天夜晚不顾一切地奋力挣脱绳索，发疯似的跑向苏伦文都去报信。她恨不得一下子飞到苏伦文都，"心里燃烧着一团火"，要把她"烧干、烧枯、烧化"。在此刻她怨恨苏伦文都的影像——那棵老榆树，"为什么显得这么遥远？遥远的就象天上的月亮，老也走不到你跟前。难道你也和屯子里的人一样，着了魔，发了疯……"

　　的确，在斗得近乎狂乱的人们中间，阿娜显得清醒、理智和敦厚。她心灵的落拓和美好，不仅仅表现在怕械斗中伤害自己的汉族情人马大刚，也不单单是怕伤害追恋过自己的蒙古族小伙子呼努斯图，在她的灵魂深层潜伏着更加光亮的东西：一边，是生养自己，看着自己，伴着自己长大同饮一井水的父老乡亲；另一边，是闯进自己心房的马大刚，是生养他的父母，是同他一样，千里迢迢从关里跑到这里来谋求生路的穷苦人。汉人，蒙人，他们都是人，都是在她心灵的天平上有着相同重量的亲人，伤着磕着碰着他们谁的皮，谁的骨，谁的血，谁的肉，都会像割自己的心一样疼啊！基于这样的心理基础，她拼命地跑到苏伦文都，并不是要他们做械斗准备，而是竭力劝诫。因此，当阿娜向马大刚诉说呼努斯图也是好人，而马大刚却表现出褊狭恶狠的情绪时，她感到莫大的痛苦和失望。

　　当一个人为着坚定的信念和目标而追求、而奋斗的时候，不仅会有勇气，也会产生智慧。焦急和无奈中，阿娜油然想起去求助于"垦务局"。她太纯净了，正是这草菅人命的"垦务局"，使蒙、汉两个村落遭到更大的劫难。

草莽中啼血的杜鹃

生活在发展,时代在前进,人们在追求。"文学之所以是人学,更确切地说,它的使命和目标就在于使人格和情操变得更加完美,在于把现实的人逐渐塑造、陶冶成未来的真正的人"①。美好的阿娜,是现实的人,也是理想的人。这样一个生长在草原上的和平天使和爱神,精神上的重要支柱是对生活的热爱和憧憬:"天真蓝,草真香,鸟儿叫得真好听。……啊,哈都呼都嘎,苏伦文都,呼努斯图,马大刚,以后,咱们两村就是和睦的邻居,你们两人就是友爱的兄弟,阳光会更加灿烂,春风将更醉人心田,野花、青草、蝴蝶、小鸟……她醉了。被自己编织的一幅色彩绚丽的图画陶醉了。"然而,等待着阿娜的是鲜血淋漓的悲惨局面,是呼努斯图和马大刚两具紧紧拥抱的尸体。"垦务局"这些愚劣的猎狗们,还能留给阿娜什么呢!她迷乱了,痴呆了,这是她性格和命运的必然。阿娜的悲剧,是历史的悲剧,社会的剧悲,是在劫难逃的悲剧。

呵,阿娜,是草莽中一朵芳艳的杜鹃花;《仇恋》这逝去的一页,留给人们的将是永久的警醒。

---

① 金梅编著:《创作通信:文学奥秘的探寻》,南京大学出版社1995年版,第48页。

昨日时光的回音

由中年作家齐·莫尔根和王富林创作的长篇小说《驼铃的回音》，是一部有较高思想价值和艺术价值的作品。读了这部作品，使人得到艺术享受之余，能得到深刻的警醒和悠长的回味。

这一对蒙汉作家，把一对蒙汉男女刻骨铭心爱情的描写，把对他们悲欢离合的展现，紧扣住草原的枯荣兴衰，从而使作品体现出鲜明的地区特点、民族特点与时代特点。

越是民族的，便越是中国的；越是中国的，就越是世界的。祖国的文学因多民族而显现得多彩多姿，内蒙古的文学在中国的文苑中闪光。齐·莫尔根和王富林这两位土生土长的作家，对内蒙古草原独特的韵味和光彩，有着深刻的观察和了解，充满着深厚的感情，并以他们独特的眼光和手笔描绘了草原之美，讴歌了草原之美，希望草原鲜花常开，绿水长流，百鸟吟唱。同时，对于草原生态的损害，寄寓着深沉的忧患意识，提醒人们珍惜生命，珍惜草原，珍惜大自然，珍惜那蓝蓝的天和白白的云。由于作者把对人的描写与对草原的描写，有机地融合到一起，因而从风景画、风俗画到人物形象，都体现着鲜明的地区特点与民族特点。

越是时代的，便越是历史的。恩格斯一向主张对文学艺术的欣赏与评论，要用历史的观点和美学的观点。正因为《驼铃的回音》，把人物的命运、作为，草原的命运、变化，同时代道路的曲与直紧密相连地加以表现，因而使作品表现出深邃的历史眼光和思想的力量，让人们铭记历史的经验教训，以创造美好光明的未来。

　　作为有相当修养的中年作家，齐·莫尔根和王富林能够遵循文学创作和发展的规律，注重文学的优良传统，同时又注重吸收新的文学观念和表现手法。特别是在文学语言的创作和运用上，作品达到了相当高的艺术水平，很值得人们认真研读和借鉴学习。例如："往事在呼唤记忆，今天在提醒昨天"，"骏马不怕草原宽，亲人不怕路程远"，"绿是大自然的笑脸，黄是大自然的愁容"，"美梦噩梦重复的机会是均等的，需要重复什么，也因人因事而异啊！" "上面的松草死气沉沉，冷笑身旁比它们更寂寞的土地"，"有的东西，人类永远无能为力，时间一旦逝去，就不再回头"，"人们看到的天空上只有一个太阳，人人心里都有自己的一轮太阳，心里的太阳是不应该落的"，等等。这些生动、鲜明、准确的语言，有力地表现着人物的性格和作品的思想，体现着鲜明的特色和深刻的哲理。

激情横溢的女作家

　　作为教师，我对温小钰是熟悉的；作为作家，她在我的意念中似乎很淡。作家的温小钰是什么样子的呢？这个问题吸引我去专门访问了她。我去的那一天，刚敲开门，就听到温小钰发出的热烈的喝彩声，原来她正在对着电视机看世界杯足球赛。这一喝彩声，使我很快地联想到传闻中外足球迷的种种狂热，那完全是可信的。于是我也更深信"文如其人"的道理了。对生活持有如此热情的人，创作中肯定会有实感和真意的。冷漠、褊狭、灰暗，对鲜明的事物和动人的音乐无动于衷的人，是写不出感人之作的。

　　正好，她爱人和创作上的合作者汪浙成同志也在家。寒暄坐定之后，我就直露露地问起来："您是什么时候开始文学创作的？您和汪浙成同志是婚后携手笔耕，还是共同的创作活动把你们连在一起的呢？"对此，他们给了我圆满的回答。汪浙成在读高中时，很喜欢文学作品。在看完《新儿女英雄传》后，浮想驰骋，脱口对同学讲他将来也要找一位能合作写小说的爱人。这童稚甜美的梦想以后成了现实。五十年代初，汪浙成、温小钰相继考入北京大学中文系后，汪浙成就开始写诗，温小钰则爱写剧本。在共同的切磋探讨中，两人结下了深厚的情谊。一九五八年，汪浙成大学毕业后被分到内蒙古自治区工作，两年后，温小钰也来到呼和浩特，开始了他们新的生活。学生时代，他们就在《中国青年报》、《剧本》等报刊上发表过作品。从一九六一年到一九六四年，他们密切合作，发表十余篇短篇小说,如《小站》、《妻子同志》、《白云之歌》等。这些作品充溢着喜悦、热情和生命的绿意,表现了富于幻想的知识分子,是如何迈开新的人生步伐,又是怎样抖落身上的浮华而坚实地立足于现实生活的土壤的。

说到"土壤",我自然想起他们共同创作并获全国优秀中篇小说二等奖的《土壤》来。就对他们说道:"看来,你们二位创作的题材和主题有一个一以贯之的脉络,就是写知识分子,用笔透视各种各样的知识分子的灵魂,通过知识分子反映时代生活。"他们不约而同地肯定地点了点头。例如《小站》,这篇作品的主人公见习站长,是一位刚毕业的专科学生。他所工作的荒僻的小火车站,快车不停,慢车也仅停一两分钟。那南来北往,来去匆匆的火车,把他透过车窗所看到的欢乐都带走了,留给他的似乎只是孤独和惆怅。"这些感受含有真实的自我"。汪浙成成长于风景如画的浙东,温小钰生于四季如春的昆明,后来都就读于文明繁华的北京。相比之下,塞外青城真若"小站"了。然而,未历磨炼的超脱是轻佻的,不经实践的清高是虚假的。这"小站",对于祖国的意义,它所蕴含的美和快乐,对于未深入现实生活的知识分子来说,是难以领略的。由于这位见习站长工作不安心,几乎酿成列车倾覆的重大事故,而鼎力挽回的,正是看上去呆板乏味的老站长。从而揭示天涯到处多芳草,人生之快,莫过于踏实奋进,铭记责任,尽忠职守;揭示在社会主义建设的轨道上,任何小站都不可缺,祖国建设的列车,正是通过无数小站驶往理想彼岸的;也揭示知识分子不可盲目清高,应广泛汲取生活营养,从而在革命和建设中发挥更大的作用。优秀中篇小说《土壤》成功地塑造了辛启明、黎珍、魏大雄等知识分子形象。在他们身上,倾注着作家的爱与恨激情和诗意,寄托着"应该有的生活"理想,充溢着光明之礼赞,揭示了改造社会土壤的重要性,给予新时期的生活以宝贵的启示。继《土壤》之后,或单写,或合作,他们又发表了《别了,蒺藜》、《苦夏》、《春夜,凝视的眼睛》、《宝贝》等中、短篇小说。这些作品都能紧密联系现实生活,从不同角度表现了他们对生活的注视、寻找、思考和开掘。热情赞美知识的力量。《春夜,凝视的眼睛》,揭示了某些女青年所以成为找对象"困难户"的社会和历史根源。在十年劫波中,不食人间烟火的方海珍、江水英成了某些人崇拜

细节激活历史

的偶像，扭曲了一些女青年的心灵。她们蔑视人类珍贵的情感，视婚姻恋爱为"不革命"，家庭观念淡漠。还有的女青年，由于几千年封建传统的影响，认为找对象，男的就必须比女的强，或者是地位财富方面，或者是知识精神方面。因而一拖再拖，误过几多良缘妙机而进入"困难"时期。

在我们的谈论中，我感到汪、温二位作家配合默契，观点十分一致。就说道："在文学创作上，真正合作得来的作家是不多见的。据我道听途闻，合作中争论不休的倒是不乏其例。你们的情况是怎样的呢？"在他们的回答中我得知他们合作得很好，从未有过尖锐的意见分歧。这是因为相同的生活道路，使他们对党的文艺事业，对生活有着一致的认识和理解。他们更多地讨论生活，共同开掘生活的底蕴，意见趋于一致后才肃然命笔。他们常常共同追忆未名湖畔的伴侣，评点内蒙古建设兵团的知青，讨论自己的同事、邻里和朋友。他们的性格、作为、际遇和命运，常常萦回在他们的脑际。简言之，除了共同的生活积累，思想的一致性也有着丰厚的积累。至于艺术方面，个人风格和气质的差异，反倒可以互为补充，相得益彰。汪浙成长于细腻的景物描写，温小钰则讲求情节的曲折生动；汪浙成想得比较深，温小钰则是激情横溢。

我们的话题越扯越宽越长，不收是止不住了。我便伸过手看了看手表，用以表示我坐的时间够长的了。最后，我请他们谈了谈今后的写作计划和艺术上的追求。目前，汪浙成、温小钰正着手两部中篇小说的写作，一个是"四化"建设题材，另一个是爱国主义题材。他们决心通过自己的作品表现伟大中国人民内心蕴含的力量，思想上追求强劲有力，即说要作强者的文学。他们认为，由于自身的条件，不可能写乡土文学。但希望在作品中体现更高的智慧，加强作品的认识价值和哲理性，又不失诗情画意。他们正在探求多层次的表现手法，叙述语言既亲切自然，又要有点变化，使作品能够雅俗共赏，意味深长。为臻于此，他们表示要涉猎医药、工程、机械、交通等各个方面的知识，进一步深入和体验生活，扩展自己的笔触。他们有一些六十年代和七十年代的知识分子朋友，还要结交八十年代更年轻的朋友。青年是时代和国家的一面镜子，和青年多接触，更利于呼吸新鲜气息。他们意味深长地引用巴金的话说，要写出无愧于时代并经得起时间考验的作品，是很不容易的，作为毕生事业来讲，这是我们追求和攀登的目标。

在艺术方法和技巧方面，他们表示要尊重传统，但对一些现代派手法也不能一概排斥。他们的中篇小说，《别了，蒺藜》就渗入了意识流的手法。他们说，千百年来为我国人民所喜闻乐见的传统方法和技巧一定要重视，要坚持，艺术必须从本民族的实际出发。另外，传统的东西必须更新、发展，才能焕发新的生命力。我们不能老是"三言"、"二拍"，一样的开荒小放牛，过于陈旧了，群众就会腻味。现实主义精神是一条总的原则，必须永远坚持，但方法和技巧是可以广泛多样的。就拿意识流手法来说，它通过主观感受反映客观，比起冗长的静止描写，更能灵活生动地显示人物性格，情节推动快，能省俭笔墨。因为它把想到什么、看到什么和做什么同时给予读者，有较强的立体感。适当运用这种手法，能扩大作品的表现力。但是，如果不加节制，脱离了规定的时空和情景，议论过多，跳跃性过强，就会使作品显得隐晦枯燥，甚而使形象贫弱，使思想迷离。

谈到这里。我感到无论如何得走了，便站起身来。这时我才注意到窗台上一盆月季正开着一朵赫赫红花。生活呼唤着文学，开拓之鼓遍响。"东风应比去年多"，我希望他们共同培育出更多更新更美的文学之花。

独特文化积淀的艺术再现

一九八四年八月,幽邃莫测的大兴安岭。在观览过神奇的原始森林和安谧的鄂温克猎乡以后,我对鄂温克青年作家乌热尔图进行了长时间的访谈。

见到乌热尔图的最初印象,使我觉得这位青年作家,同他家乡的猎民,与林区的风色,和他作品中的人物,是那样的浑融难辨。他性格恬淡,待人既不热烈,也不冷傲,温善、沉思、敏锐的眼神中,夹有一丝早熟的悒郁。谈了几句闲话以后,我对他说:"你才三十二岁,就成为文坛的'三连冠',这是可喜可贺的。我喜欢你的作品,也想知道一下你创作的经历。"

乌热尔图平静如初,沉默一会儿,他说:"我的童年是无忧无虑地度过的,刚跨进青年的门槛,就赶上动乱的岁月。初中还未毕业,就到鄂温克猎乡当了牧民,后来还当过检尺员、警察和乡党委书记等。最初写作,是在一九七六年,那时候,我还不知道写作是怎么回事。一九七八年,在编辑的帮助下,我在《人民文学》上发表了小说《森林里的歌声》,开始对文学有了信心,以后每年发表的作品也多起来。党的十一届三中全会以后,全国的政治经济形势转入新的轨道,这使我的思维也纳入正轨,写作的路子走得很顺。"

从交谈中我体会到,乌热尔图所说的正轨,就是要遵从艺术规律,在生活的启迪下进行创作,这使得他的思维变得活跃和准确。同时,也意味着新生活的火花点燃了他那储备着的诗情，使之得以淋漓酣畅地抒发出来。

《一个猎人的恳求》表现了鄂温克人民在特定年代孕育的情感，显示这个只有一万多人口的民族，在动乱年代的信心和骨气。《森林里的梦》歌颂了1949年后鄂温克猎民的美好生活，控诉了极"左"路线给他们造成的危害。《七岔犄角的公鹿》通过孩子的审美眼光和对公鹿拟人化的描写，表现了鄂温克猎民的人性美。《琥珀色的篝火》中老猎人尼库的品格和智慧，是从鄂温克猎民精神宝藏中挖掘出的财富。总括乌热尔图所发表的二十余篇作品，确实感到，他不是盲目追赶当前文学的思想态势。尽管他的作品与我国其他民族的作品有共同性的价值，但从他的谈话中，从他的艺术追求来看，在思想性方面，他并不着意于同其他民族文学发展趋势是否一致。他说："我总是不停地认识和理解过去，真正的文学都是写已经发生的事情。将要发生的是生活含有的，不是作家指出的。三十多年来，鄂温克生活发展缓慢，含有什么价值和启示，用内地文学观点来套是不行的。所以，我不大注意追求共性，主要注意追求的是个性。""那么——"我问道，"怎样认识老猎人尼库（《琥珀色的篝火》）舍己为人的崇高品格呢？"乌热尔图毫不犹豫地回答说："那不是通常所说的好人好事，不是雷锋、王杰，或者说，那主要的不是三十多年来教育的结果，而是狩猎鄂温克的特点。他们打了东西平均分配，私有观念非常薄弱，把帮助别人看成是一种责任，一种义务，不要求任何报酬。"这也确实如此，当年乌热尔图被打成"黑崽子"，连上山下乡的资格都被剥夺而求告无门时，正是那些斗争观念淡薄的猎民乡亲收留养育了他。

乌热尔图一再强调："特有的财富要保留，以往历史的痕迹要保留，要再现，但不是为了眼前，而是为了整体。"为此，他决心扎根兴安岭，不脱离猎乡这块生活基地，不断补充积累。同时，他说还要努力深入内地生活，不断扩大视野。因为"眼前的东西不一定认得清，拉开一定距离以后才能看得清楚。老是待在家里，思维跳动能力很差，到外地一比较，一对照，好多事物的面目清晰地显现出来了。回来以后写得差，不如在外面写得好。"但他又引用泰戈尔的话说："你可以学到别人的知识，学不到别

细节激活历史

人的性格。"吸取时代气息,增强历史意识,不但认识了现在,也有助于理解过去。吸收其他民族的精神和文学营养,是为了使本民族的文学特色更加鲜明。

有一个问题几次到嘴边,到临别时才问了出来:"内地的改革对猎民生活和你的创作有什么影响?"对此,乌热尔图回答得干脆利落:"改革对于内地农民来说是解除束缚,而目前森林的采伐,猎物的减少,对于猎民来说,是在灭亡中求得再生,是痛苦的转折。我关注着这些,我要写出他们的痛苦和迷惘,从而提供鄂温克民族生活的整体特征。"人们一直探讨的一个问题是,怎样在生活的发展和变化中描写民族性格?研读一下乌热尔图的创作,揣摸一下他创作的轨迹,就会感到这样的问题并不是很玄妙的。猎人沙日迪(《森林里的梦》)、拉杰(《瞧啊,那片绿叶》)、古杰耶(《一个猎人的恳求》)、特吉(《七岔犄角的公鹿》)、尼库(《琥珀色的篝火》)等,都是真正的鄂温克,在他们的性格面貌上都打着鄂温克的印记。然而,他们又是不同历史条件下的鄂温克。他们的勇敢与智慧,信念与希求,正是在变幻的风云和动荡的生活中展现的。

此外,乌热尔图表示,他还要不断地补充知识、补充生活,坚持自己创作的敏感点、兴奋点。同时,艺术上要努力创新,力求"以新的形,尤其是以新的色来写出他自己的世界"(鲁迅《当陶元庆君的绘画展览时》)。

一个时期以来,我一直回味同乌热尔图的谈话。这正像回味在鄂温克猎乡吃到的熊掌一样,明知很珍贵,一时又不知香在哪里,但又确信对自己有了滋补。啊!乌热尔图,兴安的精灵,森林的骄子,他和他的创作是鄂温克民族精神的火光。

从牧童到诗人

　　巴·布林贝赫一九二八年二月生于内蒙古自治区昭乌达盟巴林右旗的贫苦牧民家庭。

　　刘勰曾说:"山林皋壤,实文思之奥府。""屈平所以能洞监《风》《骚》之情者",实乃"江山之助"。同样,巴·布林贝赫的诗作所以散发着那样醇郁的奶香,正是由于他生命的根是深深扎在草原上的。布林贝赫的少年时期是在忧患贫困中度过的。虽有父母的尽力撑持,他勉强读了几年书后便中途辍学了。为了谋生,在一九四六年间,他先后在本旗的实业学校学过艺,在昭盟制革厂当过学徒。巴·布林贝赫的故乡,是蒙汉文化交流畅通、联系紧密的地区,思想活跃,文化发达。另外,这一地区也是充满魅力的歌海诗乡,巴·布林贝赫的母亲就是一位勤劳聪慧的民间歌手。他热爱家乡,熟悉草原。他在草原上追逐过跳兔,流着汗水跋涉过沙漠;他曾光着脚放牧牛羊,也曾在旷野里骑马驰骋。家乡那雨后的彩虹,雪后的山峰,南来北往的大雁,开阔奇妙的海市蜃楼,都鲜明而又牢固地镌刻在脑际,成为储备着的诗情。这些一经新生活火花的触发,就化为美妙的诗歌。巴·布林贝赫的诗集《生命的礼花》中第二篇《伊敏河水》中的许多诗,就是赞美草原家乡在新社会所焕发出的新奇光彩的,表现了诗人依依眷恋之情。如:

　　　　刚刚降过一阵喜雨,
　　　　彩虹联结了大地和天空;

细节激活历史

彩虹下面站着一个老人，
把嫩草的绿尖抚弄。
……
旱獭野鼠在哪个山岗过冬，
野韭野葱在什么地方生长，
鹞鹰山雕在哪棵树上筑巢，
湖泊池塘在什么法地荡漾。

老人闭着眼睛都能数说，
漆黑的夜里也不迷失方向。
辽阔的草原向他袒露胸脯，
芬芳的青草向他倾诉衷肠。
——《桑巴老人》

真挚，细腻，香醇，浸透着浓烈的草原气息和深挚的牧民感情，这是一幅活脱生动的草原风景画。

诗人自己常说："在长期的生活积累和创作激情的统一中，才能产生诗。只有用新生活、新思想的光辉点燃过去诗的矿藏，才能产生诗。"的确，生活的厚实，思想的深刻，感情的炽烈，是文艺作品深度的根源。巴·布林贝赫所以创作出那样多的好诗，除了他储存着丰厚的"矿藏"以外，他所走的道路是个重要的原因。

巴·布林贝赫于一九四八年五月进入冀察热辽联合大学鲁迅文学艺术学院学习。通过学习革命的理论和阅读进步的文艺作品，他的思想文化修养得到进一步提高，眼界大为开阔。蒙古族人民的新生活，革命队伍中新型的同志关系，如火如荼的战斗生涯，使巴·布林贝赫的思想境界发生质的飞跃，这都为他后来的创作打下更坚实的基础。

一九五二年，内蒙古自治区为纪念毛泽东同志《在延安文艺座谈会上的讲话》发表十周年举办文艺评奖，他的蒙文小说《热爱母亲就应保卫祖国》获得二等奖，诗歌《秘密战斗》获得三等奖。一九五六年，他出版了

第一部蒙文抒情诗集《你好！春天》。一九五七年四五月间，他作为中国作家代表团成员到蒙古人民共和国访问。一九五八年出版了第二部诗集《黄金季节》。一九五八年三月，巴·布林贝赫从部队转业到内蒙古大学蒙语系讲授《蒙古民间文学概念论》《文艺学引论》等课程。一九五九年四月加入中国作家协会，七月出席了第三次全国文代会。于同年创作完成歌颂祖国光辉十年的蒙文长诗《生命的礼花》。从一九六〇年十月到一九六五年九月，经组织选送入内蒙古大学文艺研究班学习。他的蒙文抒情诗集《凤凰》和汉译文诗集《生命的礼花》就是在这期间出版的。后在一九七四年，出版蒙文诗集《喷泉》。一九七七年出版汉译文诗集《星群》。

吮吸着人民的奶汁，沐浴着党的阳光，成长起来的巴·布林贝赫，不断地以难以阻遏的激情，用诗讴歌党的恩情和人民的解放，赞美光华灿烂的新时代，祝福祖国和民族的未来。他在《心与乳》中写道：

  我们对心里的爱，用乳来表示。
  我们对自由和解放，用乳作献礼。
  我们对健康和兴旺，用乳来象征。
  我们对未来的幸福，用乳来祝福。

忠贞深沉的感情，淋漓坦荡的胸臆，反映了诗人的气质、情怀的格调，体现着蒙古民族的性格和心理。

巴·布林贝赫能兼用蒙、汉两种语言文字，主要用蒙文创作。他的创作民族特点突出鲜明，字里行间散发着"奶子味儿"，有强烈的草原生活气息。但他坚信，只有在各民族文学的交流和影响中才能更好地发展文学的民族特点。因而，他在继承蒙古族诗歌传统的基础上，博览研读中外名著，学习和借鉴其他民族特别是汉族诗歌创作的经验。《易经》、唐诗、宋词是他审美追求的典范。涅克拉索夫的纯真，惠特曼的豪放，泰戈尔的优美，马雅可夫斯基的炽烈，他都细心研究并融入自己的创作实践。因而，巴·布林贝赫的诗幽中有隽，柔中有刚，静中有动，动中有声。于朴野婉约中，旧印象与新感触在握手，诗情与哲理在交流，闪烁着鲜明的时代精

细节激活历史

神。奔放而不散漫，质朴而不俚俗。同时，在每首诗中，读者都能看到那蒙古族牧民之子所特有的锐敏明亮的"眼睛"。如：

矫健的灰白马，
强劲的四蹄翻腾奔放；
马鞍上的老大爷，
金色的胡子迎风飘扬。

机灵的枣红马，
警觉的耳朵倾听远方；
马背上的老大娘，
银色的头发风里飘荡。

"我去欣欣向荣的白云鄂博，
把矿上的小伙子们探望；
那里有我的儿子，
他驯服着铁马斗志昂扬。"

"我去灯火辉煌的白云鄂博，
把鲜花怒放的城市观赏；
那里有我的女儿，
她驾驭着铁牛日夜奔忙。"
——《途中》

巴·布林贝赫既写诗，也论诗。结合自己创作和教学的实践，他写出很多卓有见识的论文。如《对学习研究韵文体民间文学创作的意见》、《略论蒙古族民间即兴诗人莎克蒂尔的讽刺诗》、《为诗歌的进一步民族化群众化而努力》、《论诗的个性化》、《沿着蒙古族人民感情的足迹——当代蒙古文诗歌发展问题初探》等。

两种视觉　两样风色

两种视觉，两样风色。在一些精神分析学派的眼里，电影《鸳梦重温》可能会是一个神经病患者的疗愈过程；而从真正艺术欣赏的角度来看，《鸳梦重温》则是一部美妙动人的爱情故事，是理解和友谊的颂歌。

20世纪30年代的西方电影界，热衷于把精神分析学应用于电影的编演乃至欣赏评论中。在这方面，《鸳梦重温》可算是一个范例。影片中的男主人公查尔斯在第一次世界大战后，成为失去记忆的人，对过去的一切浑然无知。这正是弗洛伊德所谓的"记忆缺失或健忘症"。热心的女演员波拉，对英俊而忧伤的查尔斯非常同情，主动同他聊天，带他看演出，后来又辞职同他远去他乡。在他们的住地得文的旅社里，他们相爱并生下儿子。可是，后来当查尔斯到利物浦寻找信使报社时，却因一次车祸又重新忆起了过去的生活。但这时另一扇记忆之门却关上了，他忘掉了曾经与波拉相处的这段美好的时光，他不再记得波拉。他回到了过去的家，继承了巨额遗产，成为工业界的巨头。这期间，远在得文的波拉，却艰难地挨过几年时光，儿子也已死去。当她得知查尔斯的下落后便应聘去当了他的秘书，并千方百计召唤他那失去的记忆，但未能奏效，只好痛苦地回到得文。最后，查尔斯重返得文。一幅幅旧景，一件件旧物，使查尔斯记忆上的缺失得到补充，凡属潜意识内的病原都进入了意识之内，他记忆的闸门全部开启了，桃芳李艳，查尔斯与波拉终于鸳梦重温，查尔斯康复了。

精神分析学、心理学、生理学、生物学等，当然可以融入艺术之内，因为这可以丰富艺术表现力，以反映人物性格的复杂性，但决不意味着它们可以引导人们把艺术作品看成另外一种东西，不能像"牙疼的时候，便不再想到别的了"。弗洛伊德的"泛性论"及某些精神分析论者就带有这种错误倾向。

从美学标准来看，《鸳梦重温》闪烁着爱和美的熠熠光华。对于患病的查尔斯，那些看门人、卖货人和演员等，都伸出理解、友谊和同情的手。为了使查尔斯摆脱孤寂和疏离，女演员波拉放弃职业与他相伴而去。在相处中他们产生了刻骨铭心的爱。这才是他们鸳梦重温的前提和根据。他们共同使用过的钥匙、走过的小道、住过的小房、赏过的桃花，都深深地打下爱的印记。这些坚实的爱情链条，即使用大段大面切割的蒙太奇，也难于斩断。这在基蒂的映衬下更显出其亮色。16岁的基蒂纯情如火，但不幼稚轻浮，美丽洒脱却又自珍自爱。当她挽着查尔斯的手走进教堂，听到结婚进行曲"完美的爱"之际，敏感地觉察到查尔斯爱着的是另一个人，于是毅然离查尔斯而去。这深入查尔斯灵魂深处的影子正是波拉。

真正的爱，是不能忘记的，世间应该充满理解和友谊，这正是电影《鸳梦重温》的意义。

奋斗凝结的心灵投影

　　车光照是摄影界正在升腾的一颗新星。他有一首独白诗,精练地概括了自己的生活道路和艺术创作轨迹:"我与共和国同龄。童年,明朗的世界,赐予我一颗好胜的心灵:99分太少,只要100分!只想当英雄!少年(1957),突降的暴风雨涤除了幼时的天真,我用倔强的自尊,去迎接莫名的厄运。青年(1971),勃发的热情和冷静的思索相融,开始用相机去搜索社会的奥秘和人生的真诚。中年(1987),责任与勤奋凝为心智的投影。"这短短的几行诗,凝结着作者生命的甜酸苦辣和艺术的赤橙黄绿。他成功了,在工作、事业和艺术上,都干得有声有色,有言有为。十几年来,他成百上千的习作自不待言,单是在内蒙古自治区和国家级,乃至国际影展和评比中,入选和获奖的作品就有百余幅。他曾有两次获自治区文学艺术创作最高奖"萨日娜奖",连续两年被评为内蒙古自治区"摄影艺术十佳"。一九九一年十二月,由内蒙古摄影家协会、内蒙古艺术摄影家学会等七个单位联合主办的"车光照摄影作品展",获得很大成功,产生了积极的反响,吸引了区内外文艺界人士。众多的观众感知到他火一样燃烧着的生命,诸多摄影家、评论家承认了他的艺术成就,不少报刊也都赞誉他用相机捕捉真善美、从而让真善美永驻人间。

　　同其他艺术家一样,他自己的经历和个性,他的理想和追求,形成了他特定的心理格局和思维定式,形成了他认识生活、开掘生活、表现生活的特殊视角、方位、理趣和意境。于是,人们才能在他的创作中,清晰地

细节激活历史

看到他所追求的审美规范。

车光照的摄影作品中,体育运动方面的内容,占有相当的比例,这大概和他壮怀激烈、争强好胜的个性是有关系的。如:1982年入选全国第四届优秀体育摄影展的《激战前刻》,1983年获内蒙古自治区体育摄影展二等奖的《翔》,1984年入选华北第九届摄影艺术展的《角逐》,1984年赴意大利罗马参展的《曲坛巾帼》,1985年获全国各族青年摄影佳作奖的《瞬间》等,都取材于体育运动,寄寓着作者艰力与美的追求和赞叹。《角逐》表现的是两个摔跤手,在蓝天白云下拼搏的雄姿;《心劲》则是表现了一群摔跤手临战之前跃跃欲试,难以按捺的冲力和必胜的心态;《翔》展现了一位红装素裹的女秋千手,飘荡在空中的安然和娇美;《风驰电掣》表现了一位黑衣黑骑勇士,稳健从容地飞跃障碍的速度和力度,这些以艺术家的眼力和机敏抓取的体育运动中的画面,体现着作者对勇敢、顽强、健美和功力的赞颂,这使许多电光石火般的瞬间,化为美的精妙的图画,使之常留久驻,给生活点缀了美。让人们在赏心悦目之际,获得激奋和力量。作者于1984年入选华北第十届摄影展的作品《金牌的代价》,通过一群浑身泥水的足球运动员,说明创优夺魁,需要付出的苦劲、拼劲和韧劲。这自然使人联想到,每个成功者的背后,所历尽的磨砺和艰辛。这也恰如煤的形成一样,耗掉大量的树木,结果闪亮的只是坚实的一小块儿。

车光照还有很多作品是表现风光风情的。这些作品与那些体育摄影恰成鲜明的对照,用洗练的构图、恰切的色彩,寄情山水,讴歌家乡,展现了一幅幅草原家乡的风景画和风俗画,格调质朴,感情真纯。1988年赴日本参加"人与住房"摄影展的作品《故乡的云》表现的是一丛葱郁的古树簇笼着洁白的毡包,周围缭绕着一缕洁净的轻云。树叶和云雾都好像纹丝不动,是那样的静谧、安定和祥和。《信步》表现的是一匹马儿在一片野花绿草中闲适的情态,这同其他在国内外参展获奖的作品,如《额吉纳诗情》、《驼铃》、《月光》、《斜阳伴我行》、《寻梦》、《灵光》、《炊烟》、《田园交响曲》等作品一样,展现了自然风光的美,表达了对美好的大自然和家乡的爱,抒发了对生态平衡,对清朗的生活环境,对人与自然、人与人和谐关系的向往和呼唤。

　　作者在青少年时代有过困惑抑郁的经历，有过清贫坎坷。他的好多作品明显地充溢着对普通广大劳动人民的爱与知，对尚存的贫穷和落后寄托着深挚同情，旨在唤起人们更多的关注。《相依为命》、《国情》、《火神》、《父子》和《盼》等作品，就是从不同角度表达了这方面的思想感情，显得极其自然平实，没有半点矫作，更没狂妄的贵族气和超然味。

　　"百花齐放"是包含着艺术形式上的多彩多姿的，但不光是指形式而言，也包括题材、主题、意境和立意上的丰富化；它包含着对文艺整体的要求和希望，对每个作家、艺术家来说，在这些方面既可有相对稳定的追求，也可有多方面的探索。车光照的摄影作品，除了上面谈到的以外，他的取材还有宗教方面的，如《天问》、《有条不紊》、《人生》等；还有关注祈盼两岸和平统一的，如《三亚湾的台湾渔船》；又有表现对人口多的忧患意识的，如《唯中国独有》；而《酸奶》、《误会》、《计上心来》等则表现了可爱的童稚童趣。

　　摄影创作也同诗歌、美术等艺术门类一样，在开放中难免要受到现代主义思潮的影响，根底浅的甚而会随风飘去。难能可贵的是，作为青年摄影家，车光照始终坚实地踏在现实主义的艺术道路上。作为艺术哲学，现实主义主张客观第一，意识第二，生活现实是根是源，艺术是花是流，艺术是生产和生活的反映。作为艺术表现手法，现实主义注重世界的本来面目和生活的真实，不歪曲生活。同时，现实主义强调理性，反对虚妄和空灵。车光照以高度的责任感和勤奋精神，足迹遍布森林、草原、沙漠、农村、牧区，因而他的创作都来自现实生活，并能正确地把握、认识和表现生活。同时，他十分重视学习，学习理论，学习时事，学习现代知识。加之他又经营操持着一个企业，熟悉各种各样的人，体察人们的心声，懂得创业之艰难。由于这些，使他的创作充溢着鲜明的时代气息和地区的特点，思想情调健康明朗，积极向上，故而能给观赏者带来愉悦、启迪和激励，体现了鲜明的审美教育作用和认识作用。

　　古人云："才不称不可居其位，职不称不可食其禄。"车光照的"位"

细节激活历史

着实不少，他是中国摄影家协会会员、内蒙古摄影家协会理事、内蒙古艺术摄影家学会副会长、呼和浩特摄影家协会副主席兼秘书长，获得过"自学成才"荣誉证书和内蒙古"艺术摄影十佳"、"十大青年摄影家"等称号，并被列入《中国现代青年名人录》、《中国摄影家大辞典》。所以他是才称其位的，因而活得充实。然而，他似乎很淡泊，也没有任何满足之感，好像这一切算不得什么。他依然脚步匆匆，执着奋进，想着事业，想着艺术。他的事业定会有新的深入和拓展，他的艺术创作定会有新的突破和升华。我们祝愿他不断地超越自己，不断地向新目标冲刺。

情系万物　画真语直

　　观其画可以知其人。不曾熟悉的人看了雷国清的绘画以后，不免会对作者情系万物，画真语直留下深刻的印象；朋友们看了雷国清的画，都可以在每幅画中找到他的影子；文人看了雷国清的画，会为文人作画而欣羡，而鼓舞；画家们观了雷国清的画，会领悟到须得加强自身的文学修养和对生活的爱心，才可把美术水平的某一方面，提高一个层次。邓拓有一首写郑板桥的七言律诗，其中有两句说："一支画笔春秋笔，十首道情天地情。"郑板桥的笔和雷国清的笔不可相提并论，两人的情也不能同日而语。这不仅因时代不同，层次和情境也不可妄加类比。然而，雷国清云淡风轻、情真意挚的绘画品格的确是难能可贵的。

　　"感情在寻找体现自己的形式，而形式却永远俯首依从感情"（泰戈尔）。雷国清是个多思善感的人，是个内心丰富的人，是个敏于事、谨于行的人。他曾用诗歌，用散文表达自己的感情，后来又试着绘画这种形式，现在他成功了。他四月份在内蒙古美术馆举办的个人画展吸引了文学家、美术家、教授、高级干部、工人、市民、个体户及推销员。有个工人向他求了一幅画，一定要给100元，后来还给送来一打宣纸。雷国清的清纯感动了他。可大街上清纯者有的是，这工人感动的是艺术家的清纯，打动他的还有画家的画。他的画一枝一叶总关情，每幅画都是一篇散文、一首诗、一个小品文。这不仅说他的画都配有诗文，而是说画本身就是诗文。如《鸡蜂》、《兰蝶》、《花鸟》、《秋艳》、《蜜瓜》、《土默川风物》、《大兴安岭一趣》等，都显露着、充溢着作者对生活的热爱，对花鸟虫鱼的真情。人们喜爱和争相索求的是他的雏鸡画。这类画不仅显示了作者绘画的技巧和功力，也突出地表现着作者珍贵的童趣，凝聚着作者对生活真切地体察，寄托着作者永远怀恋的梦真是生动、真切、活脱。看来，无论是为文还是作画，都得有真情，都缘事而发，不能搞无病呻吟的东西。

　　雷国清的画，不仅有情趣，而且有理趣。开展的那一天，我到得早，正好雷国清一幅幅地给我讲解。看他画，听他讲，我的想象驰骋起来。我想起一滴滴露珠，我童年时害眼病时，到那一点儿也没被污染过的洁净的蓖麻地里，那叶子上晶亮的露珠，那露珠滴在眼上比现在任何药物的感觉都要好。国清的画像滴滴露珠，折射着生活的道理和情感的清凉剂，给人以启迪和警策。《虫石》的画面上，一块石头背上躺着两只牛——树牛和粪巴牛。"不事耕作皆称牛何也"？生活中这样的现象是很多的，不教书不育人也有被称为老师的，不写作不出书也有叫作家的，不理政事还是干部，等等。《何况人乎》画的是三只雏鸡和一只母鸡，一只雏鸡的腿被线索绊住了，另两只雏鸡惊愕地关注着，母鸡心疼地想着对策，关心、热心劲跃然画上。"何况人乎？"人的明哲保身的理性常常锁住热心肠，因而车上有人行凶，众旅客观望；街上弱小被欺，无人问津；生活中的委屈和明显的不公平也不可能理想化地得到排解。还有画猫的一幅画，老鼠在姿情肆虐，那猫照睡不误，"吃饱饭梦酣香，谁管他门外有鼠狂"？对这幅画意的理解真是可深可浅，可大可小，就看观赏者是何贵干，且有多强的感悟力了。我记得一句格言，说一个人要想成为大丈夫，就应该尊重童年时候的梦想。如是说来，国清还真有点丈夫气。他的画《童年一忆》，就是再现和讴歌了他童年的梦想："余童年时听人讲聊斋故，尝迷于捕养蟋蟀，梦想得一能斗败雄鸡者，有求索有进取，人生不虚度也。"斯梦美哉，斯言是矣。生活中人人都有这样一股"梦"劲，我们就更多一些顺畅和拓展。

　　国清有一幅画是画的芹菜，并且称赞了芹菜"青翠颀长之梗，碧绿扶苏之叶"。这比较典型地表现了作者的人品和画品，反映了他朴实无华的内心世界。芹菜是常见的，常吃的，常人吃的。对于有些精神和物质都比较贫乏,却要摆弄富贵美术和富贵文学者来说,这幅画可说是一剂清凉药。文艺还要更多地面向普通人,还应扎根于民众。还有那《风》、《眼》、《雨》、《雾》、《趣》、《吵》、《斗》、《息》等作品,都寄寓着作者朴实的情怀。

国清的画有不少是针砭生活弊端之作,体现了作者对真善美的追求和咏叹,对假恶丑的鄙弃和厌恶。但在艺术表现上分寸感很强,与人为善,声气平和,没有张牙舞爪的样子。因而艺术感染力强,使人容易接受,这也是一个突出的特点。

"要知道,嘲弄好的东西,比较容易;而要嘲弄应该讽刺的东西,却很难办到。正如猴子很容易摹仿人类的动作,但人类却很难摹仿猴子的动作一样。"[①] 国清同志通过自己的画,赞美了好的东西,嘲弄了不好的东西,是值得称道的。祝愿你在艺术探索的大道上,奋斗不止,笔耕不辍,你的艺苑里花开不谢,果实累累。

[①] 泰戈尔:《饥饿的石头》,漓江出版社1983年版,第145页。

《老冒小传》的艺术特色

春雪融，春草生，塞外大地文艺春潮涌。新春伊始，内蒙古自治区舞蹈、美术、音乐、文学、电视等各界，都在脚步匆匆，以各种形式秣马厉兵，力争推出突出主旋律和弘扬民族文化的好作品和好剧目。电视剧《老冒小传》，就是一枝出墙的红杏。在文艺如何体现鲜明的时代特色、民族特色和地区特色的艺术实践中，冲出新的一步，为我们的改革建设和文艺创作带来启迪。

《老冒小传》的时代特色，表现在它不是迂回，而是直面我区改革和建设的现实；不是零零点点，而是全方位地扫描，艺术地再现了改革者与传统观念、与明抢暗偷的坏人、与行业不正之风、与自身素养之间的矛盾。编导者凭着多年的生活积累、思想积累和感情积累，怀着对家乡父老兄妹的爱与知，热诚地歌颂了田老冒、玉梅、翠翠及市长矢志改革，勤劳进取的人物形象，揭示了只有改革才能摆脱贫穷落后的道理。玉梅、翠翠从种瓜、卖瓜到办起瓜的加工厂，是脱贫致富之路，是探索前进之路，是步履维艰之路，也是历史必由之路。这道出了内蒙古各族人民不要再"捧着金碗讨饭吃"的渴望，呼出了大兴乡镇企业、富国利民的心声。而田老冒见义勇为、保护了翠翠这个事件及其引发出的老冒与玉梅的悲喜剧，也在偶然中含着必然，体现着改革年代人际关系、价值观念的裂变与重构。

《老冒小传》把对生活的思索和意识到的思想内容，同浓郁的民族特色、地区特色，艺术地加以融合。从语言、服饰、音乐自然景观、人文环境、经济特点等各个方面来看，都使人强烈地感到"此戏只能内蒙古有"。尤为可贵的是，电视剧真切地向人们昭示，民族团结也好，共同富裕也好，绝不是抽象空洞的口号，而是天天在进行着、发展着的事实。剧中的故事发生在半农半牧地区，蒙古族牧民达林太、赛音喊和老冒、玉梅等汉族农民的相互救助、理解和支持，都是在日常生活和经济活动中自然形成和体现的，真实活脱，富有内容，富有力量。例如，当女骗子丽丽得知达林太要拿出3万元支持老冒办厂时，便趁火打劫，假充老冒的会计到达林太那里去冒领。而达林太一听说就信，一要就给。这既表现了达林太一心支持老冒的急切心情，也表现了牧民性格之憨纯，更显现改革的初始阶段，经济行为漏洞之多，经验之不足。

除了上面三个特色之外，《老冒小传》还有精妙的一笔，那就是全剧的结尾。老冒终于成功了，但编导者没有给他戴上胜利的花环。老冒没有出席庆贺的大会，而是悄然地到田间地头收瓜去了。并且心挚意诚地说："我看什么人才？算个人手就不错了。到了今天，人手该让路了。"把年轻人推向第一线，而他自己则和玉梅走向灿烂的夕阳。这一笔辞深意永，蕴含无穷，犹如暮鼓晨钟，发人深省。是的，以他的综合素养来看，还够不上是个人才。人们都应像老冒这样，以时代的发展和需要为参照系，以竞争为动力，不断地超越自我，发展自我。成个人才——不容易呀！这或许是电视剧结尾警策力量之所在。

《马可·波罗》中的忽必烈

　　世界上英雄的性格，都是复杂的，多侧面的。作为艺术，当它显示出这种复杂性时，人物才有立体感，才能活灵活现。电影《马可·波罗》中忽必烈的形象就是立体感较强的人物。

　　首先从外观上看，忽必烈具有征服者的高傲、强国帝王的自信、君临天下的盛威。这种外部特征和他的精神相辅相成，使人物显得充实活脱。当马可·波罗辗转奔波，来到美丽的夏宫上都时，忽必烈给予了隆重热烈的欢迎，表现了他的大方和好客。马可·波罗直言不讳，多思好学，遂得到忽必烈的喜爱和信托。以后，马可·波罗犯了禁，看到了皇位继承人真金犯病的情状，招来杀身之祸。在死到临头的时候，马可·波罗无所顾忌地批评了忽必烈的偏见。忽必烈不仅饶恕了他，而且还委以重任。这些事例说明忽必烈是惜才爱才、灵活变通的。尤其是在七百年前，忽必烈能够大胆地起用外国人，使之为自己所用，并积极发展对外贸易，打开东西方的通道，实行一种尽管是有限的但是开放的政策，是十分难能可贵的，也说明了他具有开放性的性格。这一点，就是在今天，也具有重要的现实意义。忽必烈进入中原，统一中国以后，定居在城市和留在漠北的蒙古人之间，发生了对立和抗争。乃颜部落谋反叛乱割据北方，海都乘机在酒泉一带操戈发难，刚刚统一的中国又面临分裂的危险，元朝帝国面临着危机。忽必烈当机立断，御驾亲征，以迅雷不及掩耳之势，在两股叛军会合之前，各个击破，铲除了隐患。这表现了忽必烈敏锐的洞察力、高超的军事才能和果断的性格。总之，银幕上忽必烈的形象是个英雄的形象，而且不是抽象物。他是有血有肉的，加上扮演者英若诚的出色表演，忽必烈在银幕上是活起来了。

　　当然，任何艺术都不是纯客观的，都倾注着一定的思想倾向和情感色彩。马可·波罗和忽必烈建立了很深的友谊，视忽必烈为第二个父亲，并且在忽必烈麾下当了十七年的官。而电影力求顺着马可·波罗的眼光去看忽必烈，所以就难免使得这面色彩强一些，那面弱一点，这是需要认真加以分辨的。

污泥里的莲花

苏联电影《白痴》中的娜斯塔谢，尽管处在污浊和屈辱的境遇中，但她还是保持了人性的落拓不羁，保持了人性的优美。这是个真实感人的形象，犹如出自污泥里的莲花，光彩照人。

娜斯塔谢在电影中出场的情况，表现了编导对这个形象的钟爱，当然也表现了编导者的匠心。梅思金公爵在叶潘钦将军家发现娜斯塔谢的照片后，被她深深地吸引住，并给予高度的赞美。她纯洁、美丽、善良，生动的眼神，闪烁着深沉和美好的光芒。这就暂且避开了娜斯塔谢妓女的身份，先入为主地给予了观众一个美好完整的形象。特别是在世人皆污、世人皆浊的那个天地，让梅思金这样一个纯洁善良，理智和感情都健全美好的人，来发现和赞美娜斯塔谢，就更加重了娜斯塔谢的美的色彩。

在娜斯塔谢的妓女身份逐渐暴露给观众之际，也是矛盾展开的时候，这非但不能影响她的美好性格，反而使得她的形象，更具有血肉，更具有立体感了。她愉快活泼，生性机灵。她对梅思金公爵一见倾心，绝非偶然。她虽然生活在肮脏的环境中，但被污染的只是她的表皮，而她的内心则是洁白的，是合乎人性的，是热爱和向往美好的生活的。

当罗果静带着一帮赌徒和十万卢布来买她的时候，她让梅思金来决定怎么办。梅思金毫不犹豫地持反对意见，并表示愿意娶她。这表现了她对梅思金的信任。他们的心灵是相通的，他们之间的爱是真挚的、纯洁的。最后，她还是狂笑着跟随罗果静走了。这样的情节安排，既符合生活的真实,也符合艺术的真实,加重了电影的悲剧色彩。娜斯塔谢的狂笑,是对罪恶世界的控诉,是对梅思金爱情的曲折表现。她表面上狂笑,而内心却在流泪流血。因为,她深知梅思金是真心爱她的,她也爱梅思金。但她也深知倘若真要嫁给梅思金,又觉自惭形秽,感到会影响他的名誉、地位和前程。这是何等深沉的情感啊!在此以前,她将那十万卢布投到火炉里,让爱财如命的加尼亚去取,表现了她对金钱和污浊之辈的藐视。

显而易见,娜斯塔谢的不幸遭遇,揭示了资本主义社会把妇女当商品,扭曲人、摧残人的邪恶本质,体现出深刻的认识作用。

《木屋》中的"橘子"

除了蒙太奇和对话以外，电影还有多种多样的表现手段。但凡思想性、艺术性较强的影片，每一幅画面，每一个动作，每一种物件，都是作为一种有深意的语言，有机地融进整部电影的。国产故事片《木屋》中的橘子，就是一种很值得玩味的物件，围绕这个物件的画面是含有深刻的内应辩证法的。

橘子，金黄的橘子，橙红的橘子，美好的化身，圣洁的象征。这橘子的画面在影片中出现多次。而且有一位贯穿全剧始终的人物的名字就叫红橘。这些作为暗示语言的金橘和"红橘"，告诉人们以木屋作为历史见证的沧桑巨变是发生在有什么自然特征的地方，使氛围的地区性得到了明确的表现。而对于具备一定文学修养的观众来说，自然会联想起民族英雄屈原，想起脍炙人口的《橘颂》，从而大大加强了这环境的凝重感和影片的艺术魅力。

在同毗邻画面的对照中加以想象和思考橘子在画面中所显示的意义，更是不同一般。它第一次在画面中出现，是仲驷回溯历史的时候。在翻腾的江水中，一艘破旧的木船飘飘摇摇地撞在礁石上，船客惊恐地跌倒，纤夫悲切地呼喊，橘子洒在船板上……这滚动的橘子，成为鲜明的象征，使人想到善良的中国人民在当年日本帝国主义的铁蹄下，过着多么痛苦动荡的生活，从而也激起了观众对丑恶黑暗的憎恨、对美好光明的热爱。

再看十年内乱那场戏。仲驷被关进"牛棚"劳改以后，朴实的易老大来到专案组要求看望他——

专案干部:"你找谁?"

易老大:"我找仲部长。"

专案干部:"谁?"

易老大:"仲驷,仲部长。"

专案干部:"你有什么事吗?"

易老大:"给他送筐橘子。"

专案干部:"你和他什么关系?怎么和走资派勾勾搭搭的?"

易老大:"人在难处伸把手,不能墙倒众人推呀。"

……

接下来,是专案干部们查问易老大的"成分",教训易老大要和"走资派"划清界限,然后因贪馋留下橘子,等到易老大离开后,一哄而上,抢吃起来。这一切,是以仲驷疲倦地抡着锤、妻子病重需要营养的画面作为反衬的。而当仲驷对妻子的病情表示关切时,专案干部又险恶地嘲弄说:"越老越黏糊。"就这样善良和凶狠,高洁和恶俗,以橘子为中介激烈地矛盾着,使人们看清了专案队的丑恶嘴脸,揭示出那个年月的浑浊。同时也显示出,像易老大橘子似的甘美心灵,在我国人民中是任何时期也没有泯灭过的,是将在天地间永存的。

在文学艺术作品中,利用恰切的物件刻画人物,表达思想是一个重要的手段。高明的电影编导往往都是择取最生活化、性格化的物件和道具,以增强影片的艺术魅力,橘子在《木屋》中的几次出现,就是该片编导的匠心独运之笔。

野兔肉和柳条筐

　　细节，是形象的血肉，是情节的链条。没有细节描写，就没有文艺作品。而精彩恰当的细节的摘取常有画龙点睛之妙，电影《母亲湖》中的野兔肉就是一例。

　　这个细节首先妙在人物性格的刻画上。保安团长宁布土生土长在大草原，喜欢吃的是野兔肉，而不是烤鸭、巧克力；喜欢喝的是二锅头，而不是美国的威士忌；喜欢抽的是水烟袋，而不是英国的555香烟。这些禀素，特别是对野兔肉的嗜好，同人物的言谈举止、遭际浑融和谐、真切传神地表现了宁布朴野、粗犷、民族良心犹存的性格特征，为他后来的弃暗投明埋下伏笔。同时它积极地影响着电影的结构，推动情节自然有机地向前发展。例如：当国民党少将司令黄亚丁来到母亲湖后，宁布在一次喝酒时几口就吃完了仅存的野兔肉，接着示意查干再去拿，查干不好意思地说"吃光了"，结果宁布遗憾地摇了摇头。这段细节描写所设下的隐线，使得以后情节的发展不仅熨帖合理，而且充满了戏剧性，宁布的性格也得到鲜明地印证。当查干冒险把黄亚丁的阴谋包剿母亲湖残害乡亲的重要情报送交地下党组织之后，同志们感到查干回去会有危险，应有所防备。这时，富有经验的地下党员那彦太提来几只野兔，心照不宣地让查干带回为宁布下酒，查干会意地接过坦然地返回：果不出同志所料，正在整装待发的宁布，见到查干后边抽打边怒斥他"无法无天"，追问他半夜三更离去的行踪。在这节骨眼上，老伙夫达瓦端来一盘野兔肉，解释性地望着宁布，宁布的视线迅即转向查干的双脚。湿漉漉的棉鞋，香喷喷的兔肉，使宁布确认查干是连夜为自己猎取野兔去了，遂转怒为怜，解除了对查干的疑虑。这是多么真实、合理，既符合宁布的直性，而又趣味盎然。

但《母亲湖》中的另一个细节——对于柳条筐的安排，细推敲则可显出纰漏。出于斗争需要，以商人身份进行活动的地下党员郭亮、郭明在给宁布送交"入股"红利时，馈赠毛皮为礼。对于如此珍贵的礼物竟用柳条筐装，就很欠妥了，而当宁布乐呵呵地接过钱、物，忙于请酒和还礼之际，居然说了句"回头让查干送筐去"，此则更不真实了。这句话是编导硬让宁布说的，目的是利用这句话，引出后来查干借还筐之机递送情报的情节，乃至宝德少为查干缝补被筐刮破的衣服的喜剧来。现实主义文艺创作不但要求细节的真实，还要符合典型环境中典型性格的真实。日常生活中，王大妈、刘二嫂，街坊邻里之间互送萝卜头、山药蛋，收下东西还去什物是真实的。而对于粗莽并颇有些骄横气的宁布来说，收受重礼之余还想到说到还筐的事，就很不符合他性格身份的逻辑了，从而露出人工穿凿的痕迹。即使宁布想到还筐的事，以他爽快的性格而言，会当即把筐交还对方的。你看他为了即刻"报之以李"，当场就去搜查干的腰包。

契诃夫在谈到选择和运用细节问题时，很形象地说过："凡是跟小说没有直接关系的东西，一概得毫不留情地删掉。若是您在头一章里提到墙上挂着枪，那么在第二章或者第三章就一定得开枪，如果不开枪，那管枪就不必挂在那儿。"[①] 的确，不开的"枪"是不必挂在墙上的，因为任何细节（物件、道具）都没有独立存在的意义，要尽力剔除旁枝杂叶而使作品臻于简洁。而要挂，也要挂得恰到好处，并且要开得巧、响得妙。也就是说，细节一要真实贴切，二要有利于情节发展，并能准确地表现人物性格和主题。

---

① ［俄］契诃夫：《契诃夫论文学》，汝龙译，人民文学出版社1958年版，第410页。

值得讴歌的爱情

正确的恋爱观，作为社会文明的一项内容，具有鲜明的时代性。它是从现实生活和民族的历史的传统中提取而来的。现实生活中爱情的显著特点是纯洁专一，并且要有所附丽。

《牧马人》中许灵均和李秀芝的爱情，之所以散发出沁人心脾的芬芳，就是因为具备了这些特点。他们的结合没有金钱、地位的干扰，重在心灵美，是"好人"、"知音"者的结合。秀芝对灵均是"当了官也不稀罕，放一辈子马也不嫌弃"。灵均面对宋蕉英姿色线条美的卖弄，故作多情的诱惑，表现了冷峻的铁石气概，对自己挚爱的妻子忠贞不贰。这些就是纯洁和专一。尤为可贵的是，灵均对美丽草原的热爱，对乡村父老兄弟的眷恋，那誓与祖国一起"爬坡"的精神，更使得他们的爱情闪射出瑰丽的光彩。这是他们生命的"根"，也是爱情花朵的"根"。并且是值得赞美，值得倡导，值得效尤的。

固然，现存的爱情、道德等观念，不是永恒不变的法则，是要随着时代的前进而发展更新的，问题是朝那里发展，怎样才算更新。封建的残余影响需要清除，然而，把资产阶级腐朽没落的东西"当作美好未来的初升朝霞"来呼唤，也未见可贵。长篇小说《春天的童话》中的女主人公羽姗的道德观念和她对爱情的追求，不是创新，而是倒退。她口称"没有爱情的婚姻是最不道德的"，实际上，她为解决户口和二宝成婚；为搞到住房和舒鸣结合；为发表作品与何净厮混。这种出于某种私利的联姻，在贵族和资本主义上流社会的情场是司空见惯的，何新之有呢？

事物相比较而存在，美丑相比较而分明。灵均与秀芝的爱情符合人们的理想，值得描写，值得讴歌。

土坯屋里的落差

高高的玛尼杆，飘扬的彩幡，一片片绿原中立着一座土坯屋。屋的主人是老牧民金圈和他年轻漂亮的妻子茹里玛。土坯屋的四周笼罩着现代工业和改革震荡的气息，土坯屋的地下是丰富的优质铁矿。青年牧民满达扎布来到土坯屋，他不仅要开矿致富，也想追求他青梅竹马的伙伴茹里玛。老金圈不仅面临着失去牧歌式生活的威胁，等待他的还有感情的失落和家庭的破裂。电视剧《土坯屋》通过这样的感情线索，塑造了金圈、茹里玛、满达扎布等形象。通过这些艺术形象表现了草原生活的变化，展示了时代的发展，揭示了人们面临的挑战与机遇、希望与困惑、信心与失落，警策人们要有时代的主动性，站向生活的潮头。从而，使作品体现了深刻的时代和美学意蕴。

马克思有一段话说："不管个人在主观上怎样超脱各种关系，他在社会意义上总是这些关系的产物。"[①] 说实在的，这段不难理解的话语，道出了古今中外所有人最本质的方面。改革，建立社会主义市场经济，是社会的大潮，是个总的趋势。任何人的命运、希望、成功、失败、前进、落后、平衡、失落等，都是与此相关相连的。问题是每个人能自觉到什么程度，把握到什么程度。积极顺应唯恐不及，消极抵触肯定会落后的。每个个体是这样，每个地区、每个民族也是如此。满达扎布可算是生活

---

① 《马克思恩格斯文集》第 5 卷，人民出版社 2009 年版，第 10 页。

土坯屋里的落差

的弄潮儿。他是草原的儿子，年轻潇洒、闯过世面，没有什么包袱，更无几多束缚。他一心要开发土坯屋下的铁矿，同时还对茹里玛有感情上的希冀。

如何在时代的前进和生活的发展中表现民族特点和民族性格，怎样正确对待传统，如何实现艺术语言的民族化，一直是文艺理论和文艺创作中探索的重要问题。电视剧《土坯屋》在这些方面有些新的突破和可资借鉴的地方。"既然艺术，就其内容而言，是民族的历史生活的表现，那么，这种生活对艺术自必有巨大的影响"，"不用说，'民族性格'不是一成不变的，而是随着生活条件变化的，但它既然存在于每个一定的时期内，它就要在民族面貌上打上自己的烙印"。[①]《土坯屋》形神兼备地塑造了各色人等的蒙古族人物形象。这些形象的表现，呈现着动态的流程，脱离了那种把"旅游文化"、"观赏文化"当成民族特点的老套。喇嘛出身的金圈本来在清静中有他的慰藉，有他的心理平衡，但这是属于一定时期的，都不是凝固和永恒的。面对当代文明和生活的冲击，势必面临着困扰、惶惑和落差。生活撞击着他的梦，摇动了他手的念珠。他一味地沉湎过去，他喜欢在梦中播种，他最后牵着毛驴，带着只存于心中的幻想，去寻觅没有油烟气的草滩。实质上，他收获的将是更大的虚无。过重的因袭负担压得他在新生活面前败退了。如果他仍很安稳、仍很自得、仍很平静、仍很有理，那才怪了，那就既谈不上民族性格，也谈不上时代特色了。

与此相对照，茹里玛这位本来就不情愿嫁过来的妇女，本来就心存对新生活的渴望，对新气息的敏感，加之她另外的精神负荷也不重，因而很快就向新生活倾斜，适应了新生活，驾驭了新生活，成为一位熟练的经营者。新追求、新情感、新价值、新道德，将使她变成一位新人，变成新时代、新生活的主动者和战胜者。她很"可怜"金圈，金圈也"可怜"她，而真正值得可怜的是金圈，茹里玛却是充实的强者。土坯屋倒塌了，被挤掉压垮的是金圈，而茹里玛则将站在新的大厦上。这种矛

---

① [俄] 别林斯基：《别林斯基论文学》，新文艺出版社 1958 年版，第 81 页。

盾，这种落差，无论他们谁也不愿意看到，也不愿意释然，甚至都会很痛苦。然而，这是生活的趋势，是历史的必然，这是不以任何人的主观意志为转移的。

艺术，越是民族的，便越是世界的；越是时代的，就越是历史的。电视剧《土坯屋》由于循着这种现实主义的原则去探寻和实践，因而挥洒出历史和美学的意蕴，体现出一定的艺术价值。另外，作品在一定程度上表现了改革年代的阵痛，深含着对新生活的肯定和讴歌，这也是可贵可取的。因为，在某种意义上来说，艺术如果"不是痛苦的哀号或高度热情的赞扬，如果它不是问题或问题的答案，它对我们的时代就是死的"（别林斯基）。而死的东西，自然也就谈不上什么民族特点，更谈不上什么艺术价值之类的问题了。所以说，电视剧《土坯屋》是很有可借鉴之处的，是有很深的艺术意蕴的。

此生愿走天涯路

　　云川初始给人的印象是质朴，质朴得似土默川的泥土；他平静，平静得就如大青山深处的小湖；他规矩，规矩得宛若美岱召的围城。然而读了云川的影视作品集《天涯路》（中国广播电视出版社1990年版），这种既定的印象，会受到冲击，乃至裂变和重铸。原来，他一直追求的是"浪迹平生"，老早就怀着"此生愿走天涯路，何处芳草不是情"的游子之心，走遍了长城内外，大江南北。而他的创作思路，更是天上人间，古今中外，显得海海漫漫，毫无拘谨。

　　这种自然品格和艺术品格之间的落差，是有其内在之必然联系的。作为农民的儿子，云川是在特定的人文环境中长大的，有自己生命的根，有自己熟悉的生活和题材。然而，他又能在时代、国家和世界的大参照系中去加以观照和驾驭，从而实现自我的超越。他是在古城寺美岱召长大的，对于有关成吉思汗、阿拉坦汗和三娘子等古代故事和传说，对于抗日战争、解放战争等现代革命斗争的故事和传说，听得很多，嚼得很烂。同时阅读了大量历史和文学方面的书籍。因而，他的创作从戏剧、电影到电视，大多取材于这方面的内容。《天涯路》、《重返人间》、《世界征服者罗曼史》、《东方之恋》、《乌力更》、《北国天使》等戏剧影视作品连同其他作品《三娘子》、《成吉思汗的女儿》、《腾格里日出》，构成了这一地方八百年来英雄业绩的形象史。但是，不论怀古忆旧，还是直面现实，云川的创作都不是古老事件的简单重复。他善于以现代的意识和眼光，发现漫漫长河中的珍贵潜流和闪光浪花；从而兴怀咏志，开掘提炼出启迪人生、有益于当今振兴发展的深刻意蕴。例如《东方之恋》，他抓取忽必烈任用马可·波罗这个题材，突出地鞭挞了利用职权贪赃枉法之徒、依赖俸禄闲散慵懒之辈，表现了兴利除弊、励精图治的思想。再如剧作《三娘子》中，作者拨开纷纭繁杂的历史现象，着重描写了塞外和中原在物品方面的互利交流，弘扬了民族之间团结祥和的历史意识。

形式决定于内容，技巧服务于思想。云川"没有用生活原型去代替艺术，面对熟悉的东西进行陌生化处理，用色彩构成一个多维度的主体世界，表现他自己对生活的独特体验"（《云川的空间》）。这段评论美术的文字，也适用于他的戏剧影视作品。此外，由于云川在创作中，不追求故事和情节的完整性，而重在光面和亮点，所以在创作方法和技巧上，在现实主义的基础上，努力汲取鲜活的方法和技巧。如影片《天涯路》，运用"对比蒙太奇"、"隐喻蒙太奇"等手法，将古代人物阿剌梅、镇国和现代人物剑虹、李哲人以及其画面元素组接在一起，将不同的形象加以并列，造成强烈的对比和视角上的直喻，艺术涵蕴深厚丰富。

"诗人对宇宙人生，须入乎其内，又须出乎其外。入乎其内，故能写之。出乎其外，故能观之。入乎其内，故有生气。出乎其外，故有高致"。（王国维《人间词话》）云川土生土长，热爱家乡，熟悉家乡，歌颂家乡。他又热爱祖国，志在天涯，领略了长城内外的繁华文明，沐浴过江南的蕉雨椰风。这一切造就了他的生命，开启了他的视野，赋予他艺术的灵气和品格。祝愿他向新的艺术空间探索和拓展。

略论文学系统的开放性

文学世界是追求真善美的世界，是充满个性和色彩的世界，是鲜活、拓展的世界。对于文学繁荣发展和造福人间、服务于社会的特点和规律，可从各个方面去分析把握，而唯物辩证法的系统论观点是认识文学、发展文学，有效地发挥文学作用的好方法。作为一个系统，文学同其他系统一样，欲要实现其整体功能的优化，必须坚持整体性、结构性和开放性原则。本文仅就文学系统的开放性问题，谈点粗略的意见。

系统的开放性，说的是系统内部各要素，系统与周围环境的相互关系、相互作用。这种开放性是系统存在和发展的必要条件，文学的开放性尤为重要。中外文学的发展史表明，各类文学，各民族文学，各时代的文学，各国文学都是在相互联系和借鉴中丰富和发展的。忽视开放性，便失去提高与前进的参照系，就会窒闷文学发展的生机。一种文学没有开放意识，很难立于文艺之林；一个民族的文学没有勇气开放，何以跻身世界？

文学的系统性问题，内涵极其科学严谨、深邃宽泛。文学创作是一个系统，生活积累、知识层次、世界观、创作方法、审美理想、文学体裁、文学语言等，则构成了这个系统的各个要素。而各种文学样式，如小说、诗歌、散文、报告文学等，又构成文学的又一个系统。文学系统内部的各个要素，是相互联系、相互开放、互补互促的。科学地认识和把握这种关系，将可更自觉地进行文学创作，提高创作质量。换个角度看，"雅文学"

细节激活历史

和"俗文学"也有个相互开放的问题。文学的共同性是"寓教于乐"、"寓理于情"。"雅文学"突出文学的传统,注重社会影响,有很强的思想教育作用。但也要从众多的读者文化和欣赏层次较低这一实际情况出发,吸收通俗文学的可读性、故事性和通俗性,借鉴一些新的表现手法和技巧,以扩大艺术表现力,扩大读者群。否则也会影响文学应有的社会效益。"俗文学"应汲取"雅文学"的审美性和思想性,克服盲目迎合某些读者,任其自然选择的倾向,以达到使读者受到启迪,陶冶情操,提高思想的功能。从某种意义上说,老年作者和青年作者也有互相开放的问题。否则,一方面会囿于旧有的生活积累,操着固定的尺度,衡量新的生活和新的创作,甚而减退对新时代的热情;另一方面,会忽略优秀传统,漠视对生活和知识的积累,轻视理论学习,干巴巴地凭着感觉走,乃至无限地走向自我,走向空灵。

文学系统内部要开放,以加速"自组织"运动过程。文学对外部系统,对整个社会和自然更要开放。文学对其他学科的开放,有利于及时地摄取社会学、政治学、经济学、思维学、新闻学、心理学、历史学、人类学、人才学、美学和语言学等学科的成果和信息,实现信息的转换,从而使作品体现出鲜明的时代性、深刻性、丰富性和立体性。

就这么说下来,重要的一点是文学对生活、对读者的开放。俗话说"过犹不及"。目前,有些文学作品出现发行困难和生存的困惑,原因很多,其中有一点是个"过"字。就是说,有的作品在手法和立意上"过旧",和生活离得较远;有的作品则是在手法上"过新",从形式到内容迷离惝恍,谁也看不懂,还说是写给自己看的。文学创作是万不能轻视读者的,"读者的性格和对读者的态度,就决定着艺术家创作的形式和比重,读者就是艺术的一个组成部分"[①]。可见,若要创作出佳作、力作,就必须面向时代、面向人民,深刻地体察一下千万个读者到底在祈望着什么?当今时代的理想追求、价值取向究竟是什么?

---

① [苏]阿·托尔斯泰:《论文学》,程代熙译,人民文学出版社1980年版,第24页。

当然，正如一切系统的开放一样，文学的开放，要以有利于自身的存在和发展为原则，在同外界进行信息的转换中，要注意克服简单的经验思维和反馈思维，要进行科学具体的分析和鉴别，对于吸收什么，拒斥什么，要有恰当的选择。这里的关键是，要尊重自己的生命体验，要坚持民族文学的优秀传统，要珍视自己的特质和个性。

文学报刊系统方法思考

朵朵佳花问世，个个作者成名，文学报刊作为载体，起着重要作用。这些成百上千的报刊，就其方针和功能来说，主要是分为纯雅和通俗两个类型。当然，文学报刊还可以从体裁、题材等方面进行分类。然而，这并不重要。重要的是这些不同类型的文学报刊，如何协调地服务于社会、服务于人民？在这里，有一个用唯物辩证法的系统观来分析研究文学报刊，科学地管理好文学报刊，实现其整体功能的优化问题。本文就此做一点系统方法思考。

一 坚持整体性原则，促成文学报刊形成有机的联系

文学报刊是一个系统。各类报刊要按照发表作品、培养作者、提供精神食粮、建设精神文明的统一宗旨，形成内在有机联系、协调发展，体现文学报刊的整体性功能。如果各执一端，就会失之偏颇，从而破坏整体性功能，给人民事业带来损失。那种把文艺报刊清一色的搞成"工具"和"武器"，搞成"斗"和"批"，把社会功能推向极端，丝毫容不得娱乐性和探索性，实际上使文学完全成了理论性的说教物。结果，文学报刊荒芜，文学园地萧条，文学名存实亡，人们的精神生活极端空虚贫乏。另外，近几年由于商品经济的影响，文学报刊向通俗方面严重倾

斜。不仅在内容上诸多倒向通俗，而且发行量猛涨。在通俗文学热浪迭涌之际，"纯文学"报刊则门庭冷落，在稿件来源、纸张印刷、出版发行诸方面均困难重重。作者、编者的积极性和读者的审美水准，都受到消极的影响。

　　实际上，在文学报刊这个系统中，是以其各报刊的共同性形成有机联系的。这个报刊的共同性就是"寓教于乐"，提高思想认识水平和道德情操，建设精神文明。马克思主义认为，文学艺术也是认识和掌握世界的方式，但这种方式是有别于"宗教、理论、实践—精神"的掌握，而是以人的审美活动为基础的。作家创作要用形象思维，读者欣赏和接受首先得付之兴趣和感情。一般来说，读者和观众不是自觉地抱着受教育的目的捧起报刊和走进影剧院的。"教"和"乐"相连，"理"和"情"相结。所以，任何文学首先要有可读性，要能吸引人感动人，要有娱乐性，并在心理中起到潜移默化的认识教育作用。因而，各类文学报刊作为文学报刊系统的要素，来体现文学报刊这一共同性，并由此保证整体的有机性，有效地发挥整体功能。"纯文学"报刊强调文学的传统，注重社会效益，有很强的认识作用和思想教育作用，对提高人民群众的思想、道德、情操，对促进两个文明的建设，都有很强的作用。这个办报办刊方向应当坚定不移。同时，"纯文学"报刊，也必须从"纯"冷"俗"热的生存困惑中猛醒，进行认真的反思和总结。要从众多的读者文化较低这一实际出发，学习通俗文学的可读性、故事性和通俗性，从探索文学那里吸收一些新的手法和技巧，以扩大艺术表现力。对通俗文学一味地加以拒斥、鄙视和否定是片面的。有的"纯文学"报刊编辑，不沾通俗文学的边；有的"纯文学"作家不参加通俗文学研讨会；有的评论家认为评论通俗文学是降低身份；等等。这都是很偏颇的。如果把"纯文学"搞成新的"象牙之塔"，搞成普通读者的"禁区"。这样，一般人就会冷漠对之，日久天长会使相当多的人对文学产生"逆反"心理，这怎能还谈得上教育人们、激励人们的社会功能呢？

　　因此，在发展"纯文学"的同时，不可轻易否定通俗文学在文学报刊中的特殊功能。不能不看到在改革开放的热潮中，追求娱乐性、可读性的通俗文学报刊应运而生,这是很自然的。风尘仆仆的民工,旅途中疲惫的推销员,街市上繁忙的个体户,让他们去读鲁迅、托尔斯泰,恐怕是强人所难的。文学娱乐性的正常发挥,有弥补调节、平衡心理的作用,至少要比迷信、赌博、斗殴要有益。所以,通俗文学报刊在整个文学报刊系统中是必备的要素,对社会的稳定是有其积极意义的。然而,通俗报刊也应调整自己的形象。近年来出现了一些黄色垃圾,也出现一些胡编乱造、质量低劣的嬉闹之作,为报刊的整体功能造成负效应。所以,通俗报刊也面临危机,开始丧失读者,并造成一些人对文学的错觉和反感。在这种情况下。通俗报刊要恢复生机,必须牢记报刊的宗旨,不能盲目迎合某些读者的需要,任其自然选择,以致使低级压倒高级。这就很需要学习"纯文学"社会责任性、情节丰富性、艺术审美性,从而真正做到"寓教于乐"。总之,在文学报刊这个系统中,"纯文学"和通俗文学及其他类型的文学,是不可分割地构成有机联系的整体,应该不断地协调、调节它们之间的关系,以使文学报刊充分发挥其整体性的功能。

二 重视结构性,保持文艺报刊的合理布局

系统的整体性,是通过要素的结构性体现的。要素是系统的必备条件,但不是全部的条件。只有各个要素的构成合理的组合方式和比例关系,才能形成系统的整体功能。构成文学报刊系统的各类报刊,不是杂乱无序的综合,而是有机的结合。所以,在报刊工作的管理和领导中,必须立足整体、统筹全局,根据文学发展规律,根据读者和作者的实际情况,进行综合分析和考察,保持文艺报刊的合理布局和适量搭配。

文艺报刊的读者群有工人、农民、科研人员、干部、教师、学生、职员、个体户,有男有女,有老人、中青年、儿童;居住的地方有城镇、乡村、牧场、矿山、林区;文化层次有高、中、低;欣赏趣味有雅与俗;有

的喜爱小说，有的喜爱诗歌，有的喜爱散文，有的喜爱报告文学；有的是专业研究，有的是阅读欣赏，有的是消遣娱乐，有的是兼而有之，等等。面对这样纷纭繁杂的情况，文艺报刊要想增加覆盖面，协调有效地发挥功能，必须研究内容的搭配，保持合理布局。

"纯文学"和探索文学报刊，尽管经济效益不大，却有很高的思想价值和艺术价值。曲高和寡，读者少，自然经济效益上不去，所以需要给予较大投资、扶持和保护，以满足较高层次读者的需要，同时起到发展文学、提高其他读者、作者审美层次的作用。对通俗文学报刊也要热情支持，对那些群众喜欢看的读物，只要是无害的，也应该允许存在。"扫黄"工作一定要把握"准"和"度"，宁可一时不及，也不要过。

注意系统的结构性，要深入研究了解各要素的特点、作用和价值，从实际出发，选择和建立最佳的结构形式，以发挥系统整体的最优功能。例如：内蒙古自治区有120万平方公里的土地，两千万各族人民；有牧区、农区、矿区、林区；有蒙文读者、汉文读者；有文化程度高的、文化程度低的，还有文盲、半文盲。目前，全区（也是全国）唯一的省级蒙文刊物《花的原野》发行近万份，如果单从经济角度考虑问题，那么它就可能停办，蒙文读者就看不到较好的作品，相当数量作者的作品就会失去园地，后果是可想而知的，所以必须扶持。根据有关文件精神，地市级的文学刊物都要停办。倘从内蒙古的实际来看，在执行上，应有灵活性，否则会给牧区、林区、矿区的读者和作者都带来消极的影响。内蒙古不仅应有草原文学刊物，而且应该有森林文学刊物。不然，不仅相当数量的读者受到影响，而且有关刊物团结和培养着的青年作者的积极性也将受到挫伤，这对文化贫乏落后的地区来说，显然是有害无益的，不利于文学报刊的多样化、丰富化，不利于文学自身的发展和精神文明的建设。再者，为了文学在普及基础上的提高，省级汉文文学刊物《草原》在所发表作品的题材和形式上都要注意比例搭配。既发表草原题材的作品，也要发表工、农、林、猎题材的作品；既发表小说，也要发表诗歌、散文和报告文学；既发表"纯文学"类作品，也要发表通俗类作品。这样，不仅使各级各类报刊在量的搭配上适当，比例关系上协调，而且形式上也保持着有机的联系。

三 注意开放性，促进文艺报刊的发展繁荣

系统的开放性，说的是系统内部各要素、系统与周围环境的相互关系、相互作用。这种开放性是系统存在和发展的必要条件，文艺报刊的开放性尤为重要。中外文学发展的历史表明，各类文学、各民族文学、各国文学都是在相互联系、相互借鉴吸收中丰富和发展的。没有文学的开放，就会窒闷文学发展的生机。文学的开放性，含义极其宽泛。各类文学报刊之间要开放，以实现信息的交换；文学报刊与社会学、政治学、生物学、伦理学、美学、新闻学等，也要互相开放。同时，对于国外文学报刊中有益的思想、艺术营养也要积极借鉴和汲取。

各类文学报刊之间的开放，如上文所述，可以更好地使报刊保持有机联系，互补互促，有效地发挥文艺报刊的整体效应。

文艺对其他门类的开放，有利于及时摄取社会科学、自然科学、生活和自然的成果和信息，实现转换，从而体现出鲜明的时代性、丰富性、深刻性和生活的绿意。

文学报刊对世界文学的开放，可及时认识了解全世界文学发展的现状和趋势，汲取有益的思想和艺术价值。没有世界文学的参照系，民族文学在封闭孤立的状态下是发展不起来的。文学不能勇敢地面对世界，是走不向世界的。

当然，正如一切系统的开放一样，文学的开放，要以有利于自身的存在和发展为原则，在同外界进行信息的交换和转换中，要克服简单的经验思维和反馈思维，要进行科学具体的分析和鉴别，对于吸收什么，不吸收什么，要有恰当的选择。这里关键的问题是要以马克思主义做指导，要坚持民族文学的优秀传统和自身的特质。不管作家、编辑"采取什么样的态度，他们还是得受哲学的支配。问题只在于：他们是愿意受某种坏的时髦哲学的支配。还是愿意受一种建立在通晓思维的历史和成就的基础上的理

论思维的支配"①。前阶段文坛上有些作者和报刊编辑,盲目的"开放",口称不受任何"主义"的束缚,实则摒弃马克思主义的指导作用,结果滑向了萨特、弗洛伊德,滑向庸俗社会学和空灵。这些教训是应该永远记取的。马克思指出:"在人民报刊正常发展的情况下,构成人民报刊实质的各个分子都应当首先各自形成自己的特征。这样,人民报刊的整个机体便分成许多各不相同的报纸,它们具有各种不同而又相互补充的特征,例如,一家报纸如果主要关心政治学,另一家则主要关心政治实践;一家如果主要关心新思想,另一家则主要关心新事实。只有在人民报刊的各个分子都有可能毫无阻碍地、独立自主地各向一面发展,并使自己成为各种不同的独立报刊的条件下,'好的'人民报刊,即和谐地融合了人民精神的一切真正要素的人民报刊才能形成。那时,每家报纸都会充分地体现出真正的道德精神,就像每一片玫瑰花瓣都散发出玫瑰的芬芳并表现出玫瑰的特质一样。"② 马克思这段话的系统意蕴很深。我们的文艺报刊应该也一定能够在多彩多姿、色样纷纭的状态中走向繁荣发展。

---

① 《马克思恩格斯选集》第3卷,人民出版社1972年版,第533页。
② 《马克思恩格斯全集》第1卷,人民出版社1995年版,第397页。

文学新秀的苑圃

五载三十篇，诚笃育花人。《青年文学》创刊以来，五年内发表了内蒙古族青年作者的作品27篇，近30万字。为庆祝自治区成立40周年，又特地为内蒙古出版专号，刊登11篇小说，以及诗歌、散文、评论等。对于《青年文学》热诚地扶植文学新人，矢志于培育文学佳作的辛勤劳动和无私奉献，内蒙古各民族作家和读者是由衷感谢和敬佩的。内蒙古有的青年作家深有感触地说："我们能驰骋文坛，是《青年文学》把我们扶上骏马的。"

对此，《青年文学》主编陈浩增谦逊地说："我们是无意的，并不是偏爱内蒙古。"他们的确是无意的，陈主编说这话也是无意的。但正是在这无意中，显示出《青年文学》这块逼香沁翠的苑圃上园丁们的勤苦和胆识。在纷纭的自然来稿中，他们慧眼识珠，择取了邢原平的小说《站在高高的脚手架上》，陈计中的小说《要是我当县长》，路远的小说《在马贩子的宿营地》、《血栓》、《独臂西里人》，李悦的小说《死光》等。这些在编辑指导下反复修改后发表出来的作品，有的被《新华文摘》、《小说选刊》转载，有的获青年文学奖，有的被改编为电视剧，有的被收入《青年佳作》，在社会上引起很好的反响。而这些作者们（包括其作品被收入《青年佳作》者），如乌热尔图、哈斯乌拉、路远、白雪林、邢原平、江浩、陈计中、霍钦夫、徐扬、张作寒、敬超等，正是内蒙古青年作者的骨干力量，是内蒙古多民族、梯队形作家队伍的重要构成部分。

文学新秀的苑囿

这些青年作者，大多三十多岁，上过山，下过乡，都在文研班或其他高等院校深造学习过，是敏锐多思、勇于创新的一代。他们在方向和原则上，坚持现实主义道路；在创作上，题材、立意、手法、各有千秋。《青年文学》的编辑们，总能在众多的稿件中，掘取各位青年作者的闪亮之点，并使之发扬光大。邢原平在创作《站在高高的脚手架上》时，是刚起步不久的新人，在小说的结构、方法和语言诸方面都显得稚嫩，但创作中有生活，有激情，有追求。据此，《青年文学》抓住不放，经一年多时间的修改，作品在1984年第1期刊出后，分别转载于《小说选刊》和《新华文摘》上，在自治区内外获得好评。这篇作品的立意，诚如作品的题目一样气魄不凡！通过叶迪亚、大威和阿强等几个青年工人的思索和追求，告诉人们，最重要的是要有远大的理想和高尚的信念，否则难免琐屑庸碌，苟且偷生；告诉人们，必须跳出狭隘的小圈子，置身于高远的参照系内，才会看清生活，认识自己，明确目标，才能踏上理想的金光大道，才能不断地进行志趣和人格的发展和完善。同时，也警策家长、老师和领导们，要深刻理解和准确把握当今青年的优点和弱点，要善于发现和爱护青年人身上美好的特点，要允许他们按照自己的特点去发展塑造自己。教育引导一定要从实际出发，要有正确的方法。"人在原来生活圈子中百思难解的事，当你跳出这个圈子去俯视它，视野就更开阔得多了。""不但证明你的纯洁，还要证明你战胜过的彷徨苦闷。"叶迪亚的这番话，是青年人的肺腑之言，是说给青年人听的，但也会引起中老年人的共鸣。邢原平的其他作品，如《街头印象》、《墙》等，也都是这样通过一些日常小事，发掘和再现现实中人的内心世界，揭示新时期我国政治生活、家庭生活的变化、趋势和青年人的追索，赞扬了生活美、人情美和思想的力量。刊于《青年文学》1986年第8期的李悦的短篇小说《死光》（收入《青年佳作》），也是通过凡人小事，折射了当代生活五光十色的光彩。作品中那一班供电局外线工人，平素有委屈、有牢骚，但在动真格的关键时刻，又是那样义无反顾，冒着有可能吞毁生命的"死光"，给千家万户送去光明。作品心挚意诚地呼吁人们，给我们生活和建设中被漠视、被冷落的角落，送去关心，送去理解，送去爱情，送去温暖吧！

细节激活历史

而发表于《青年文学》1987年第5期的敬超的《毕业歌》，则以对生活深切而独到的理解和难能可贵的激情，给读者的心灵以震颤。白羽、王久辉、尚智等极富个性的形象，正是一代有才华有个性善思考的青年知识分子的缩影。

内蒙古的文学创作，近年出现了新的审美倾向，即从过去对生活单纯的赞美颂扬，到开始看到一些负担，由生活的表面转向内宇宙的探索。这主要表现在青年作家的创作中。这些青年作者们在这方面的发掘和表现上，能够抓取各个民族的优点和珍贵的特点，而不是着眼于劣点和弱点。所以在他们的作品中，不赞美远古的荒凉，不欣赏初始的拙朴，不表现病态的陈迹，而是用哲理的眼光和现代的价值观审视过去的生活，剖析五光十色的新生活，揭示新的历史条件下新型的人际关系，人们心灵的拓展和丰富化。在这点上，《青年文学》发表的路远的小说是很能说明问题的。《在马贩子的宿营地》（载《青年文学》1985年第9期，《新华文摘》转载，并收入《青年佳作》）开篇海潮般的马群，构成一幅由奔腾的美、力量的美交织在一起的雄浑画面。这同篇末的安谧、平静恰成鲜明的对照。而这些，既是刚正不阿、性如烈火的黑塔布，由发誓报仇雪辱到解救仇人的活动氛围，又是内心世界的印证。表现民族性格，特别是如何在生活的发展中写好民族性格，一直是文艺理论和实践中的重大课题。黑塔布这个人物的塑造，在这方面是有新意的。出马一条枪，认准不回头，服软敢碰硬，感情用事，宁折不弯，可说是蒙古族牧民一方面的精神特征。黑塔布的性格特点，既有这种传统稳定性的清晰烙印，又体现着可塑性和流动性。四年前，衣袍破烂的黑塔布，蒙受过有权有势的敖斯尔兄弟的凌辱，还被夺走了心爱的情人。四年后重返西热图草原的黑塔布成了腰缠万元的马贩子头目，而多行不义的敖斯尔兄弟已受到应有惩罚落魄了。在这种情况下，正像开篇排山倒海、势如破竹的场景描写一样，黑塔布的复仇计划是稳操胜券、难于逆转的。但事情的结局却完全相反。敖斯尔兄弟改恶从善了，认罪服输了。黑塔布的复仇打算也一步一步地动摇了，最后还慷慨相助，拿出两万元使敖斯尔两兄弟渡过危难。黑塔布失去了金钱，丢掉了爱情，得到的是西热图草原和自己良心的平静和安宁。路远的另一姐妹篇《独臂西里人》(载于《青年文学》1986年第10期),同这篇《在马贩子的宿营地》相对,乌达里吉亚原打算去报恩,但当发现他原来的恩人嘎布吉作威作福,鱼肉乡亲时,便叛他而去。这两篇作品,都较为深刻地表现了草原牧民传统美德的发扬、今天理性观念的强化和内心世界的拓展。路远同内蒙古其他一些青年作家一样,在作品中都重在写人,写人的复杂心态和哲学理念,探索心灵的奥秘及其流向。这中间都隐含着一个深刻的意蕴,那就是在我们的生活中,钱和权不应该是万能的,更重要的是理想、信念、美德及良心等,从而体现出了珍贵的价值观。

　　发表于《青年文学》的内蒙古青年作者的作品,也不乏反映改革的佳作,如陈计中的短篇小说《要是我当县长》,路远的短篇小说《血栓》等。《要是我当县长》(载于1983年第4期,获首届青年文学奖,收入《青年佳作》)中的人物石根,是个典型性很强的新型农民形象。在那怠惰消弭勤奋,干与不干一个样的年月里,石根这个勤劳智慧,且颇有几分活力的农民,有劲儿无处使,在穷山沟里和大家一起受穷。在党的富民政策下,他的智慧和能力得到发挥,成了养羊专业户,由穷到富,随之人的尊严和人格的力量也奋起。当他看到往日由于贫穷而失去的恋人云玲时,也曾萌生过"报复"的念头,但方法是粗拙可笑的。这与其说他缺少报复和使坏的点子,不如说他压根就没有坏心肠,而且实际上,对于和自己"青梅竹马"的云玲本是同病相怜,从心底爱护的。所以,当石根得知云玲的求生致富之路,被一些以权谋私、在"大锅饭"里捞到油水的人卡住的时候,当即满怀义愤,给和自己有一面之交的县长写了上告信,在县长的干预下为云玲排了忧,解了难。石根这个形象,反映了当今农民的精神风貌和新型的人际关系。作品还通过县长的形象,歌颂了党的富民政策和对理想干部的期待与希望。路远的《血栓》,则是深刻地揭示了某些阻碍改革的势力,根本上是脱离人民的,是置国家兴衰于不顾的,他们保护的是他们自己的狭隘利益。而要冲破这个阻力,是需要相当的胆识和魄力的。

　　总之,内蒙古文学新人发表于《青年文学》的作品,都从不同角度、不同侧面,反映了内蒙古现实生活的风貌,反映了这些青年作者对生活、对文学的思考与探求。他们一些人开始摆脱文学的困惑期,在题材和美学

细节激活历史

追求方面开始有了明确的稳定的方向，因此不会轻易随风逐雨地左右摇摆。当然，他们的路正长，距离成熟还有一段艰辛的路。阳光灿烂、草原无垠。随着时代生活的前进，内蒙古的青年作家们将会在文坛更迅猛地驰骋，会更快地成长的。这期间，人们热切地期待《青年文学》建树新的功勋。

面向时代　面向人民

　　《在延安文艺座谈会上的讲话》（以下简称《讲话》）是马克思主义普遍真理与中国革命文艺实践相结合的产物，是毛泽东文艺思想体系形成的标志。《讲话》论述了一系列带有根本性的原则问题，究其主旨就是要解决好文艺与时代、文艺与人民的关系问题。《讲话》提出的作家艺术家"必须和新的群众的时代相结合"，主张文艺必须服务于党和民族大局的基本精神，仍然是我们今天的文艺工作者需要遵循的基本原则。

　　《讲话》发表的时期，从国情上看，是半封建、半殖民地社会。经济、文化相当落后，特别是农民，当时的文化层次和审美水平很低。而当时中国革命的特点是新民主主义革命，任务是打倒帝、官、封，途径是农村包围城市。这样的时代特点决定，必须面向农民、教育农民、发动农民，为农民创造适宜的精神食粮。另外，当时正值抗日战争时期，面对民族、阶级的危机和凶残的敌寇，血雨腥风的斗争要求在文艺创作中体现出强烈的政治内容和斗争意识，以使文艺成为"团结人民、教育人民、打击敌人、消灭敌人"的有力的武器。所以，《讲话》强调文艺工作者要认清这一时代使命，站稳立场，明确态度。改变那些"和群众的需要不相符合，和实际的斗争需要不相符合的情形"；要求文艺面向工农兵，为工农兵创作，为工农兵服务。在普及与提高问题上，强调普及；在批评标准上强调政治标准。所有这些方面，都是从时代和人民的需要出发的。在这个精神的指引下，作为一支重要方面军，文艺在抗日战争和解放战争中都发挥了不可缺少的重要作用。

"时运交移,质文代变,古今情理,如可言乎。"(刘勰《文心雕龙》)新中国成立以后,国家性质、社会条件、生活现实和人民需要都发生了根本变化。这就要从新的时代需求出发,贯彻毛泽东的《讲话》精神,执行正确的文艺方针。在50年代中期,我们党在时代特点和社会要求方面,进行了可贵的探索,实行了科学的决策。1956年9月举行的"八大",正确分析了我国社会主义改造基本完成以后,国内阶级关系和主要矛盾的变化,提出了我国无产阶级和资产阶级的矛盾已经基本解决,党在今后的战略任务是集中力量发展生产力,加速经济建设、文化建设和科学建设。基于此,毛泽东在1957年提出"百花齐放、百家争鸣"的方针。因而从1956年至1957年春天,我国思想、文化和科学领域,出现了生动活泼和繁荣兴盛的局面。不久,由于种种复杂情况,特别是由于林彪、康生、江青这类以"左"的面貌出现的假马克思主义者和坏人,别有用心地把毛主席关于文艺与政治关系的论述,脱离时代地加以教条化,进而塞进一些歪曲的、附加的东西,把"政治标准"推向偏执的极端,用来作为排除异己、摧残文艺的凶器。他们夸大文艺战线的敌情,随意把文艺现象上纲为"阶级斗争"、"政治斗争"和"路线斗争"。十年动乱招致文艺园地百花凋零,使得作家、艺术家的创造力受到挫伤和窒闷。概念化、模式化的东西盛行,宝贵的精神成果遭到贬斥,人们的精神生活极端贫乏,社会主义精神文明建设的进程受到延误。这样的教训是应该永远记取的。

随着我国政治和经济形势的好转,文艺事业得到迅速的复苏和繁荣。党根据新历史时期革命和建设的需要,调整了文艺政策,提出文艺为人民服务、为社会主义服务的"二为"方向,这是《讲话》精神的正确体现。为人民服务,是文艺的方向问题,根本问题;为社会主义服务,实质是面向时代的问题,是政治方向问题。毛泽东在《讲话》的篇首,开宗明义地指出,要"研究文艺工作和一般革命工作的关系,求得革命文艺的正确发展,求得革命文艺对其他革命工作的更好的协助"。根据这个原则,我们在当前必须把握好方向,解决好文艺同政治、经济和科学等工作的关系,立足于建设,立足于改革,求得与时代和人民需要相适应的发展和繁荣。

文艺现象丰富繁杂，可以从各个角度去观察、去探索、去研究；文艺创作的天地也十分广阔，任凭作家、艺术家想象力的驰骋。但就其深层本质和整体功能来说，文艺有意识形态的不可替代性，有社会主义和资本主义的区别，繁荣文艺有艺术导向的问题。近些年在文艺理论和创作上出现的方法热、观念热和体系热，有些属于正常的文艺现象，有些是探索和活跃的现象，有些属于前进和拓展，有些则属于消极和迷失。在我们扩大改革开放的进程中，文艺热必然也要广泛借鉴吸收人类发展中一切有益的文明成果。在这方面不能保守、褊狭和胆怯，资本主义古典和现代文艺中，从形式技巧乃至思想内容，都有可借鉴学习的东西。学习和借鉴这些东西，是时代的需要，是人民日益增长的文化需求使然，是深化和拓展中国特色的社会主义文化的需要。在文艺创作的主流和深的层次上，要积极倡导直接或间接地反映社会主义的理想和情怀，体现社会主义的美好现实和前景。

当前，我们的国家正跨进新的发展和建设的阶段。党的基本路线要求各项工作都要服从于经济建设这个中心，文艺工作当然也要立足于建设。现在政权掌握在人民手里，安定团结、歌舞升平是改革和建设的需要。这样，同旧社会和战争年代不同，我们的文艺主要的任务不应再是批判和斗争，而应该着眼于建设，更多地应表现为一种建设性的功能和作用。这既是说要为经济建设服务，又是讲文化自身的建设。文化建设的内容非常宽泛，载体建设、资料建设、队伍建设，等等。建设性的作用也表现在多方面，例如教育作用、审美作用、认识作用、引导作用、启迪作用和娱乐作用。这些作用总的目的，在于提高全民的文化素养、审美层次和精神质量，从而焕发起人们的创造力和进取精神，培养高尚的理想和情操。在总体上，努力创造一种团结安定、文明舒朗的社会局面，在抓好物质文明建设的同时，努力搞好精神文明建设。这就要求我们进一步加强建设的意识和精品的意识，提倡社会主义思想和艺术完美结合的优质产品、拳头产品，昂扬社会主义文艺的主旋律。同时，以此推动文艺的大繁荣、大发展，允许各种形式的、健康有趣的艺术品存在，以满足人民群众多方面、多层次的文化需求，以丰富和提高人民群众的精神生活。

改革是时代的呼声，是社会主义发展的必由之路，是振兴国家之路，是人民幸福之路。文艺是时代思想和人民愿望的表达者，只有深刻地反映时代的迫切要求，文艺才能得到更大的发展，才会有更加灿烂的前景。这是中外文艺发展的规律。"百花齐放"不仅仅是指形式，在题材、立意和意境诸方面都存在多样化的问题。生活五光十色、多彩多姿。深入生活，投身改革潮流，会给作家、艺术家提供广阔的创作天地。即使写历史题材和旧有的生活积累，也需要体验研究新的生活，捕捉新的生活信息，汲取新的思想和艺术营养，从而使自己的创作渗透时代精神，和人民群众产生共鸣。如果对现实的改革生活超然自处；茫然无知，那就难免使自己的创作显得陈旧和狭隘，就会影响文艺作品的质量。

《讲话》发表半个世纪了，中国的新文学得到质的飞跃和空前的繁荣。在今天，我们要站在历史高度，从时代和人民的需要出发，把社会主义文艺推向新的繁荣和发展。

不应玷污通俗文学的名声

通俗文学，本意是指适合群众的水平和需要，容易被群众理解和接受的读物，像民间故事、民歌、鼓词、道情、英雄传奇、社会言情、公案侠义、讽刺小品等，都可以称为通俗文学。优秀的通俗文学，历来为我国人民大众所喜爱，有的还以其特有的艺术魅力，撞击着各国人民的心扉。

19世纪德国伟大作家歌德，在读过一部中国传奇后，特别称道中国文学所展示的山水花鸟和姑娘纯朗的笑声，神往中国迷人的典故，古老的格言，而尤为崇尚的是中国的道德和情操。他说："中国人在思想、行为和情感方面几乎和我们一样，使我们很快就感到他们是我们的同类人，只是在他们那里一切都比我们这里更明朗、更纯洁，也更合乎道德。"歌德评价的比我们有的人看得还清楚。我国优秀的通俗文学作品，情节生动，形象鲜明，格调明快。在内容上，有的写行侠仗义，慷慨悲歌；有的写忧国忧民，不惜身殉；有的是"哪里不平哪有我"；有的是追求纯洁真挚的爱情，抒发劳动人民的理想和情怀。这类作品，如一些唐人传奇和明清小说等，经年历代而不衰，一直在我国文学发展史上占有重要的位置。但历史上同时也产生过在文风上矫揉造作、内容上色情荒诞、文体浮艳的劣等作品。

新时期的通俗文学，作为社会主义文艺的组成部分，应该是在继承优秀传统的基础上，赋予其鲜明的时代内容和色彩，以丰富人民群众的文化生活，有利于社会主义精神文明的建设。然而，近年来流传的一些作品，将庸俗假乎通俗之名以行,背离了通俗文学的优良传统,玷污了社会主义文艺的纯洁性,造成不良的社会影响。这类作品情节怪诞,形象模糊,思想迷离,内容多是恐怖、色情、贪婪、野蛮及其他卑污的操行的展览,看不到真善美的力量,更缺乏引人向上的理想和情怀。特别是某些所谓写"爱情"的作品,以丑为美,格调很低。从感情的真诚,人格的力量,语言的优美各个方面来看,都不如历史上的优秀之作。有的作品,甚至还未摆脱封建意识的影响,违反新的社会伦理道德,仍视女性为可以任意作践的玩物,体现不了对人的尊重和内在美,而是津津乐道于粉香肉感和某些场景的淋漓袒露。有的是把某种污浊的丑行和猥琐的心理,披上一层粉色诱人的外衣,视性的狂乱为感情的解放和人的价值的实现,有的则是体现着爱情至上主义的情调。这实在是一种应引起重视的现象。

鲁迅曾说:"一切作品,诚然大抵得致力于优美,要舞得'翩跹回翔',唱得'宛转抑扬',然而所感觉的范围却颇为狭窄,不免咀嚼着身边的小小的悲欢,而且就看这小悲欢为全世界。"这是多么深邃的警策。没有真诚的情感和美好的理想,不会有真正的爱情;没有工作的努力和事业的追求,爱情是无所附丽的。情与爱、悲与欢,都意味着一定的责任和义务。只有体现了正确的人生观,才能产生高昂的格调,才能开阔人们的视野,才能给人以向上的鼓舞力量,才能丰富人们的精神世界,促进社会的文明进步。

有胆有识的著述

在苏联即将解体之际，我到过那个国家，观览过欧洲伟大都市莫斯科和文化名城列宁格勒。不久，苏联像崩塌的山崖一样，重构成为另外的样子。本是来去匆匆，加之隔雾看花，雪泥鸿爪，故而很多印象淡化了，一些思路也没连成线。但有件事却给我很大撞击。在莫斯科著名的阿尔巴特大街，趁着街头艺人画像之机，我和几位苏联青年谈起我对苏俄文学的酷爱，对普希金、高尔基的崇仰。我甚至说，我精神世界的一部分营养，我许多美的感受和憧憬，是高尔基这样的作家给予的。没想到一位俄罗斯青年竟狂傲地说："高尔基算什么，我就知道索尔仁尼琴、萨哈罗夫。"我在惊愕和复杂的心态中，云三雾四地想起了杜甫的两句诗："国破山河在，城春草木深。"是的呀，国家解体了，社会变性了，可鲜花照样香艳，西伯利亚依然辽阔，贝加尔湖还是那么澄澈。而"为世界创造了另一个天地，即各种激动人心的命运和形象的世界"的高尔基（奥地利著名作家茨威格的赞语），也应该和俄罗斯的山河同在啊！我这种想法，只是出于直感，出于感情。读了陈寿朋先生所著《高尔基晚节及其他》以后，我才彻悟到否定高尔基不是偶然的现象，而是有其深刻背景的，是历史剧变的大潮中，必然涌荡的一股浊流。陈寿朋先生，我们私下称他"陈高尔基"。他精通俄语，长期矢志于俄苏文学的研究。1988年至1989年曾以高级访问学者身份留学苏联，1991年再返苏联进行学术访问。他著有《高尔基美学思想论稿》、《高尔基创作论稿》等书，还翻译出版了《论高尔基的创作》、《最初的年代》、《列宁与知识分子》等多种书籍。他新近出版的《高尔基晚节及其他》，怀着对高尔基的爱与知，怀着捍卫真理的热情，以翔实的材料、缜密的论述，荡除了泼洒在高尔基身上的"双头海燕"、"折断了翅膀的鹰"、"斯大林的帮凶"等污尘和浊水，并进而使他更加熠熠闪光。《高尔基晚节及其他》列有《在高尔基雕像下徘徊》、《关于作家晚节的思考》、《孤独的晚年》、《高尔基之死——一个解不开的历史之谜》、《春风常忆》、《高尔基在我心中》六篇文章，还有五篇颇具价值的附录。诚如中国社会科学院外国文学研究所苏联文学研究室主任李辉凡研究员所说，"这些文章既不同于专门的学术研究著作，又不是一般评论文章，而是融研究与评论、政治与抒情于一体，并且是以翔实资料取胜和针对性很强的论争性文章"。同时本书文字造诣深，文采飞扬，文学性很强。这本书的出版，在中国文学界和学术界激起强烈的反响。这在相当程度上反映了中国文学界和学术界的心声。总之，《高尔基晚节及其他》是一本有胆有识有价值的好书。读者定能从本书中得到深长的韵味、有益的信息和珍贵的启迪。

歌德赞中国文学的启迪

19世纪德国作家歌德特别称道中国文学。他喜欢中国文学所展示的山水花鸟和姑娘的笑声；神往中国迷人的典故，古老的格言；他尤为崇尚的是中国的道德和情操。读过一部中国传奇后，歌德说："中国人在思想、行为和情感方面几乎和我们一样，使我们很快就感到他们是我们的同类人，只是在他们那里一切都比我们这里更明朗，更纯洁，也更合乎道德。"

对于一位马克思十分喜欢的伟大作家歌德，这样赞誉中国文学和道德，使人胸中自然涌起一股亲切温馨的暖流。今人和古人，中国人和外国人，在思想、道德、情趣诸方面，除了差异性以外，的确也有脉脉相通的地方，或者是有共同美的。而更为深刻之点，还在于歌德又说"贝朗瑞的诗歌和这部中国传奇形成了极可注意的对比"。仔细品味，这句话确实有着深刻蕴意的。

贝朗瑞是19世纪法国的杰出诗人，马克思称他为"不朽的贝朗瑞"，他创作上的特点之一是，常常以反常的恶习、卑污的操行作为题材。这和中国传奇那明朗、美妙和纯洁的色调恰成鲜明的对照。然而"贝朗瑞用这种题材却不但不引起反感，而且引人入胜"（歌德语）。因为在贝朗瑞这样的大家手笔下，丑恶的东西，显现出其丑恶的本质，达到了令人厌恶、唾弃的艺术效果，从反面激发起读者追求真善美的情绪，这就是所谓表现目的的美。

但是，类似的题材不是所有人都可以轻易驾驭的，正如歌德所说：

细节激活历史

"假如这种题材不是由贝朗瑞那样具有大才能的人来写的话，就会引起我的高度反感。"[①] 这是个有益的警策。近年来，我国文坛上的某些作品，偏离中国文学的优良传统，盲目崇拜西方现代派手法，因而很使人反感。这类作品，在生活表面做文章，把污言秽语看作生动，将花哨肉麻视为有趣，以奇特荒谬的情节弥补技巧的匮乏，用凄惨袒露的描写掩饰思想的肤浅，拿"恶劣的个性化"取代典型的提炼。特别是某些表现爱情的作品，或猎奇，则荒诞不经；或猎艳，则粉香肉感。格调不高，以丑为美，给本是污浊的东西披上一层美妙的外衣，这当然是不足取的。

对于整体来说，作家有写什么、怎么写的自由。具体到每个人、究竟写什么，怎么写，才能得心应手，才会臻于优美，还是需要掂量掂量的，歌德的谈话中似乎有这样的一层意思。

---

① ［德］艾克曼辑录：《歌德谈话录》，朱光潜译，人民文学出版社1978年版，第111—112页。

有感于歌德之谜

"真金不怕火炼",这是一句古老的格言。然而,品味一下伟大作家歌德留下的一个谜,就会重新领略到这句格言的深刻底蕴。它是不朽的,它对生活中某种现象的概括,不仅达到了本质化,而且十分准确精当。

据说,拿破仑很喜爱歌德的传世佳作——《少年维特的烦恼》,他不但读过七遍,而且在金戈铁马的征程上,也随身携带着这本书。在与歌德晤面时,拿破仑直率地提出了对《少年维特的烦恼》的批评意见,其中一点是说作品中有一段话经不起推敲。究竟指的是哪一段话,拿破仑是说明了的,歌德却一直秘而不宣,故意留下这个谜让人们去猜。歌德这样的宽厚风度和科学精神的确是可赞的。一下捅开多好:我作品的瑕疵不过尔尔,请不要再说三道四了。歌德却是让人继续猜。继续猜,读者就要继续评点作品,就要从各自的习惯和角度去找毛病。这样势必是见仁见智,争论不休,实质上这就是在鼓励人们去批评自己的作品。然而,"青山遮不住,毕竟东流去",猜来猜去,这部作品依然震撼了整整一代德国青年的心灵,并且超越国度和时代,滋补了千万人的精神。可见,真金是不怕火炼的。《少年维特的烦恼》这块用歌德的血和泪披沥出的艺术真金,正是在读者批评的火焰中,冶炼得更是光彩熠熠的。

有人却不是这样,还不能像歌德那样习惯于正常的批评和讨论。对于自己创作中的不足,往往巧言令色地加以掩饰。更有甚者,有时故意把批评者的观点危言耸听地推到极端,从而在客观上窒闷了正常的争鸣。这是

细节激活历史

不足取的,这对于作者提高作品质量,对于读者提高欣赏水平,都是有害无益的。世间有些事是可以强人所难的,但对于读者喜爱和欣赏哪一部作品,却不可硬来。长与短、是与非、曲与直,只有在百家争鸣中方可见分晓。

真金须得火来炼,创作和批评历来是相伴而行,互为促进的。作家在批评中才能更快地成长,创作在批评中方可日渐繁荣。

斯诺的创作精神

半个世纪前,在那风雨如磐的岁月,斯诺先生的长篇报告文学《西行漫记》,像"鸣镝"一样划破灰暗的天宇,又如响雷震动沉寂的文坛。而且誉满五洲,经年不衰。《西行漫记》及斯诺先生其他有关中国的作品的"每一页都是有意义的",每一章都蕴含着中国人民革命的史诗性,每一个字句都鲜明地体现着可贵的斯诺创作精神。斯诺先生的这种创作精神,依然值得我们今天从事创作的人学习。

独立思考,不囿于既有的观念和模糊的框架,是斯诺观察、体验和反映社会生活和现实斗争的突出特点。远涉重洋初到上海来的斯诺,年仅22岁,充溢着好奇心,对世界上的一切都感到新鲜。当初他对中国一无所知,按常规容易轻信而形成对中国的片面认识,因为他刚到中国听到的都是些极其片面虚饰的宣传。当斯诺正想亲自游览观察、了解认识中国时,《密勒氏评论报》主编鲍威尔却说:"那好,上海就是中国。"当时的交通部部长孙科也百般宣扬"赤色分子已被镇压","革命已经过去,国家已经统一",等等。如果听信这些话语,以为表面浮华的上海就能代表中国的面貌,以为黑暗腐败、埋伏着种种危机的旧中国已经统一,已经和平的话,那就会得出完全错误的判断。如果带着这种偏谬的框架去采访,去搜集材料,去进行创作,去把握生活的面貌和历史的趋势,那么,这样写出的作品,无疑是欺骗世听,违反生活真实和历史真实的虚假文学。斯诺不是这样。他利用一切可能的条件,辗转奔波,游历了铁路沿线,细心观察,独立思索。他看到了战乱、暴力和官场的腐败,看到了贫困、饥荒和遍野的饿殍。特别是当他来到内蒙古西部的萨拉齐,目睹成千上万善良的民众死于饥荒的惨景以后,受到极大的震惊,以至于成为他"一生中一个觉醒的起点"。这个觉醒点,改变了他一生的旅程。他原打算在中国待六个星期,结果却住了十三年。在这个"觉醒点"上,他改变了对中国的看法,改变了对国民党当局的看法,改变了对中国共产党的看法,看到了在中国进行革命的必然性和正义性。从而促使他后来冲破种种艰难险阻,走到红色根据地延安,并和中国革命、中国革命领导人、中国人民结下不解之缘。他清醒地看到:"这个国家远未统一,真正的革命未必已经开始。"在这新的思想基点上,他创作发表的《西行漫记》,在相当程度上,澄清了浑浊的舆论和被歪曲的真相,匡正了许多人的偏颇,唤醒了更多人们看清了时代发展的方向。"子美不遭天宝之乱,何以发忠愤之气,成百代之宗。"无论科学著述还是艺术文学,在其中起基本作用的,能够表现思想价值的,是观察、比较和研究。《西行漫记》现实主义的伟大力量,正是斯诺缜密观察比较,独立思索研究的结果。

正因为斯诺具有这种务真求实、独立思索的精神,所以他对人对事都不怀偏见,并把自己十分真实准确的感受写出来,传达给读者。即使对反面人物或小人物,即使对起初有反感的人物也绝不怀任何偏见。如对陪伴他到西部地区旅行考察的华盛顿·吴的看法就是一个例证。这位叫华盛顿·吴的中国人,名片上写着他是交通部的"技术专家"。但在接触中,斯诺很快发现他对铁路方面的事物一窍不通,阅历狭窄,各方面的知识都很贫乏,只是长于搞女人、吃鱼翅之类。斯诺当初断定华盛顿·吴"是中国官场千千万万食客中的一个"。后来经过一段旅行,特别是看到萨拉齐一带饿殍遍野的悲惨情景和其他昏聩现象以后,华盛顿·吴的精神受到很大触动,头脑有所清醒。这在斯诺笔下也得到真实客观的反映。在他们讨论旅途见闻时,华盛顿·吴说:"可怕!可怕!""在美国生活那么多年,我把这类事情都忘了。我们的中国是一个多么悲惨的国家啊!"他甚至还能看到,除了帝国主义者的罪恶以外,中国也还有自己的弊端,而且表示要为拯救中国做点事情。华盛顿·吴所产生的伸张正义的精神,新的谦逊态度和责任感，在很大程度上转变了斯诺当初对他形成的印象。这都是由于斯诺从事实出发，对人不抱偏见，并且理解人、尊重人的伟大精神的产物。

"追踪的是事实，事实，事实"，"从未亲眼目睹的事情我是不愿意写的"。从事实中得出判断，用事实说话，这是斯诺独立思考并进行创作的原则。他历尽艰辛，深入斗争的前线，投向生活的深层，同革命领袖、普通战士、工人农民、知识分子以诚相处，虚心求教，严谨地把握各种材料。他的作品倾向鲜明，激情充溢，但从不捕风捉影，也不无病呻吟，丝毫没有浮躁之气。在时间、地点、人名、话语、形象等各方面，都没有任何纰漏。作为一个作家或记者，经历越广、眼界越宽就越好。若有条件，就应当汗漫九垓，遍游四宇。但这种游历应该是有意义的，绝不应仅仅是游山逛水，而且越是艰苦的地方越是要去。斯诺当年有着优裕的生活条件，而且刚到上海不久，鲍威尔就请他担任《密勒氏评论报》助理主编的职务。他本可以悠悠哉哉地度过自己的一生，但他坚持到内蒙古西部等艰苦的地区考察采访。等他"觉醒"过来，看到中国的希望是在中国西北时，探求真理的渴望使他义无反顾，冒着艰难险阻走到保安。在他登上赴陕北的旅程时，正是蒋介石宣布要对红军进行第六次"围剿"的时候。他冲破封锁去保安，不仅冒着很大的政治风险，生活也是非常艰苦的。他日夜兼程，吃不好，睡不安，住宿的"房间与驴栏和猪圈相邻"，还有很多耗子和臭虫。然而这一切都没有阻挡住斯诺渴求真理和正义的脚步。这是他一生最雄壮的一步，正是在这里，掀开了斯诺创作上灿烂的篇章。

我们应该学习可贵的斯诺创作精神，争取创作出无愧于时代，无愧于人民的文学佳作。

访苏实录与感言

根据中国内蒙古自治区和苏联布里亚特共和国的协定，我们一行六人，携带282件各类美术作品，于一九九〇年十二月二十八日至一九九一年一月十二日，出访苏联布里亚特共和国。访问和展览获得很大成功，促进了中苏两国艺术家和人民的了解和交流，开阔了我们的眼界。

我们于一九九〇年十二月二十六日自二连越过国门，经扎门乌德、乌兰巴托、苏赫巴特等城镇，横穿蒙古人民共和国，于十二月二十八日早六时十五分到达苏联布里亚特共和国首府乌兰乌德。一路上雪花飘落，一片银白，尽管单调却也柔和，而在乌兰乌德下车则是凛冽的冰天雪地，气温低达零下32摄氏度。天气是冷的，心情是热的，布里亚特美协主席瓦西列耶夫、秘书长乌里钦克等到车站迎接了我们，把我们安排在最高级的十月宾馆。服务员是一位满头银发的苏联中年妇女，她热情开朗，不断地换衣服，不断地送热水，不断地用笨拙的汉语说"您好"、"谢谢"。

在当天晚上举行的欢迎宴会上，美协主席瓦西列耶夫、秘书长乌里钦克、造型艺术馆长策丹诺娃、美协工会主席尼玛、犹太族画家萨沙，以不同风格做了热情友好的欢迎讲话，我们也以各种方式进行了回礼和答谢，气氛热烈友好。席间，当我们谈到高尔基、法捷耶夫、马雅可夫斯基等在中国的影响时，苏联翻译安德烈很不以为意。

十二月三十日下午举行了美展开幕式。布里亚特美术界、文学界和新闻界等各界人士100余人出席了开幕式。除美术界人士外，他们中还有共和国文化部长和作家协会主席等。我和文化部长分别做了讲话以后，郑重地举行了剪彩仪式。我们的美展在乌兰乌德引起轰动。中央电视台、共和国电视台等新闻媒介都做了采访和报道。在十二天的展览中，参观的人每天络绎不绝，总数达2000多人。很多陌生的朋友，主动热情地靠拢过来问这问那，很多人在留言簿上写下赞誉和友谊的话语。他们夸奖内蒙古的美术是"一流的艺术"，"赶得上欧洲的水平"，说"看了这些画，可以写一部小说"，"通过这些画，了解了内蒙古的人民，内蒙古的生活，内蒙古的艺术"等。很多行家都认为我们的油画作者都在欧洲留过学。当他们得知这些作者出自内蒙古师范大学美术系、中央美术学院时，既叹服我们的艺术，也叹服我们的教育。他们对我们的中国画、版画和水粉画，尤感新奇和称道。部长会议副主席尼古拉耶维奇感谢我们带去了好的艺术品，说从我们的创作中学到很多东西。好多参观的人不停地看，不停地记，不停地向我们订货买画，相当部分展品都被人"号"上了。但我们根据中国政府规定和外事纪律，只搞展览，不搞销售，一概加以婉拒，一幅也没销售，以至于有人说我们"死心眼"。

一月四日下午，共和国部长会议副主席尼古拉耶维奇·马儒耶夫，偕外办主任策伦匹洛夫、文化部副部长彼德洛娃、谢丹诺夫等，在政府大厦会见了我们，宾主进行了诚挚友好的交谈，并互赠了纪念品。

展览期间，在主人的安排下，我们游览了深邃、清澈、神奇、美丽的贝加尔湖，会见了许多画家，进行了各种形式的交流，参观了自然博物馆、西伯利亚东方文化大学，看了芭蕾舞。最难忘的，是我们有幸观光了欧洲伟大都市莫斯科和文化名城列宁格勒。

我们在六日上午十时登机，追着太阳飞行一万里，历时七个钟点，到莫斯科仅是下午一时。沿途在一万米的高空，俯瞰西伯利亚云海，无比雄奇壮观。我们顾不上长途飞行和时差造成的疲顿与不适，匆匆地看过红场后，便又坐上去列宁格勒的火车。于第二天早九时到达列宁格勒后，首先来到著名的涅瓦大街和涅瓦河，然后到了冬宫、尼撒吉耶夫斯基教堂、美术学院等。整个列宁格勒真像一座博物馆，古代建筑、教堂、壁画、雕塑随处可见，文化气氛颇浓，商业气息淡薄。用红铜雕塑的彼得大帝，骑着

细节激活历史

马站在一块巨大的花岗石上,马蹄踏翻了一条巨蟒。他佩着剑,挥着手,似静若动,活脱地再现了他当年君临天下的威风。

一月八日早九时重返莫斯科后,第一件事是排着长队瞻仰了列宁墓。半个多世纪了,列宁的风采依旧,仍是那么庄严和安详。我们站在他的遗体旁百感交集。

一月十日展览闭幕了。十一日晚举行了话别宴会。除了一些熟悉的朋友外,席间还有些新朋友,苏联功勋画家都嘎洛夫也来了。大家欢歌笑语,庆贺展览成功,祝愿友谊长存。几个人簇拥着奎勇,唱起了歌颂母亲的歌。

我们于一月十二日下午坐上返回祖国的火车,同时亲眼见到我们亲手打包上锁并写好邮签的二十箱画,也同我们一起上了火车。然而,当到达苏联边城纳乌什基时,我们无比珍爱的画箱,莫名其妙地被卸下车,令人大感不解,果然,当我们回到二连时,那些展品没能按预期的同车而至。到家后,我们通过电话、电报、电传等再三询问,一直杳无音信,可真急坏了我们。直到三月二十七日,展品才完好无损地回到美协的库房。展品"完璧归赵",真是欣我所欣,慰我所慰,阿弥陀佛!

文坛泰斗　友谊先驱

我很喜欢泰国小说《红鸽子》，没想到能见到小说的作者、泰国作家协会前主席索瓦·瓦拉迪罗先生。

1991年12月，我们中国作家代表团一行七人，在淋浴着椰风蕉雨、友谊鲜花和碧海澄波的泰国旅程中，最难忘的是同索瓦夫妇的会面与交谈。泰国南部有个著名的旅游风景小城芭塔雅，索瓦先生的寓所就在芭塔雅海滨。

索瓦先生的书房和会客室里，分别摆放着屈原、鲁迅和周恩来等人的雕塑或画像，还有其他中国书刊和工艺品，弥漫着浓郁的中国文化和中泰友谊的气息。在亲切热烈的交谈中，我们很有实感地认识了解了他的经历、业绩和品格，敬佩这位泰国文坛泰斗、中泰友谊先驱。

20世纪50年代，中泰还处于敌对状态，没有外交关系。1957年4月，索瓦借一次到别地出访的机会，率一艺术团毅然踏上中国大陆，在北京进行了访问和演出。回国以后，被当时的军政府关押了4年。在狱中，索瓦顽强、乐观地进行了不屈的抗争，表现了一位进步作家的节操和人格。他为中泰友谊的发展而高兴，认为这种友谊是不可逆转的，就像太阳不会从西边升起，人不能用头走路一样。

在中国，他见到了周恩来总理和很多作家、艺术家，并且长久地保持和发展了友情。他以崇敬和怀念的心情回顾了周总理的言谈和风范。在当时访华演出的节目中，有一出戏是打斗性的，演员从台上滚打到台下。对此，周总理坦率地讲出自己的看法，认为艺术应该是优雅、平和、美妙的，激烈的打斗凶杀算不得真正的艺术。我们听得出索瓦先生话语中的意蕴是丰富而深刻的。

索瓦先生看到我们相对地显得年轻一些，就高兴地说为我们而自豪，希望大家为中泰两国作家、艺术家的友谊，为中泰两国人民世世代代友好相处而努力。

索瓦先生的夫人蓓茜，也是一位颇有造诣而又热情奔放的艺术家，她也陪着自己的丈夫为中泰友谊坐过牢。进餐时她含着热泪，用汉语为我们演唱了中国歌曲《黄水谣》。其情之深，意之切，令人无不为之感动。

索瓦先生虽已年迈，但他那种为人间更美好，为更美好的艺术，为各国人民的理解和友谊而执着的追求和奋斗的精神，是令人永难忘怀的。

游走在民间的美好灵魂

阿凡提是一张记忆中的老照片,是一条时光的河流,是在广泛的时空中流传的人物。然而,阿凡提故事的流传,不是孤立、平行地演进,而是在各种文化背景下,于相互交流和影响的动态中传播和发展的。艾克拜尔·吾拉木先生在长期搜集、翻译和研究阿凡提故事的基础上,所创作的长篇小说《阿凡提传奇》,是在新时代的文化语境中,立足于现实的佳作,作品的鲜明主题是,追求公平正义的意志和美好灿烂的灵魂,永远属于人民。

较之以往故事的简约,这部作品具有故事情节的丰富性和生动性,具有人物形象的鲜明性和警策性,充溢着强烈的现实性与理想色彩。阿凡提梦萦魂牵的故乡,本来是祥和美丽的地方:"那里的东西全部属于天堂,树上结的是天堂果,河里流的是天堂水,天上飞的是天堂鸟,空气中散发的是天堂的香气。"然而,当阿凡提带着妻子回到阔别十年的故乡后,却发现这里变成了人间地狱,国王昏庸残暴,各级官吏贪腐凶险,老百姓是生命、尊严、权利和安全都没有任何保障的牛马。例如肥胖的税务官,他每天地都站在城门旁,勒索一支支商队和旅客,待货物检查完之后,他的腰带、腰包和衣兜都变得鼓鼓的。来做客的,得缴纳做客税;来办事的,得缴纳办事税;骑着驴子,得缴纳驴头税。还有吸血鬼巴依翟派尔,他通过放高利贷吸食民脂民膏,逼得很多人家妻离子散,家破人亡。对税务官、巴依翟派尔等人物的刻画与鞭挞,以及阿凡提对他们的惩罚,寄寓着历代百姓对贪官污吏的憎恶,安放着他们美好的期待。

恩格斯在总结民间故事的使命和作用时曾说,在一个农人晚间从辛苦的劳动中疲乏地回来的时候,使他得到安慰,感到快乐,使他石砾的田地变成馥郁的花园。《阿凡提传奇》鲜明地体现着这样的特质。作品中有诸多化险为夷,绝处逢生的情节,灵动地展示了民间的智慧、力量和愿望。恩格斯还说,除了《圣经》以外,民间故事还能阐明他的精神品质,使他认识自己的力量、自己的权利,激起他的勇气和爱国心。《阿凡提传奇》也体现着伊斯兰教积极方面的内容。同时,随着生活的发展,世相的演变,时代的变迁,作品注入很多鲜活的社会信息、自然景观和语言词汇。读者可以突地地领悟到,作品站在现实中国人的角度,凭借世界文化交流的视野,呼唤公平、正义、和谐与美好,反映了广大民众的内心呼声。

作品运用了一些当代的术语和名词,看起来是很有意趣的,如警察、医德、喷水池、白内障等,同时恐有伤传奇故事艺术魅力之虞。

平民情韵　人间至真

　　《裁缝的女儿》正如作品的题目，写的是寻常百姓，格调上是平民情韵，充溢的是人间至理。晓春、月桂、金锁、孙百吉、铁湃、廖静雅、李颖等作品中的人物都是平民子女。晓春等人物形象典型性地体现了中国多数人的平民之生存、心灵、奋斗、成长与际遇。这些大体是共和国的同龄人，他们的清贫与伤痛，纯美与进取，挫折与成功，折射着国家60年发展历程的一个个侧面，赞颂了自然和人性的美好，体现了强烈的时代精神。

　　天地有大美而不言，万物有成理而不说。小男孩金锁，他"白白胖胖，虎头虎脑，无忧无虑。若是让他抱一尾金鲤鱼，就是从年画上跑下来的福娃娃"。就是这样一个快乐天使一般，常常呵呵笑着张开双臂飞翔的小金锁，在这个世间只停留了两年零六个月。这个只活过两岁半的小男孩，之所以应是《裁缝的女儿》作品中的重要人物，那是因为他身上寄寓着太多的生活"密码"，并且赋予他当年五岁的姐姐，我们作品的主人公"实现心愿的动力和勇气"，甚而决定了她整个的未来。金锁死得不该，死得随便，死得委屈。他仅仅因为吃了姐姐给的爆米花被呛着，在大人们束手无策中死了，在缺医少药中死了，在懵懂迷茫中死了，在缺少得法的关爱与呵护中死了。金锁那种近乎自生自灭的死，有代表性，甚而有典型意义，更有警示意义。个别热衷于修建"标志城"、"乐园"、"宫殿"、"庙宇"的先生，真应该用作品中金锁这样儿童的死，反省一下自己的政绩观和灵魂，理解一下什么叫以民为本，对照一下社会主义理念。

晓春的物质和精神可说是一穷二纯。她没有在上代继承下来什么财富，也没有借任何血统之光。她最大的精神动力就是金锁小弟之死所带来的内疚和罪孽感。她最大的精神财富，就是对家庭和家乡的挚爱，对大自然的迷恋。这酿就了她生命高尚纯正的根，这个根深深地扎在纯洁的土地中，使她成长为一位健康、平实、质朴与温婉的女性。她清纯无邪，谦慎律己，与人为善，但有个无以摇撼的信念和追求，那就是当医生，救死扶伤。怀着对小弟这样的承诺，怀着自己的人生理想，她在高考发榜时，毅然放弃了国家正规院校的录取通知书，并几经周折走进一所民办医科学校学医。她勤奋学习，刻苦钻研，学成后义无反顾返乡办起了诊所。她满怀对病人的同情和理解，克服种种不利条件医治了很多患者病痛，并逐步成长为杰出的医生，成为著名的肾病专家，无愧地彰显了靠自己修来的德行和本领。

精神上的童年是最美好的东西，健全人的成长，离不开童年的记忆和印痕。作品始终重复闪现乡野的丁香花、小山丁子花等，都是人物心灵的写照。另外，无论何时何地，不管是喜是忧，晓春总要向金锁小弟在不能投案的信中倾诉。在后来写给小弟的信中，不仅显现了她医术的提高也反映了她精神上的升华："世上没有痛苦的疾病，要我们医生做什么呢？世上没有难治的痛苦疾病，又要我们医生做什么呢？医生就是为了生命的质量而战！""春天无所谓错过，它从遥远的过去连接着今天，只要你的心灵里留着春天，留着你和春天的默契，春天就会开拓你的视野，在枯槁的原野上制造葱茏和生命的欢乐！"

《裁缝的女儿》取得成功，不仅在于写出了一代平民女性知识分子的心路历程、奋斗业绩和性格命运，同时表现在较高的艺术品位上。作品结构严谨，脉络清晰，情节动人，语言纯熟、灵动、鲜活，具有很高的欣赏价值。特别是作品在自然景观、风俗民情和心理活动的描写与阐扬上特别细腻、传神而真切，挥洒着悠长的韵味，绵远的情思。

至于说晓春参加国际会议，获得"自由女神奖"，获得"国际中医学博士学位"之类，作者应该说有她构思上的逻辑，然而在我看来，显得有点多余。

科学古险阻

苦战即通xxx

xx德同志属

启功
一九八〇年十月

启功先生给作者的题词

包明德：文学的人生

第十一、十二届全国政协委员，因提案质量高而获得"最佳提案奖"；多次担任全国文学最高奖"茅盾文学奖"、"鲁迅文学奖"、"骏马奖"及中宣部"五个一工程"文学奖评审委员；

文学评论家，出版文学评论集《文苑思絮》、《淘沥集》及百余篇文学艺术评论文章；

曾任中国社会科学院文学研究所、民族文学研究所联合党委书记兼文学所副所长，学术委员，《民族文学研究》主编，《文学评论》杂志社社长，中国当代文学研究会副会长，中国文学史料学会会长，中国作家协会全国委员会委员、荣誉委员，中国社会科学院研究生院文学系教授、研究生导师，国家一级作家。

"文学评论家"这样的头衔并不轻松，首先要读很多书。当国家级的文学大奖评委也不易，还得读很多书，不仅读懂，还得说出道理来。当政协委员更不易，要提案，首先得有各方信息，还要看得准，提得对，是对品学要求很高的岗位。

对包明德来说，读书并写评论；出席各种活动并讲话；在大学里讲课；参政议政……都是很劳神劳力的工作，而他的智慧与品行就体现在这丰富辛劳的岁月中。他认为，从小至今都与文学结缘，是栖息在文学上的人生。

走上文学之路，锁定文学人生。

细节激活历史

1980年，我发表在《光明日报》的《贵于简洁 妙在传神》，曾获内蒙古首届文学创作最高奖索龙嘎奖。1984年，发表于《草原》月刊的《论〈驼峰上的爱〉及其他》，在文艺界产生较大影响。《作品与争鸣》、《新华文摘》、《内蒙古社会科学》等报刊相继转载。1985年，出版与他人合作的杂文、随笔集《新潮集》。1986年出版评论集《文苑思絮》。

1987年发在《人民日报》的文章《民族精神的火花》，获内蒙古文学研究优秀成果奖。发表于《文艺报》的文章《鄂温克狩猎文化的艺术再现》获内蒙古第二届索龙嘎奖。1988年，与他人合作编写《斯诺在内蒙古》出版。同年发表于《美术》的文章《在传统和现代的幽径中探寻》，列中外三十余篇评介蒙古族画家思沁作品文章之首。1990年12月出访苏联，1991年7月出访蒙古人民共和国并出席国际学术讨论会。

1989年3月加入中国作家协会。1990年评为副研究员，1995年评聘为国家一级作家（正高职称）。

1988年担任内蒙古文联常务副主席后，我记忆中有几项工作。一是内蒙古美术馆的建设、改造工程。当时呼和浩特市还没有一座像样的美术馆，在自治区的支持下，我主持这项工作，奔波于工地、公司、办公室、政府相关部门之间。二是文学艺术的创作问题。内蒙古沿用至今的政府文学最高奖索龙嘎奖和艺术类政府最高奖萨日纳奖就是那个时期设立的。此举推出一大批文学艺术家，为内蒙古自治区的文化艺术事业做出了贡献。三是解决了内蒙古文联长期没有办公场所的难题，经过大家多方努力，文联搬进了属于自己的大楼。四是举办各类文学艺术培训班。文联是服务机构，必须做好为艺术家服务的工作，培育青年艺术家，提高艺术品质量，都在我们的工作范围。那些年做这些事也交了很多文艺界的朋友。

1995年我被调入中国社会科学院，担任文学研究所党委副书记、副所长。1998年开始担任文学研究所、民族文学研究所联合党委书记兼文学所副所长，学术委员，兼任《文学评论》杂志社社长、《民族文学研究》杂志主编。2006年，被中共中央和国家直属工委授予"优秀党务工作者"称号。2008年，因"为社会科学研究事业做出了重要贡献"被中国社会科学院授予荣誉证书；2010年，被内蒙古自治区人民政府授予文学突出贡献荣誉证书和奖章。

作为中国文学研究最高机构的负责人之一，我多次担任全国文学最高奖"茅盾文学奖"、"鲁迅文学奖"及中宣部"五个一工程"文学奖、全国少数民族文学艺术"骏马奖"的评审委员。当"评委"虽然貌似掌握作品的"生杀大权"，其实是个很考验人的工作。首先要阅读大量的书籍，平时读，突击读，精读，细读，并在审美、感悟的前提下，做出判断和选择。在世风备受世俗观念冲击的时代，如何坚持尽可能公正客观并高屋建瓴地看待文学创作，是对我们专业能力乃至人格修养的考验。

我用"文学伴我走来"来概括自己。酷爱文学、阅读文学、评论文学和研究文学，是我生命的主要内容。张扬文学独特的魅力和价值对整个社会的文明进步具有不可或缺的作用。我这一生没有离开过文学领域：大学中文系毕业、当过中学语文教师、当过大学文艺理论的教师、当过省级文学艺术界联合会常务副主席，在中国社会科学院文学研究所工作。我的学习和职业，我的经历和追求，从未离开过文学。

我生命中很多美好的东西都是文学给予的。对文学有一种崇仰，对它的价值有清醒的、足够的认识，有比较自觉的体察。我觉得不管是国王还是平民，不管是商人还是农民工，都需要有精神家园，都有对心灵情感的一种潜在而神秘的向往和追求。雨果说，莎士比亚使英国的容貌变美。我说，中国是个文明古国，数千年来产生很多伟大的文学和文学家，使中国的历史文化姿态显得更美。文学能够构建共同的价值取向，在潜移默化中塑造潜在人格、国家民族的认同与亲和力。让人们安放各自的期望，寄托各自的想象，憧憬美好的未来。我确信优秀文学能促使世界变美变好，使人的心灵变美变好，使国家和民族生辉，使社会进步。

当然，我们必须看到有很多垃圾类的作品，一些好的作品也并没有很广泛地进入读者的审美视野，未有广泛强烈地感动国人，没有激发起读者情感的波澜，拨动读者的心弦，没有引发人们对韵致蕴含的悠长品味和强烈的情感震撼。这除了作品本身缺乏艺术魅力和思想深度以外，和时下的文化环境也是有关系的。高科技需要同情感，经济的发展，科技的发展必须伴之文化的和谐发展。

细节激活历史

我年轻时最热爱的书是《马克思的青年时代》，青年马克思渊博的学识，追求真理的顽强意志，充满诗意的美好情怀对我的影响是巨大的。2001年9月，我第一次出访欧洲，第一站就是马克思的故乡德国特利尔市。2006年10月到英国访学，我首先赶到海格特公墓拜谒马克思石雕。马克思少年时生活在德国的一个古典小镇，有清清的小河，有美丽的草地，有葡萄架，他向往着无限美好的世界，他高中毕业以后坐着船沿着摩泽尔河到了莱茵河，到了波恩大学，又开辟出一个更广阔的、更波澜壮阔的世界。他在那里博览群书，研究政治经济学、哲学，最后成为一个伟大的思想家、革命家、政治家。给他当高官厚禄的机会太多了，但他为了自己的信念，为了自己的理想到处流浪，一家人也跟他过着一种颠沛流离、比较穷困的生活……他对我影响很大。

我认为经常阅读好的文学作品，会使人的思想情操、精神性格、意志品质得到丰富和提高。优美的文学，能疏导人们的情绪，使抑郁者乐观起来，使消极者振奋起来，还能激发起人们的想象力与创造力。没有好的文学，甚至会毁掉一个民族。

从20世纪70年代开始，我陆续在《光明日报》、《语言文学》、《人民日报》、《青年文学》、《人民文学》、《文艺报》、《文论报》、《博览群书》、《小说月报》、《民族文艺报》、《内蒙古日报》、《实践》、《草原》、《美术》等报刊上发表评论文章一百余篇。1989年春，被批准成为中国作家协会会员。1988年12月出任内蒙古自治区文联常务副主席。1985年，与他人合作出版杂文、随笔《新潮集》。1986年，出版文艺评论集《文苑思絮》，获内蒙古社会科学优秀成果奖。1989年出版评论文集《淘沥集》。1988年，与他人合作编写出版《斯诺在内蒙古》论文集。

《论文学的世界性与民族性》在2003年中国社科院文学研究所成立五十周年之际被收入学者文库中。这篇文章的主要论点是，文学有鲜明的民族性，才会有世界性。文学的世界性是民族性的追求和理想。另一篇有代表性的论文，是2004年发表在《文学评论》的文章《民族品格的张扬与世界视野拓展》。在这篇文章中，以蒙古族文学的审美追求为例证，进一步论述了文学的民族性与世界性的关系。认为我国蒙古族文学于数千年的发展演进中，在保持鲜明的传统特色、个性气质和美学追求的同时，更以兼容开放的姿态，开阔视野，汲取其他民族文学与文化的营养，从而不断地融入新质，绽出奇葩。

我认为，真正的文学，一定是真的、善的、美的和正派的。而对于称得上力作的作品，那是应该具有深刻的历史意识、时代意识和哲学理趣，应该触及人类普遍关心的社会问题和自然问题，应该具有相当的艺术水平。我不搞无艺术感受的评论，也不欣赏缺理论硬度的文章。出于对文学的爱与知，我对于某些权威性的作品和理论，敢于发表不同的意见。

评论界认为：

包明德是一位责任心极强，同时又是位艺术直觉悟性极强的评论家。在评论时，满载着评论家的感情之液，渗透和凝聚着评论家的心智。不是为做文章而做文章的，每篇文章都是有感而发的。对杰出诗人和作家的崇敬，和青年文学爱好者的交流，对具体作品的批评和颂扬，对文坛的思虑，都倾注了他的感情，注入了生机勃勃的生命。在这些方面，包明德确实无愧于读者。对古今中外的评论对象的谙熟，并将各种人物形象及文学现象文章中随心切入的能力，都显示了他的文学功底的深厚，显示了他的才气。质朴无华是包明德文艺评论的基本特征，独特的评论技巧是他文艺评论的具体表现，而简洁则是不可缺少的一个音符，它们像一曲和谐的乐章，共同构成了包明德精妙而独特的艺术风格。

他的评论涉及"文学评论"、"艺术评论"、"文艺专论"、"文艺随笔"等多种的文体。

作为两届全国政协委员，他迄今已经提出数十件提案，大都切中问题实质，被授予"优秀提案奖"。出席各类文学、社会活动时也不忘针对问题善意提示，发挥正能量。

对于提案工作，他撰写《国是为维，民生为系——志在拿出质量高的提案》。

保护稀土资源。

我的家乡内蒙古被称为稀土之乡。"中东有石油，中国有稀土。"早在

细节激活历史

20世纪七八十年代，我就听说过据已探明的世界稀土储量90％在中国，中国的稀土储量90％在内蒙古。而这个比例数在逐年下降，截至目前，据说我国稀土储量已达不到世界储量的40％。这说明相当时间内我国对稀土的开发和出口是很缺乏长远眼光和有效举措的。我在2009年"两会"时提出"关于严格控制稀土生产和出口的提案"。这之后，我继续关注有关国家政府和国内外媒体对我国稀土政策的关切。由于我国政府对稀土生产、出口和价格等方面采取了更严格有力的措施，西方媒体便在2009年到2010年的一个时段里极力炒作全球稀土恐慌，欧美日甚至在2010年谋划对中国稀土搞强买强卖措施，直到准备在世贸组织控告中国。国内专家也多有撰文，进一步阐释稀土的战略性质，并建议必须跟开采金矿一样对待稀土的开采。和身边朋友聊天时他们也常提到国外某某媒体又发表了什么有关稀土的消息和评论，意思是我的提案引起了广泛反响。我虽然也一直以感奋的姿态关注着这一切，但我深知这并不仅是自己提案起了多大作用。其实，对于稀土这一战略资源的不可或缺和难以替代，对于如何开发、研究、利用和出口，一些专家早有很好的建议和提醒，我国政府有关部门也不断地积极采取措施，调整相关政策和做法，只不过我的提案正好踩到了点子上。

处理好中国语文和英语课的关系。

我一生是从事文学工作的，相对来说对文学有更深的认识，对文学的特殊作用有着比较深切体察。继2008年"两会"大会发言中呼吁"倡导时常读点文学经典"，又在2010年的"两会"上我联合16位政协委员，交上提案"降低英语在各种考试中的分值"。这个提案的产生，是以自己专业和现实状况为基础，触发于某些过于偏颇的现象。在2010年自主招生考试中，上海有四所高校没有把中国语文列为考试科目；与此同时，有的高校明确规定不分文理，考生必须进行英语考试。无论怎样解释，这样轻国语、重英语的做法在提倡科学发展、和谐发展、深化教改，提高国家软实力的今天，对家长和学生都会产生误导。而对于苦学汉语，已经对世界文明进程中中华文化的缺失有所省悟的外国人来说，也会产生某种困惑。

大家都知道语文教学是最重要的基础教学。培养学生读、写和说的能力离不开语文教学，学好数学、物理、化学、历史、地理，乃至外语，也需要好的语文基础。而且更重要的是青少年健全人格的构筑，情商的培育提高，想象力、创造力的发挥直至人生观的形成，都和语文教学有很大的关系。健全人格和良好心态的培育和保持，颇多得益于语文教学。基于此，我对80多位大学文学教授和中学语文教师进行了访谈，进一步领悟到加强语文教学的重要性。同时，又揣摸了上海几所大学对不考语文的辩解，觉得很难说服人。于是，我写成了《降低英语在各种考试中的分值》的提案。在提案中，我建议，在中学英语教学的课时不应和语文、数学一样，应该适当减少。把减下来的课时补给语文，作为语文阅读课。同样，在高考和中考中英语的分值也不应和语文、数学一样，应当有所降低。另外，在考硕士、博士及评职称时，对英语的要求也应根据不同情况灵活变通地掌握。总之，学英语是必要的，但当下英语耗费了我国青少年超多的时间和精力，当下这种轻母语、重英语的局面应该有所改变。

我们的这个提案，得到教育部及时而积极的回应。教育部在2010年8月13日的答复中说："我们高度重视您提出的建议，注意维护汉语言在国家教育考试中的主体地位，并通过加强教育考试机构考试服务能力建设，研究探索实施外语科目水平性考试的可行性。"对于这个答复我们是满意的，很多语文教师也深受鼓舞和激励。

政协委员在履行职责时，要有居之不倦，行之不怠的肝胆和勤劳，应该具备高效的工作姿态。

2010年4月中下旬，全国政协组织部分专家委员赴荆州就文物保护遗址保护工作进行专题调研。我们突出地感到湖北荆州周围古代都城遗址年代悠久，分布广泛，数量众多，类型复杂。4月19日是最忙碌的一天。从早晨6点起床一直到晚上7点我们马不停蹄地走了五六处古城、古都遗址，一路进行了热烈的讨论，确实感到保护古代都城遗址的紧迫感和危机感。这里的一砖一瓦都联系和传导着历史文化的血脉和信息。我们一直在思考如何实现历史文代与现代社会发展的对接，文物保护如何与国计民生对接等问题。作为重点提案的调研，2010年6月形成的《关于加强古城、古都遗址保护的调研报告》，凝聚了我的热情和辛劳。

细节激活历史

谈金融危机下的形象工程问题。

世界范围内的经济不景气，也波及中国。我首先想到了2009年的"中华文化标志城"这件事，当时有一百多位政协委员反对修建山东的中华文化标志城，我们希望不要由国家来搞这种项目。不赞成的理由有四点：一、对"中华文化标志城"，命名要慎重。中华文化的特点是多元一体，文化源远流长，多元交融。我们有中原的夏商周文化，有长江的荆楚文化，有燕赵文化，有红山文化，有齐鲁文化，有滇文化、三星堆文化……这些文化都是中华文化的构成部分，但不能说哪一个文化就能够足以代表中华文化的形象。现在如果强调把哪一种文化作为中华文化整体的代表，也是不能得到包括56个民族在内的全体中华儿女的认同的。如果这个"标志"要建在九龙山了，那么，与山东同样具有悠久历史的，甚至历史文化更为久远的河南、陕西、山西就难免会攀比，难免会效仿竞争。二、我们认为，建设"中华文化标志城"，有违在申报世界文化遗产名录时的承诺。孔府、孔庙、孔林，是世界文化遗产，对世界文化遗产的保护，对周围的环境等是有严格要求的。在九龙山建设标志城，很可能会改变"三孔"周围的环境，对文化遗产保护不利。三、必须严格执行《中华人民共和国文物保护法》。"三孔"是1961年公布的国家第一批重点文物保护单位，这是有具体的保护要求的。四、文化是一个长期积累的过程，它是流年经代传承下来的，是附着在古代建筑、绘画、文本等文物上的，是积淀在民族心灵上的东西，不是人为打造出来的。我们认为，对于历史文化，关键还在于如何去保护、抢救、研究、利用和弘扬，而不是再造一些假大空的标志。

2009年3月13日，一百多名全国政协委员联名提案呼吁重新论证，"中华文化标志城"的官方网站上公布了国家发改委的一份通知，其中明确要求山东："待相关条件具备后，再适时启动项目建设。"

我是反对此项目提案的积极签名者。对于国家发改委的回复，我们不满意：含糊、敷衍，还有要继续建的意思。从发改委的回复可以看出，他们是先入为主，先构想出这个创意，然后再论证，无论怎么论证，还是要建的，所谓的多方论证、谨慎论证，我担心只是个形式。所以，我又在

2010年两会提案，建议不能把国家的资金投入这种"名不正、理不通、假大空的工程"。

  2008年，我随全国政协提案协办调研小组或以另外方式走了5个省市。发现从专区到省会城市都有类似的和民生，和真正意义上的文化没有大关联的工程。诸如"×门"、"×庙"、"×塔"、"×城"，建得不少。我发现，这些建筑，所用的材质都很好，用的都是大理石、花岗岩一类的材料。表面看都很富丽堂皇，但进去看看，没什么文化内容。有的建筑，不远处就有脏水沟，空气污浊，环境极差而不去治理，却拿着这么多钱建这种假"古董"。甚至一些很贫穷的地方，也是这样，这是典型的重名而轻民。应该多着眼于困难的地方，让更多的民众享受到文化教育投入的实在好处。

  徐霞客精神是珍贵道德元素。

  徐霞客游线"申遗"是一个应该令我们国人深切关注的题目。因为徐霞客是旅游的标识，徐霞客和他的游记所浸透的热爱祖国、热爱自然、献身科学、尊重实践、刻苦追寻的、敢为天下先的精神，是我们构建社会主义道德的一个珍贵元素。

  我们通过徐霞客游线"申遗"张扬这种精神，宣传这种精神，通过更多的游客特别是青少年对徐霞客古道的游历来增长这方面的知识，受这方面的熏陶非常有意义。雨果说莎士比亚使英国的历史文化显得更优美，如果没有莎士比亚，试想英国给人的形象会是多么苍白。我想，我们中华文化也正是由于有屈原、李白、杜甫、曹雪芹，有四大名著等经典作品，还有《徐霞客游记》等这些有价值的文献，使得我们的国家风貌显得更美。所以，对徐霞客游线宣传论证的过程，就是在国内外扩大文化影响力、提升国家形象的过程。

  关于完善著作权立法的提案。

  一是进一步完善集体管理组织诉讼权利主体资格；二是延长摄影作品的保护期，按照我国现行《著作权法》的规定，摄影作品的保护期短暂，这使得我们在国际文化交流和文化活动中处于不平等地位。重视和完善著作权法律法规建设，实际上有助于提升我国著作权管理保护水平，有利于文化产业发展和创新意识的增强。

完善集体管理组织，保障著作权人权益。

著作权集体管理制度是著作权体系的重要组成部分，是衡量一个国家著作权管理、保护水平的重要标志，与国家文化发展、知识产权保护和建设创新型国家的要求紧密联结。但不少《著作权法》规定的权利没有落到实处。应该进一步完善著作权集体管理组织的诉讼权利主体资格。国务院《著作权集体管理条例》第二条的有关规定对保护作者合法权益、化解报刊社和出版社的法律风险、促进优秀作品的传播具有重要意义。但由于《条例》没有明确规定不付酬处罚规则，致使一些报刊社、出版社经常不向作者付酬，也不主动向承担该法定职能的集体管理组织付酬，而集体管理组织也没有对此种现象进行诉讼的法律依据。

我认为应在《著作权集体管理条例》第四十七条中增加一款，即明确赋予集体管理组织"法定许可"获酬权法律地位的同时，对集体管理组织诉讼主体资格做更明确的规定，以适当扩大诉权。

增加视觉艺术作品的追续权。现行《著作权法》有一个大的漏项，即没有规定视觉艺术作品的追续权，包括美术、摄影、书法等作品的追续权。国内拍卖市场日趋成熟与活跃，为使中国艺术家的著作权在海外得到有效保护，建议在《著作权法》中增加视觉艺术的追续权，即艺术作品在市场拍卖等交易活动中，著作人有从中获得报酬的权利。

关于文学阅读的提案。

推动全民阅读。阅读对提升个人特别是青少年的修养和素质非常重要，应该通过立法保护设立全民阅读日，在各教育阶段设置达标考核等手段予以保护。

在2008年"两会"上，我做的大会发言是提倡时常读点文学经典，2014年"两会"上我也提出了这个问题。现在岳阳楼的景点规定，要是能把《岳阳楼记》背诵下来，门票就免掉，可见岳阳楼管理处是非常有责任心的。另外听说，巴西的监狱规定，犯人一年读几本名著可以减刑48天。墨西哥的小城警察素质不高，市长要求他们必须每年读3本名著，否则不予加薪。这样一来警察也看书，结果同情心增强了。我们总在说美丽中国，我始终坚信，美丽中国的第一标准是心灵的美，是社会的和谐，是人的文明的普遍提高，否则住在金山银山里也谈不上美。

设立"国家边疆节"是利国之举。

多位"两会"代表、委员纷纷发出设立"国家边疆节"倡议。这个倡议旨在让我们的边疆不再遥远，促进边疆的巩固繁荣，增强我国边疆和内地以及各民族之间的亲和力与凝聚力，从而进一步促进全国的稳定、整合、发展与强盛。这是个有丰富内涵与重要意义的利好动议。

"出题能令亿民思"。设立"国家边疆节"就是能让我们中国人每年都有一天，重温边疆与内地血肉相连的历史渊源，唤起大家的记忆，追想我国边疆为中华民族的形成，为祖国疆域的奠定所做出的不朽贡献。让人们进一步认识到，边疆不仅是国家利益和领土完整的坚固屏障，也是国家长治久安、持续发展的前沿。据学界考证，我国边疆省区土地辽阔，有非常丰富的资源。国家的发展，离不开广阔的边疆，边疆的繁荣与安宁，必须依靠强盛的祖国。节日，虽然只有一天，然而常思量、自难忘。设立"国家边疆节"，有利于国人焕发热爱边疆、心系边疆和支援边疆的自觉性与主动精神，同时也利于激发边疆各族人民心向祖国、热爱祖国、保卫祖国的责任心与神圣感。

设立"国家边疆节"对口支援协作，不仅促进边疆与内地在经济上的共同富裕，共享成果，更重要的方面是促进文化的交流，心灵的互动，精神的整合。

天安门广场东侧的中国国家博物馆北门外突然立起一座孔子像，舆论四起。《关于迁移孔子塑像的提案》引发热烈反响。

孔子被作为中华文化的重要代表，近年来在国内外文化界掀起"热潮"。我国在世界上很多国家都建立了孔子学院，这有利于弥补世界文明进程中中国文化元素的缺失，扩大我国的文化影响力。我认为，孔子及儒学是中华文化的构成元素，但诸子百家源远流长，文化姿态是要有包容性。同时，只有重视"五四运动"以来的启蒙思想文化成果，说清孔学中术与道精华与糟粕及继承与创新诸多问题，才能引领先进文化的前进方向，积极建设有中国特色的社会主义新文化。作为文化符号与和谐的标志，有关单位将孔子塑像安放在政治性鲜明的场所是不适宜的，应该迁移到合适的文化场馆。

2011年6月17日文化部办公厅复函，答复已于2011年4月20日"将原位于博物馆北门外小广场的孔子塑像迁入博物馆西门北侧庭院内"。

我参加两届政协会议以来，所提出的20多项提案绝大多数都得到了答复落实。未来将在社科院的科研项目和创新工作中努力完成各项任务并继续学以致用、经世致用，积极参政议政，履行提案委员的神圣职责。

担任全国政协委员，是一个荣誉，更是一种责任。这体现着国家和人民的厚爱与鼓励。

包明德在文学评论方面、在政协提案方面、在其工作岗位上，都时时刻刻在关注文学乃至社会的方方面面，并且在观察调研的同时经常提出自己的见解，体现了良知和责任感。以下是这方面工作的一些片段。

对于教育部门工作的一些建议。

高校的自主招生如何能做到对城市生源和农村生源的真正公平。另外，高校的自主招生应该放到阳光下，以增加透明度、公平性，不要给招生权有寻租的空间。

我担任了中国当代文学研究会语文教学专业委员会理事长，这是中国社会科学院主管、中国当代文学研究会领导下的全国性学术组织。主要任务是为语文教学及其改革探索一些好经验、好办法。

《关于建立健全中小学师德建设长效机制的意见》，这一系列动作是必要、重要、需要且适时的。关于师德红线中有一项是禁止教师收礼的说法，我认为应当具体情况具体对待，"一刀切"并不适当。我的理解是学生们都有一种尊师重教的心情，有的孩子觉得老师非常辛苦，发自内心的感激，写了一封信或做了一个手工艺品、买一束花、画一幅画送给老师，自然而然地表达了孩子的心情，是可以接受的。相反，那些并非出于轻松自觉的，带有功利性的，沾染腐败习气的礼物，比如购物卡、首饰等老师就不宜收了。引用英国作家笛福的话说，一个要教育别人的人，最有效的办法是首先教育好自己。

对文学的理解。

民族性与世界性是文学创作与评论的百年课题，也是不时流于玄惑、模糊甚而偏颇的问题。我在多篇文章中阐释过对这个问题的看法。综观中外文艺理论与文艺创作的实践，正确领悟经典著作关于民族性与世界性的论说，在这个问题上会有更明朗的解读。

中外文学的发展表明，每一个历史热潮的到来，都会给全世界带来影响，从而使很多国家与民族的文学表现出某种相同或相近的风貌，能在世界更大范围和层面造成影响和认同，或者说体现出世界性，成为文学当代性的推动力和作家的追求。中世纪的欧洲是属于世界主义的，它被基督教和拉丁文化统一起来；文艺复兴时期，共同的人文主义则把欧洲的作家们结合起来。但是不久，浪漫主义的热潮席卷而来，民族独创性又被肯定了、突出了。第二次世界大战结束以来，有的国家利用军事上的强势，向全世界推行西方价值观，以各种方式进行文化渗透和体制输出。直到20世纪末柏林墙倒塌、苏联东欧解体，有国外学者便妄言"历史已经走到了尽头"。这期间伴随着经济的全球化，加之交通传媒的便捷，文化全球化的声浪伴随而至。国内便有学者认为国外某些文艺理论资源就是现成的，可以拿来作为中国文论的主要资源，是未来学科和教材建设的基础。

文学的首创性和民族性根深蒂固、源远流长，具有相对的稳定性和传承性，从当前直到久远，丝毫不能忽视文学的民族性本土性。别林斯基有段话说得很精辟，也很深邃："只有那种既是民族性的同时又是一般人类的文学，才是真正民族性的；只有那种既是一般人类的同时又是民族性的文学，才是真正人类的。一个没有了另外一个就不应该，也不可能存在。"

总之，强调"民族性"和"本土性"，不要误解为是抵御全球化的策略，也不仅仅是表明自己的存在，亮明自己的身份。它的积极意义在于必须承认文学的差异性，并能以积极的姿态，因应多元文化碰撞的现实，主动构建我们自己的现代性，让审美想象在学习借鉴中升华。

略论文学的世界性与民族性。

文学的世界性，是指在相当的审美层次上，从内容到形式诸方面，世界各民族对某一民族文学作品的认同、共识或共鸣。中国的楚辞、唐诗，古希腊、罗马的神话,印度泰戈尔的诗,英国莎士比亚的戏剧,俄国普希金的诗等,跨洋过海,流年经代,为各国各族人民所喜爱、所阅读、所传颂,其中的历史意识、哲学理趣、道德观念及艺术上的价值,为世界各民族几代人和几代作家所汲取,对于提高人类的文明素养(人的质量),对于各民族文学的发展起到不可或缺、无可替代的巨大作用,这类文学作品可以说具有较强的世界性。

用强、弱来表述文学的世界性不一定准确,但世界性肯定有突出和鲜明的程度问题。某一民族的人们,对其他民族的文学或多或少会有感兴趣的东西,但不可轻易谥之为"世界性"。

文学的世界性,或说具有世界性的文学,不等于"全世界的文学",更不等于"文学方面的世界主义"。马克思在《共产党宣言》中有一段话:"资产阶级,由于开了世界市场,使一切国家的生产和消费都成为世界性的了……物质的生产是如此,精神的生产也是如此,各民族的精神产品成了公共的财产。民族的片面性和局限性日益成为不可能,于是由许多种民族和地方的文学形成了一种世界的文学。"

文学的民族是指一种文学在各民族文学的比较中,从思想内容到艺术形式,所显现出的差异性、个性色彩。

"每个民族都有两种哲理:一类是学究式的、书本的、郑重其事的、节庆才有的;另一类是日常的、家庭的、习见的。这两种哲理通常在某种程度上彼此接近,只要谁想描写一个社会,他就必须认识这两种哲理,尤其是必须研究后一种。"(《别林斯基论文学》)

马克思主义告诉我们,"古往今来每个民族都在某些方面优越于其他民族"。世界上每个民族都有某种为该民族所有,为其他民族所无的珍贵特质。这优越的方面和珍贵的特质,必然应得到充分的发展,各民族之间也要互相学习吸收这些珍贵优越的方面。

蒙古族文学的审美追求:

我国蒙古族文学数千年来在自身艺术河床中流淌激荡。同时,它以兼容开放的姿态,积极汲取各兄弟民族乃至世界各国文学的营养,不断地融入新质,绽出奇葩。应科学解读"文化全球化"含义,否则会有谁化谁、化向何方的问题。在当前乃至久远，我们应注重和强调的是文学的民族性。世界性则是民族性的追求和期许。理论批评亟待调适，重新审视"中国文学史"，积极推动中国各民族文学的互动与整合，创造中国文学新气象，以回应全球化的挑战，构筑强盛的中华文明。

蒙古民族素有"马背民族"、"草原雄鹰"的称誉，马和诗歌是蒙古人的两只翅膀。在远古时期，神奇优美、瑰丽动人的祭词、祝词、赞词、神歌、英雄史诗、民间故事等作为蒙古民族生活的一部分，在民间代代相传。被联合国教科文组织誉为"世界经典文学的宝库"的《蒙古秘史》是蒙古族第一部书面文学巨著，成书于1240年。

尹湛纳希用蒙古文创作的长篇小说《一层楼》、《泣红亭》、《红云泪》、《青史演义》和诗歌，以及他翻译的汉族文化典籍，还有哈斯宝的《新译〈红楼梦〉回批》，不仅反映了蒙古族文学思想艺术的品位，也体现了蒙汉文化的交流、互动与熔铸。

新中国成立后，蒙古族文学走向新的繁荣，涌现一批蜚声于中国文坛的作家作品。例如：纳·赛音朝克图的长篇抒情诗《狂欢之歌》，玛拉沁夫的长篇小说《茫茫的草原》（上部），阿·敖德斯尔的长篇小说《阿力玛斯之歌》，巴·布林贝赫的长诗《生命的礼花》，阿·敖德斯尔的中篇小说《草原之子》，葛尔乐朝克图的中篇小说《路》，朋斯克的中篇小说《金色的兴安岭》，安柯钦夫的短篇小说和散文等。还有生活在北京的蒙古族作家萧乾的散文《草原即景》、《万里赶羊》，生活在河南的蒙古族作家李準的短篇小说《夜走骆驼岭》、《车轮的辙印》以及蒙古族诗人牛汉的诗歌。

新时期以来，蒙古族作家队伍得到壮大，老、中、青三代作家，在新的社会环境与文化环境中，自觉地回归文学，开掘潜质，走向文化，他们用蒙古文和汉文创作出很多优秀的作品。《纳·赛音朝克图全集》、《敖德斯尔文集》、《布林贝赫文集》、《葛尔乐朝克图文集》，玛拉沁夫创作出版的《茫茫的草原》（下部）等，是当代蒙古族文学的经典文本。阿云嘎的长篇小说《僧俗之间》，力格登的中篇小说《生活的逻辑》，郭雪波的长篇小说《大漠狼孩》、《满都麦小说选》，查干的诗集《彩石》，阿尔泰的诗集《心灵的报春花》，特·官布的历史散文《蒙古密码》等。

细节激活历史

马背上的蒙古族人自古以来对马有特殊的感情,历代蒙古族文学作品中不但描绘了大量的各种类型、体态、毛色的马的形象,而且马的意象发展成为蒙古族民歌比兴手法中寓意最丰富、运用最多的形象,从而使马的意象成为蒙古族文学、蒙古族民歌发展史中一个明显的特征。又如蒙古族具有古老而广泛的韵文传统,韵文不仅用于抒情,而且用于礼仪、交际、叙事,甚至连历史都用韵文书写,从而使蒙古族素有"歌海诗乡"之美称。喜爱和长于韵文表情达意,也成为蒙古族文学史的一个明显特征。

另外,蒙古族语言词汇中表达游牧经济文化的词语特别丰富,产生于游牧文化生活土壤的谚语格言非常有特色。所有这些因素使蒙古族表情的文学语言表现出独特的民族风格。特别是受语音、语法制约较大的蒙古族诗歌,在发展中形成以押头韵为主要音韵,以轻重音节为基本节奏的音韵格律。民族独创性,民族特色与风格,是蒙古族文学形成与发展的身份标志,是蒙古族文学审美品格的精魂。

蒙古族文学的演进发展也鲜明地体现着兼容开放的视野,渗透着其他民族文化与文学的因子。远古的神话、祭词、祝词、赞词、英雄史诗与民间故事,都蕴含着突厥、匈奴、鲜卑等北方各民族文化的影响。尹湛纳希是近代蒙汉文化融通与中国各民族文化交流的杰出代表。他首先在精通本民族语言文字的同时,掌握了汉、满、藏及梵文等多种语言文字,而且博览了汉族史记、满蒙画册、藏族纪文的译稿和维吾尔历史译稿;亲笔抄写了"三体会臀"与"五体会臀"的《清文鉴》书,还对汉族的《资治通鉴》、《朱子通鉴纲目》、《红楼梦》、《三国演义》、《水浒传》等古典名著做了深入研究。非常开明通达地慨叹长期受黄教窒闷下的精神文化缺失,毫不褊狭地推崇、引介汉族诸子百家的文化成果。他说:"尹湛纳希我虽然不能通这'四书'的微末,却将它抄出来,或许后世能有读懂者,也便是为蒙古族做些微的贡献。"正是由于视野开阔、兼收并蓄,才使得尹湛纳希创作出《一层楼》等传世佳作,跃上蒙古族人文精神的巅峰,从而使自己成为蒙古族有里程碑意义的文化巨擘。

新中国成立后的蒙古族文学,在题材、主题方面受内地文学影响最大,总体的艺术价值上体现着"红色经典"的特征。如歌颂新中国、歌颂民族团结，倡扬爱国主义、英雄主义，赞美崇高，有强烈的道德感等。

新时期的蒙古族作家在多元文化与繁杂思潮的促动中，不但没有显现失语的焦虑，反而倒更加自信从容起来。他们在开放文化的参悟中，开掘民族文化传统中潜隐的珍宝，以民族的眼光和人类的视野加以审视和表现。敬畏天地，爱护生命，是蒙古族人心灵中久远的信念。在现代生活的映照下，有些信条显得格外珍贵。

当今正活跃着的蒙古族作家同我国其他民族的优秀作家一样，他们的文学良心、民族气质和与生俱来的对文学世界的敏感使得他们在创作中一方面借助于新的文学理念与方法写出了一批有深度的民族文学经典，另一方面他们作为民族文学的代表承受了全球化进程所带来的对弱势族群的文化压力。在这样的情势下，一方面民族作家要克服或许尚存的狭隘保守、孤芳自赏的心态，强化中国作家的文化立场与身份；另一方面，我们要特别重视对少数民族文学研究和理解，甚而有必要重新审视"中国文学"的概念，反省"中国文学史"的范畴。

关于少数民族文学。

"骏马奖"设立于1981年，与茅盾文学奖、鲁迅文学奖、儿童文学奖并列为中国四大国家级文学奖，该奖用于奖励少数民族文学创作，参选者均为少数民族作家，参选作品可以是本民族语言创作，也可以是汉语言创作。中国政府不仅鼓励少数民族文学创作，而且更加重视少数民族作家用母语创作。中国除汉族以外，还有55个民族，其中有21个民族拥有自己的文字。

我认为，目前是中国少数民族文学创作与研究发展最好的时期，许多民族都出现了一批杰出的文学家，他们有的以本民族文字写作，有的用汉语写作，但都具有本民族的特点。中国少数民族文学发展的道路还得漫长，中国各民族都有丰厚的文学遗产。文化多样性的问题正越来越受到世人的关注。少数民族文学工作者应当对整个国家的经济、政治、文化走势密切关注，对整个文化环境展开深入的体察，以达到民族书写和人类追求的统一。

对中国文学现状的看法。

细节激活历史

在莫言获诺贝尔奖的那几天,我突出地感受到文学热在升温,感受到一股包容舒缓的暖流。我的包容舒缓感还来自诺贝尔文学奖本身。以诺贝尔冠名的奖项,"科学奖"最受推崇,体现着各个科学领域的最高成就。"和平奖"最受诟病,体现着西方战略意图与价值取向。诺贝尔文学奖的情况虽然复杂一些,但是与"科学奖"接近,总体上还是体现了全世界文学的最高成就。

2011年8月,莫言以高票获得我国文学的最高奖"茅盾文学奖",9月在国家大剧院发的奖。我作为"茅奖"的评委参与了评奖发奖的过程。颁奖会上我们俩挨着坐,我留意到莫言做人的低调、淡定与智慧。例如,在颁奖会现场有几个陌生人递给他合同书之类的材料,他都默然收下,等到散会时他把这些东西都留在了座位上,感到他拒绝他人的方式是悄然无痕的。

我从不认为,诺贝尔奖可以定义文学,但是评出的多数作品是优秀的。在近现代一段时间里,欧洲在思想文化方面保持了强势,以欧洲文化标准评断文学有其生成的原因和合理的元素。同时应该看到,肇始于文艺复兴和启蒙运动的文学精神、人类良知和人道情怀引领着欧洲文学的潮流。从百余位诺贝尔文学奖的得奖评语来看,支配着诺奖评委判断力的主要还是文学精神,所评选出的作家绝大多数是世界最杰出和优秀的。这次莫言获奖,本身也体现着诺奖评委们和国外文学界,对日益发展强盛的中国的承认和尊重,对中国文化和中国文学的正视与重视,认识到中华文明对世界文明的不可或缺。

在当今中国文坛有一批中青年作家,都取得了相当的文学成就,莫言获得诺贝尔文学奖,是这个作家群体的骄傲,是中国文学界的荣誉。

对社会问题乃至文化精神的关注。

我们经常说信仰缺失、道德滑坡,这在一定程度上是存在的,也是大家都在思虑的事情。综观文明史,通过推动文化、精神方面的建设来推动文化的繁荣发展,推动物质发展和精神平衡发展的这样一个情况就提到了我们面前。一般来说,开着好车、住着好房子,说明这个人也很有奋斗精神、也有敬业精神、也很有成果,这是无可厚非的。但是想证明自己的价值，光靠这个恐怕是不够的。二战结束以后，美国人也是政治经济上很强势，很有钱，但是欧洲人和有些国家的人，对美国人还是颇有微词的，说你不过就是个暴发户、土包子，是一个逃学的顽童，并不是从心底里面叫人家敬重看好的。美国也意识到这个世界光靠飞机大炮征服不了，还得在更广泛的领域来征服人心。所以二战结束以后，美国政府也好、国会也好，投入了巨大的物力，集中了大批的人力进行美国价值观的研究，然后形成了一个所谓的"美国价值观"，这个价值观通过好莱坞的电影，百老汇的娱乐，通过肯德基、麦当劳、玩具等把美国的影响渗透到世界各个角落，以至于现在美国的文化影响力还是不可低估的。

19世纪英国人主流的文化意识是什么呢？"我们可以丢掉印度次大陆，也不能失去莎士比亚"。这个话的意思并不是说可以丢掉一些殖民地、领土，而是强调文化。法国作家雨果200周年诞辰之际，整个巴黎几乎是万人空巷，追捧和怀念这位伟大作家的文化精神。

任何文化产品、文学艺术的产品，外观是面子，价值是里子。美国的、欧洲的电影很吸引人，的确是在艺术上下功夫。我们现在可能要解决一个问题，在艺术上还有很大努力空间。应该说我们改革开放以来，提倡文学的主体精神，文学的主体精神是美的，是自由的，是有担当的，它有它的主体性。那么以前我们的有些作品为什么不吸引人呢？就是因为有些概念化的影子，说教的色彩太重，实际上优秀的文艺作品的思想都是隐含在情节和人物中而不是直说的。

我们公益的文化事业还是需要国家投资的。比如说像教育、卫生问题，特别是一些农村的、牧区的、山林的，那些边远地区的文化教育，很有必要加强学校的建设、文化馆站的建设。这种公益事业不能缺失，但是搞文化的公益事业一定要和民生紧密联系，真正地让老百姓，特别是比较落后的、比较偏远的、比较底层的群众享受更多的文化实惠，比如建牢固的校舍，比如选派一些更合格的老师，给他们送去好的文化娱乐，让他们享受到真正的文化生活，努力保持文化上的平衡。我们现在大家都感觉面临的一个问题，收入的差距，实际上文化生活也是有差距的，这个方面确实也有大文章可做。

细节激活历史

我 2006 年到英国去访问，伦敦有个女王歌剧院，一直上演根据雨果的《悲惨世界》改编的一个歌剧，这个歌剧演了多少年长盛不衰，场场爆满，我们还是通过朋友买到票才进去看，当地人给我们介绍，有一个青年女观众，连续看了 400 多场，每场都有新的感悟和启迪。

近几年有些片子在国内创造了票房价值，但是在国外却很难推得出去。这其中不乏欣赏角度不同等价值问题，但我们在艺术上是存在欠缺的。比如电影《金陵十三钗》，在国际上并不叫好。这部影片写的是一群妓女的故事，而在相似题材的艺术图谱中，国外曾有《茶花女》、《羊脂球》等名著，中国则有《桃花扇》、《知音》和《杜十娘》等脍炙人口的佳作。《金陵十三钗》对人性深度的刻画，并不能超越这些作品。它在题材和立意上没有多少创新的东西，艺术形式上也没有太多的震撼，这就可能会造就观众的审美疲劳。

海外影片数量的增加，对中国文化界来说利大于弊。他表示，我们的电影界和民众可以借此更好地了解外国电影的发展情况。新引入的海外影片在艺术上有很多值得借鉴之处，也可以促进中国电影的发展。改革开放三十年以来，中国民众对艺术的自由选择意识在不断增强，为了适应这种需要，多引进一些国外的好片子是无害的。中国民众的欣赏能力、鉴别能力和"免疫"能力都有加强。西方的电影会渗透西方的理念，国人对于这些理念的鉴别和"免疫"能力是有自信的。有些西方作品的艺术和文化元素，是值得我们吸纳的。如果这些影片确有输出理念、"强占"人心之处，我们也要保有足够的警惕和戒备。而对于其艺术表达上的局限性，文化工作者可以用文学评论的形式将其揭示出来。

我们几千年来有很好的传统，但是的确也有糟粕。我们现在扩大文化影响力，不能是光拿古代的东西论事，我们应该努力实现古代文明和现代性的对接与转换，把最新的、最美的、最有价值的，最能体现当代中国人的风貌，最能体现当代中国形象，最能体现当代中国文化魅力的东西推介到世界，让世界各国、各族的人们为中国文化的魅办所吸引。这里面有很多工作要做。

在我看来，文学艺术的终极担当是真、善、美，是为满足人民群众的精神生活需要,是为了社会的文明和进步,这永远是文学艺术努力的方向和追寻的目标。当今的世界复杂无序,强权、战争、仇恨和恐怖惊扰着人们平静良善的心境,加之阶层的分化,造成艺术选择和价值取向上的多样。扩大国际影响力,"走出去"不单单是输出我们的文化和作品,同时也要向外界学习,让人们随时感受最好和最美的中国文化元素。在这方面,文学艺术应该走在前列。

要向世界推介、传播我们的文化,首先需热爱、学习和崇尚自己的文化。熟悉自己的文化,才可能创作出有自己特点的文学和艺术。还要多读经典,向经典文学艺术汲取创作的营养。文学艺术的经典作为人类宝贵的精神财富和艺术范本,是永远应该学习借鉴的。每一次重读经典,都是一次重新发现的航行。

坎坷的童年,艰难的求学,伟大的母亲。

曾认为"书即是文学,文学才是书"。

1945年11月10日我生于内蒙古科左中旗巴彦塔拉的一个蒙古族家庭。据我母亲讲,我父亲包克(台湾退休教授)曾经在沈阳、北京做文职工作。我母亲在户外活动时把我生在草地上,被我奶奶抱回家的。我的曾祖父和祖父都在二十几岁时早逝。在我两岁多时我父亲离开家乡到了海外。这样,我从青少年直到1987年7月才在香港见到父亲,之后他来过多次,在北京、在内蒙古经常参加各类学术会议,参观游览,我们有短暂的团聚。

父亲失联后,母亲偕婆婆和子女们到了农村,艰苦贞守,辛勤操持,她含辛送终了两辈婆母,茹苦培育我们三个孩子上小学、中学、大学。我们从科左中旗投奔到了我大舅家彰武县。很快这里就开展"土改",我们一无所有,被定为贫农。生活的艰辛显示了我母亲的品格。在我记忆中的至亲只有祖母和母亲。我母亲是伟大的,凡是了解我家世的人,都这样赞誉我的母亲。她一直在我身边生活到95岁那年(2013年)仙逝。

我的童年是在贫寒中度过的,我永远记得母亲一手领着我,另一手挟着柴火,从劳作一天的田野踏着暮色归家的影像。那时唯一的精神慰藉就

细节激活历史

是听老人讲民间故事。有了阅读能力以后，读了可以得到、借到的很多文学书刊。

10 岁时，在放学回家趟过必经的那条小河时，意外地拾到一元钱，这在当时相当于 20 个鸡蛋（零用钱来源）的钱，或者是一学期的课本钱。对于我们那样艰苦的生活来讲是不小的诱惑。我丝毫没有犹豫，捡起来四下张望，左侧山路的不远处走着一个人，我就纯真地以为这钱肯定是那人丢掉的，便飞跑着追上去把钱给了他。在返回原路的山脚下，在一棵野生的小桃树上，我赫然地看到长着一个大鲜桃，便摘下来美美地吃掉了。这棵树下每天脚步纷纷，人来人往，开花时也有人折枝，结果实后人们争相采摘，被"扫荡"了多少遍，居然还能存在这么个大桃子，实在是奇迹。我经常想起这件事。尽管生活艰辛，但心中充满了阳光——看到花开了高兴，小草萌芽了也高兴。我的心灵可能从小就栖息在文学和美好的世界里。

我的中学也是充满周折。要上初中时，学校看我的成绩好，决定保送到初中。我哥哥也非常聪明，经常有"真知灼见"的言论，也准备考中专，以便早日工作，缓解家庭困难。不料中途有人告状说我们家的历史不清楚，父亲下落不明……我们哥儿俩双双被取消上学资格。对孩子来说，不让上学是巨大的打击，何况我们是那么喜欢学习，成绩又好。正在家里无奈哭泣的时候，小学校长来我家安慰说，没关系，明年再考，说着就把手放在我头上，顿时一股暖流……次年我考上了初中当上了学习委员，负责办板报。板报在两墙之间，冬天成为风口，我在穿堂风中冻得发抖，继续往墙上写。初中毕业后以优异的成绩考入高中。高中三年，我的成绩一直在前三名内。大学是在内蒙古师范学院中文系读的。

从中学时代开始可以更多地读到书了，开始感到书海茫茫何处是岸。但一度在意念中偏执地认为，书就是文学，文学书才称得上是书。我反复读过《西游记》、《红楼梦》、《三国演义》、《水浒传》和一些外国文学名著。背了许多中国古典诗词和普希金、泰戈尔、雪莱等很多诗人的诗。我在文苑中徜徉观览时，永远是兴味盎然的。每当提到伟大作家和文学名著时，我总要产生一种莫名的亢奋和激动。我感到我生命中许多好东西，包括正义和高尚、勇气和力量、悟性和哲理、快乐与和谐，都是文学所给予的。值得庆幸的是，我中小学和大学时期的文学教师都具有很深的学养和严格的规范。

赖有青山豁我怀！

借用一句诗表达了自己的心情。文学伴随我一生，我的学习和职业从未离开过文学，我生命中一切美好的东西也大多来自文学。信念引领我前行。我坚信文学对社会文明和人类心灵的独特作用。